KB059927

선의 숨겨진 얼굴

신의 숨겨진 얼굴

후지사키 쇼 지음
김은모 옮김

엘릭시르

차례

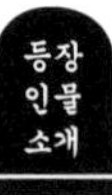

쓰보이 세이조(고인)

전직 교사. 사심 없이 이상적인 교육을 추구한 신 같은 남자.
모든 사람에게 존경을 받았지만…….

쓰보이 하루미

쓰보이 세이조의 딸. 아버지를 따라 초등학교 교사가 됐다.
외모가 수려하고 착실한 성격.

쓰보이 도모미

하루미의 여동생. 인기 없는 무명 배우.
언니와는 정반대로 자유분방한 성격.

사이키 나오미쓰
쓰보이 세이조의 제자이자 하루미의 고등학교 동급생.
슈퍼에서 점장으로 일하며 키가 크고 이목구비가 단정하다.

네기시 요시노리
쓰보이 세이조의 동료였던 호랑이 체육교사.
엄격한 생활지도 때문에 두려움의 대상이었다.

고무라 히로코
쓰보이네 옆집에 사는 나이 든 주부.
뚱뚱하고 약간 오지랖이 넓은 성격.

아유카와 마키
쓰보이 세이조의 제자이자 쓰보이네 부지에 자리한 연립주택
'메종 몽블랑'의 세입자. 날라리 느낌의 외모.

데라시마 유
'메종 몽블랑' 세입자. 인기 없는 개그맨.

독경

상조 회사 직원

2013년 11월 모일.

도쿄 도 스기나미 구 아사가야 장례식장.

쓰보이 세이조 씨의 경야經夜에는 대형 홀에 다 들어가지도 못할 만큼 조문객이 많이 참석했다.

게다가 대부분이 울고 있다.

가끔 대기업 임원이 세상을 떠났을 때 이보다 조문객이 더 많이 오기도 한다. 하지만 그럴 때는 대개 고인과 아무 친분도 없는 젊은 사원들까지 동원되므로 우는 사람의 비율은 결코 높지 않다. 그런데 오늘 경야에서는 수많은 조문객의 팔십 퍼센트가 눈물을 흘리고 있다. 우리같이 이 바닥에서 잔뼈가 굵은 사람들도 놀랄 만한 광경이었다.

나이 어린 조문객들도 많았다. 아이들은 장례식에 참석해도 상황을 잘 이해하지 못해 딴짓을 할 때가 많지만, 이날은 달랐다. 옷장을 뒤져 위아래 검정색으로 맞춰 입고 온 듯한 초등학교 저학년 남학생이 영정 사진을 올려다보며 "쓰보이 선생님! 쓰보이 선생님!" 하고 소리치며 울었다. 기장이 약간 짧은 교복을 입은 중학생 같은 소녀도 소년의 등을 쓰다듬으며 굵은 눈물을 뚝뚝 흘렸다.

위로는 고등학생부터 아래로는 초등학교 저학년생까지, 어찌된 까닭인지 하나같이 허름한 정장 차림의 그 집단은 유족 다음으로 분향을 마치고 인솔하는 어른들을 따라 흐느껴 울며 빈소를 뒤로 했다. 아이들 앞이라 인솔하는 어른들도 마음을 다잡으려 애쓰는 것 같았지만, 솟아오르는 눈물을 완전히 참지는 못했다. 아이들의 애통한 울음소리에 영향을 받았는지 장례식장 전체에 흐느끼는 소리가 한층 높아졌다. 스님이 경을 읊는 소리가 묻힐 정도다. 솔직히 말하자면 나도 눈물을 찔끔할 뻔했다.

그건 그렇고 쓰보이 세이조라는 사람은 엄청난 인격자였던 모양이다.

장례식에서 저렇게나 많은 아이들이 울음을 터뜨리다니, 보통은 또래 아이가 불행한 사고로 세상을 떠났을 때나 그렇다. 하지만 쓰보이 씨는 향년 68세. 할아버지라 할 만한 나이다. 확실히 요즘 평균 수명에 비하면 좀 이른 느낌도 있지만, 그래도 통상적인 범위에 들어갈 것이다. 덧붙여 아주 불행한 사고를 당하거나 물에 빠진 아이를 구하려다 목숨을 잃는 등 동정을 살 만한 이유로 죽은 것도 아니고 심부전이다. 뭐, 까놓고 말해 진부하다.

그런데도 이렇게 많은 사람이 눈물을 쏟는 건 내가 상조 회사에서 십 년을 일하면서 처음 있는 일인지도 모르겠다. 쓰보이 씨는 생전에 중학교 선생님이었다고 들었는데, 이만큼 많은 사람에게 존경을 받다니 참 좋은 선생님이었나 보다. 긴파치 선생님✤ 느낌의. 어, 중학교 선생님이었다면 아까 그 소년은 제자가 아닐 텐데. 그렇다고 친척도 아닌 것 같았고. 어떤 관계일까.

이렇게 말하면 뭐하지만, 오늘은 다들 진심으로 고인을 애도하는 분위기가 넘쳐서 그야말로 최고의 경야다. 나도 자연스레 마음이 경건해진다. 잡념을 떨쳐내고 진심으로 고인의 명복을 빌며 일에 만전을 기하자. 상주를 위해서도. 그렇게 생각하며 유족석에 앉은 여성을 보았다.

그건 그렇고 우와…… 오늘 상주, 쓰보이 씨의 따님 하루미 씨라고 했던가. 엄청난 미인이다. 상복 차림이라 한층 매력적이다. 저런

✤ 일본 학원 드라마의 대표작으로 손꼽히는 〈3학년 B반 긴파치 선생님〉의 주인공.

미모로 눈물을 흘리면 무심결에 끌어안고 싶어지겠어.

……아차차. 아까 떨쳐냈는데 어느새 잡념이 또 넘쳐나잖아!

쓰보이 하루미

스님이 경을 읽는 소리가 이어지는 가운데, 유족석에서 아버지의 영정 사진을 올려다보며 오늘 열 몇 번째로 눈물을 흘렸다.

최근에 몸 상태가 별로라고 아버지가 푸념하기는 했다. 하지만 나이를 먹으면 어딘가 고장 나는 법이라며 집에서 쓰러져 구급차에 실려 갈 때까지 결국 병원에는 가지 않았다. 그 결과 이렇게 허무하게 가시고 말았다.

생각해보면 사 년 전에 돌아가신 어머니도 그랬다. 병원을 싫어하고 건강을 과신하는 부부였다. 몸이 이상함을 좀더 빨리 눈치채고 병원에 갔더라면, 둘 중 한 분이나마 좀더 장수했을지도 모른다.

하지만 이번에는 어머니 장례식 때보다 몇 배는 더 괴롭다. 부모님을 모두 잃었다는 상실감도 크지만, 쓰보이 세이조는 내가 가장 사랑하는 아버지임과 동시에 교사로서도 최고의 본보기였기 때문이다.

아버지는 제자들을 차별 없이 대하며 친자식이나 다름없이 애정을 쏟았다. 그야말로 교사의 귀감이었다. 중학교 교장까지 출세했지만 결코 거만하게 굴지 않았다. 관리직이 된 후로도 학생들과 마주하는 것이 가장 중요하다는 교육관을 유지했다. 등교 거부 낌새가 있는 학생에게 교장실을 개방하여 기초적인 내용부터 차근차근 공부를 가르치는 '열린 교장실'이라는 시도가 화제를 불렀고 견학자도 줄을 이었다. '국가대표 교장선생님', '교육의 신'이라며 칭송받기도 했지만 한시도 겸허함을 잊지 않았다.

예순 살에 정년퇴직한 후에도 이상적인 교육을 추구하는 자세는 변함없었다. 재임용 제도를 이용해 교직에 머무르는 길도 있었지만, 아버지는 그 길을 선택하지 않고 빈곤가정과 등교 거부 학생 및 흔히 불량아라 불리는 아이들을 초등학생부터 고등학생까지 폭 넓게 지원하는 NPO에 참가했다. 안정된 급료와 환경을 버리고 불우한 아이들에게 체험학습과 재교육의 기회를 제공하는 활동에 투신한 것이다. 쉽게 흉내 낼 수 있는 삶은 아니었지만, 한집에 최고의 본보기가 있다 보니 본가에 살며 초등학교 교사로 일해온 나도 항상 반성하는 마음으로 심기일전하게 됐다.

또한 아버지는 땅값이 낮은 시절에 사서 놀려두던 넓은 뜰에, 오랜 세월 낭비하지 않고 차곡차곡 모아놓은 저금과 퇴직금을 밑천으로 연립주택을 지었다. 아버지는 청소와 보수를 관리 회사에 맡기지 않고 스스로 해결해 경비를 아꼈다. 퇴직 후에는 연립주택에서 받는 방세로 생활비를 충당했지만, 사람 좋은 아버지가 방세를 시세보다 훨씬 낮게 책정한 탓에 실제로는 수익이 거의 나지 않는 모양이었다.

제자를 아끼고, 가족과 친구와 근처 이웃도 아끼고, 연립주택 세입자까지 아꼈던 아버지. 돈은 절대로 헤프게 쓰지 않았으며, 옛날에 중학교에서 일할 때 받은 운동복을 퇴직 후에도 평상복으로 입었다. 뜰에 작은 밭을 일구어 수확한 채소를 이웃 사람들에게 나누어주기도 했다. 몸을 낮추어 사람들에게 헌신한 인생. 그런 삶이 뭐가 그리 좋으냐고 딸 입장에서 생각한 적도 있었지만, 아버지에게는 그런 삶이 최선이었으리라.

그리고 그 결과가 오늘 경야에 참석한 사람들의 숫자와 표정으로 여실히 나타났다. 이렇게 많은 사람들이 아버지의 죽음을 애도하며 눈물을 흘리다니. 아버지를 잃고 슬퍼서 흘리는 눈물에 감격의 눈물이 섞였다. 역시 아버지는 아주 위대한 사람이었다.

하지만 나는 그런 아버지에게 아무 효도도 못 했다. 결혼하는 모습도 손주 얼굴도 못 보여드렸다. 교사라는 직업에서도 아버지의 발끝에도 못 미쳤다. 나 자신이 너무 한심하다는 의미에서도 눈물이 났다.

"언니, 기운 내."

다섯 살 어린 여동생, 도모미가 속삭였다. 눈물만 줄줄 흘리는 나를 이렇게 곁에서 받쳐주어 마음이 든든하다.

다만 안타깝게도 친척들은 도모미를 환영하지 않는 기색이 역력했다.

몇 시간 전, 경야를 앞두고 오랜만에 친척들과 모여 잠시 이야기를 나누었는데, 도모미가 잠깐이나마 대화에 낄 때마다 친척들의 표정이 흐려져서 보고 있기가 딱했다.

도모미는 마지막에 아버지와 사이가 틀어졌다. 아버지가 쓰러지기 직전에 전화로 크게 말다툼을 벌였다고 한다. 그 때문에 아버지의 임종도 지키지 못했다. 친척들도 그런 경위를 알기에 더욱 냉담한 태도를 취하는 모양이지만, 오늘은 아버지를 고이 보내드릴 준비를 하는 데 전념해주었으면 한다.

꿈을 좇아 집을 뛰쳐나간 자유분방한 동생에게 나도 하고 싶은 말이 없지는 않다. 그래도 도모미는 내게 둘도 없이 소중한 동생이다.

쓰보이 도모미

언니는 계속 운다. 나도 눈물이 나긴 하지만, 가슴속은 언니와 전혀 다른 마음으로 가득하다. 소외감과 죄악감으로 가슴이 터질 것 같다.

내게 울 자격은 없다. 친척들이 배척하는 것도 당연하다.

난 마지막의 마지막에 아버지와 틀어지고 말았다. 간단히 설명하면 내가 아버지의 안심보다 내 꿈을 우선한 것이 원인이다. 하지만 설마 이렇게 갑자기 아버지가 돌아가실 줄은 몰랐다. 이럴 줄 알았다면 전화로 그런 말을 퍼붓지도 않았을 텐데.

눈 씻고 찾아봐도 그렇게 멋지고 이상적인 아버지가 또 없다는 것쯤 나도 잘 안다. 하지만 난 늘 아버지에게 불만만 품었다. 못된 딸이다.

아버지는 교사로서는 정말 이상적인 사람이었던 듯하다. 어떤 제자도 차별하지 않고, 친자식이나 마찬가지로 애정을 쏟았다. 이것이 교사로서 아버지를 아는 사람들의 공통적인 평가다. 하지만 제자에게 친자식이나 마찬가지로 애정을 쏟았다는 건, 바꾸어 말하면 친자식에게도 남의 집 자식과 비슷한 수준의 애정밖에 쏟지 않았다는 뜻이기도 하다. 실제로 나는 내내 불만을 느꼈다. 제자보다 내게 좀더 관심을 가지길 바랐다.

진로, 학교생활, 그리고 연애 문제도 아버지와 좀더 상의하고 싶었다. 하지만 집에 일을 잔뜩 들고 돌아와 교재와 제자에 관한 자료를 서재에 펼쳐놓는 아버지를 보면, 귀찮게 하기가 미안해서 결국 언제나 말이 쏙 들어갔다. 그렇다고 어머니에게 상의하면 이를 악물고 열심히 하라는 둥 열심히 하면 안 되는 게 없다는 둥 정신력을 강조하는 충고를 할 때가 많았고, 무엇보다 학업 문제는 아무래도 학창 시절 공부가 질색이었던 듯한 전업주부 어머니보다 교사인 아버지에게 상의하고 싶었다.

그렇듯 사춘기 시절 내내 품었던 불만이 서서히 반발로 바뀌었고, 마침내 나는 행동에 나섰다.

대학을 졸업해 취직까지 했건만, 부모님의 기대를 저버리고 일뿐만 아니라 모든 것을 내팽개친 채 학창 시절부터 동경했던 연극의 세계로 뛰어든 것이다. 실은 그전에도 대학을 중퇴하고 극단에 들어가려 한 적이 있었는데, 그때는 어머니의 맹렬한 반대에 부딪혀 단념했다. 하지만 결국 마지막에 나는 꿈을 선택했다.

나는 집을 나와서 자취를 시작했다. 그렇게 우리 가족은 생이별을 했다.

하다못해 인기를 얻었다면 효녀 노릇을 할 수 있었겠지만 현실은 혹독했다. 학창 시절이나 사회생활을 할 때는 예쁘다느니 귀엽다느니 하는 말을 참 많이 들었다. 외모에는 다소 자신이 있었지만 연예계에는 더 예쁜 사람이 수두룩했다. 게다가 아무 기반도 없이 연예계에 뛰어들기에는 나이도 많았다.

결국 부모님 생전에는 자랑할 만한 실적을 전혀 올리지 못했다. 텔레비전과 영화에 출연하기는 했지만 대부분 단역이었다. 대사가 있어봤자 고작 두세 마디. 극단에서 푹 삭으며 삼십 대에 발을 들여놓았고, 거기서 세 걸음쯤 더 나아갔다. 원시인이었다면 슬슬 죽을 나이다.

하지만 그런 불효자에게도 아버지는 다정했다. 어머니와 달리 내 꿈을 응원해주었다. 학창 시절에는 연극부 공연을 관람하러 온 적도 있고, 내가 자취하며 극단 활동을 시작한 뒤로는 명절과 연말연시에 선물받은 통조림과 텃밭에서 수확한 채소를 보내주기도 했다.

솔직히 나는 어머니가 싫었다. 적으로 여겼다. 사 년 전에 어머니가 돌아가셨을 때도 별로 슬프지 않았다. 하지만 아버지는 내 편이었다. 소중히 여겨야 한다고 언제나 마음에 새겼다.

그런데 마지막의 마지막에 아버지와도 싸우고, 화해도 못 한 채 영영 헤어졌다. 후회와 자책감이 밀려와 눈물이 왈칵 쏟아졌다.

"괜찮아?"

펑펑 우는 우리 자매가 안쓰러웠는지 사촌동생 유카리가 말을 걸었다. 유카리는 경야를 위해 모인 친척들 중에서 유일하게 내게 매몰차게 굴지 않았다. 유카리의 따뜻한 마음씨에 고마워하며 나는 겨우 고개를 끄덕였다.

사이키 나오미쓰

쓰보이 선생님은 정말로 멋진 분이었다. 내가 초등학교부터 대학교 때까지 만난 선생님들 중에서 으뜸가는 은사였다. 마치 신 같은 사람이었다.

나는 분향을 기다리는 줄에 늘어서서 독경 소리를 멍하니 들으며 과거에 대한 미화 없이 진심으로 그렇게 생각했다.

쓰보이 선생님은 내가 중학교 3학년 때 담임선생님이었다. 진로를 상담할 때면 커트라인이 높은 학교를 지망하는 나를, 때로는 다정하게 때로는 엄하게 격려해주었다. 하지만 결코 '너한테 이 고등학교는 무리야'라는 말은 하지 않았다. "성적을 좀더 올리지 않으면 여기에는 못 붙어. 하지만 나오미쓰는 분명 할 수 있을 거야"라고 말해주었다. 선생님은 사회 과목 담당이었지만, 쉬는 시간이나 방과 후에 질문하러 가면 다른 교과목도 잘 가르쳐주었다. 덕분에 처음에는 점수가 한참 모자라던 지망 고교에 합격했다. 이십 년 넘게 지난 지금도 정말 고마울 따름이다.

또한 나와 쓰보이 선생님에게는 취미가 등산이라는 공통점이 있었다. 나는 아버지의 영향으로 등산을 좋아하게 되었는데, 선생님은 아버지를 한참 웃돌 만큼 산에 조예가 깊었다. 나는 선생님이 들려준 산의 매력에 푹 빠져서 고등학교 때 등산부에 들어갔다. 그렇게 보면 내 고교 생활은 쓰보이 선생님이 틀을 거의 잡아주었다고 해도 과언이 아니리라.

그런 추억을 돌이켜보고 있자니 그만 눈물이 쏟아졌다. 한순간 나이를 먹어 눈물이 많아졌다 싶었지만, 쓰보이 선생님의 경야라면 젊은 시절에도 눈물이 났을 것 같다.

쓰보이 선생님은 당시 이미 베테랑 교사였지만 마음만은 젊디젊었다. 결코 학교 쪽에만 서지 않고, 반항기가 가득한 우리 학생들의 목소리에 늘 귀를 기울여주었다.

쓰보이 선생님의 그런 면을 설명할 때 절대로 빠지지 않는 일화가 있다. 바로 중학교 마지막 축제 전에 있었던 일이다.

내 모교인 도쿄 도 조후 시립 시바사키 중학교에서는 축제 때 3학년 대표가 전교생이 모인 체육관에서 밴드 공연을 하는 것이 전통이었다. 자랑은 아니지만, 실은 이 말이 나온 시점에서 약간 자랑이지만, 당시 나는 학년에서 제일 인기가 많은 학생이었다. 그래서 3학년 때 내가 밴드의 보컬을 맡아 축제 무대에서 공연하게 되었다. 친구들과 의논하여 곡목은 오자키 유타카 메들리로 정했다. 우리는 축제에 대비해 쉬는 시간과 방과 후에 열심히 연습했다.

그런데 예상치 못한 훼방이 들어왔다. '그런 반항적인 노래를 문화제에서 부르면 안 된다'는 이유로 생활지도부에서 곡목을 변경하라고 지시했다.

어처구니가 없었다. 확실히 우리 패거리는 평소 장난이 심했고 복장 규정도 지키지 않았지만, 수업을 방해한 적도 없고 학교에서 폭력도 휘두르지 않았으며 담배도 집이나 공원에서만 피웠다. 물론 오토바이를 훔쳐서 달리거나 밤에 학교 유리창을 깨고 다니는 짓은 절대로 안 했다*. 다른 학교와 비교하면 얌전한 편이었으리라.

그저 인기곡으로 분위기를 띄워 전교생과 함께 젊음을 발산하고 싶었을 뿐인데, 가사 내용을 트집 잡아 단속하려 들다니 생활지도부는 너무하다는 생각밖에 안 들었다. 그러면 반항심만 더 커지지 않는가. 왜 그런 것도 모르지. 우리는 지시를 받은 날 방과 후에 화를 이기지 못하고 항의를 하러 교무실에 쳐들어갔다.

그런데 하필이면 그때 교무실에 있던 생활지도부 선생님이 전국체전에 출전한 경험도 있어 우리가 제일 무서워하던 유도부 담당 체육 교사, 통칭 '보스 고릴라'였다. 보스 고릴라는 우리 항의를 전혀 귀담아듣지 않고, 도리어 "이 자식들, 두드려 맞기 싫으면 썩 돌아가" 하고 요즘 같으면 무조건 문제시될 말로 으름장을 놓았다.

그 말을 듣고 우리도 울컥하여 '어디 한번 때려봐라, 이 자식아!' 하고 받아치려고 했다. 그런데 우리가 갈라진 목소리로 "어디……" 까지 말했을 때였다.

---

* 오자키 유타카의 노래 〈15세의 밤〉과 〈졸업〉에 나오는 가사다.

"잠깐, 잠깐. 말이 너무 심하지 않습니까!"

쓰보이 선생님이 보스 고릴라의 말을 듣고 곧장 달려왔다.

"오자키 유타카를 부르게 해줍시다. 그걸 부른다고 애들이 몹쓸 불량배가 되는 것도 아니잖아요. 네기시 선생님, 학생들을 못 믿는 겁니까?"

쓰보이 선생님이 보스 고릴라에게 대들었다. 평소 온후한 쓰보이 선생님이 학생들을 위해 열을 내며 나서는 모습에 나는 은근히 감동했다. 하지만 보스 고릴라는 선배 교사인 쓰보이 선생님에게도 버릇없는 태도로 대꾸했다.

"그렇게 학생들을 자유롭게 풀어주니까 자꾸 기어오르는 겁니다."

"기어오르다니 무슨 말이 그렇습니까? 선생님은 자유가 얼마나 소중한지 전혀 모르는군요!"

쓰보이 선생님은 더더욱 열을 내며 보스 고릴라에게 자유가 무엇이며, 얼마나 소중한지 사회 선생님답게 조목조목 설명했다. 근대 유럽에서 민주주의가 성립되는 과정까지 이야기가 진행되자 솔직히 무슨 내용인지 이해가 잘 되지 않았지만, 우리도 쓰보이 선생님에게 가세했다.

하지만 보스 고릴라 쪽에도 많은 교사가 가세하여 교무실 전체가 합세해 더욱 열띤 토론이 벌어졌다. 결국 그날은 결판이 나지 않아 연일 교무실에 가서 오자키 유타카 금지령을 철회해달라고 요구했지만, 그때마다 또 토론이 벌어지고……. 그걸 반복하다 보니 밴드 연습 시간이 모자라는 바람에 결국 우리가 한 발짝 물러났다. 축제 공연에서는 당시 학생들 사이에서 오자키 유타카 다음으로 인기가 높았던 준 스카이 워커스의 노래를 부르기로 했다.

불만은 남았지만 밴드 연습은 제대로 했고, 서투른 연주에도 축제 공연은 성황이었다. 돌이켜보면 교사에게 반항한 것과 학생을 배려하는 쓰보이 선생님의 마음에 감동한 것까지 다 좋은 추억이다.

그 시절 우리가 심취했던 오자키 유타카의 가사가 요즘 젊은이들에게는 와닿지 않는 모양이다. 현재 내가 점장으로 있는 슈퍼 아르바이트생들과 같이 노래방에 갔을 때 내가 오자키 유타카의 노래를 열창하자 후졌다는 둥 반항기라고 해서 민폐를 끼치면 안 된다는 둥 그렇게 반항하고 싶거든 북한이나 시리아에 가서 독재자에게 항거하는 편이 인류를 위해 도움이 된다는 둥 참담한 혹평을 내렸다. 정말 한심스럽기 짝이 없다. 그 노래에서 오자키의 뜨거운 영혼을 느끼지 못하고 그런 헛소리나 늘어놓다니 요즘 젊은이들은 정말 글렀다. 집에서 그렇게 투덜대자 "요즘 젊은이는 글렀다는 소리를 하는 어른이야말로 오자키가 제일 싫어했던 어른 아니야?" 하고 요코가 일침을 가했다. 그건 언제였더라. 요코가 있었으니 적어도 이 년은 넘었을 텐데.

하지만 나는 마흔 살을 눈앞에 둔 지금도 오자키의 정신을 잊지 않으려 애쓴다. 그야 직장에서는 악랄하게 갑질을 하거나 술에 취해 시비를 거는 손님에게 숙이기도 싫은 머리를 숙일 때도 있다. 먹고살기 위해서는 어쩔 수 없는 일이다. 그래도 마음속 깊은 곳에 피어오른 반골의 불씨는 지금도 간직하고 있다. 그 증거로 나는 지금 두 사람 앞에 줄서 있는 남자의 뒤통수를 중학생 때 그랬듯이 적의가 가득한 눈으로 노려보고 있다.

네기시 요시노리. 절대로 못 잊는다. 이십 년도 넘게 지났지만 얼굴을 보자마자 누군지 알아차렸다. 내가 성과 이름을 모두 기억하고 있는 교사는 쓰보이 세이조 선생님과 이 남자뿐이다. 하기야 쓰보이 선생님과 달리, 이 녀석은 증오스러운 나머지 이름도 기억에 남은 거지만.

그나저나 중학교 때는 그렇게 덩치가 크고 위압적으로 보였건만 당시 네기시의 나이를 넘어선 현재, 그는 나보다 키가 십 센티미터 이상 작고 통통한 초로 아저씨에 지나지 않는다. 보스 고릴라로 악명을 떨쳤던 예전 모습은 어디에도 없다. 그야말로 보스 자리에서 쫓겨난 늙다리 고릴라다. 지금이라면 드잡이 싸움을 벌이더라도 틀림없이 내가 이기겠지.

그런데 네기시 이 자식, 무슨 낯짝으로 쓰보이 선생님 경야에 참석한 거야. 쓰보이 선생님과는 견원지간이었을 텐데. 교육 방침을 두고 말다툼을 벌이는 걸 몇 번이나 보았다. 그렇다기보다 온후한 쓰보이 선생님이 화를 내는 모습은 네기시와 말다툼을 벌일 때밖에 본 적이 없을 정도였다.

다정하고 신사적이었던 쓰보이 선생님과 달리, 네기시는 요즘 같으면 매스컴에게 뭇매를 당해도 이상하지 않을 체벌을 일 년 내내 해댔다. 복장 검사를 해서 규정을 어기면 남학생은 때렸고, 여학생은 때리지는 않았지만 고래고래 고함을 질렀다. 머릿속까지 근육으로 가득 찬 스파르타 체육 교사. 소문으로는 당시 학생들을 억압하기 위해 매일 아침 누구보다도 먼저 학교에 와서 운동장을 달리고 턱걸이를 하며 고릴라 같은 몸을 유지했다고 한다. 생긴 것도 고릴라, 몸도 고릴라, 머릿속에 든 것도 고릴라. 그냥 완전히 고릴라였다. 말을 할 줄 아는 것만으로도 기적이라 할 수 있으리라.

덧붙여 네기시는 여성을 멸시하는 경향도 있었다. 당시 야와라* 붐이 일자 네기시가 담당하는 유도부에도 그때까지는 없었던 여학생이 몇 명 찾아와서 입부를 희망했지만, 네기시는 "여자가 유도는 무슨 유도냐"라거나 "유행을 좇아서 유도를 시작하는 녀석은 우리 연습을 못 따라와"라는 핑계로 거절했다. 시대착오도 이만저만 아

---

* 1986년부터 1993년 동안 연재되며 유도 붐을 일으킨 만화 〈YAWARA!〉의 여주인공.

니었다. 그래도 그가 스파르타식으로 지도한 덕분에 시바사키 중학교 유도부가 도내에서도 유수의 강호가 된 것은 사실인지, 네기시는 일부 학부모와 동료 교사에게 큰 지지를 받았다. 그래서 더 성질이 났다.

맞다, 그러고 보니 성질나는 일이 하나 더 있었다. 네기시는 고릴라 주제에 한때 학교의 마돈나였던 우치다 선생님과 사귄다는 염문이 돌았다.

아담하니 청초한 분위기의 우치다 선생님은 당시 이십 대 중반이었지만 고등학생이라고 해도 통할 만큼 귀엽고 앳되어 보였다. 그런 우치다 선생님이 네기시와 교내에서 자주 친밀하게 이야기를 나누었다. 우치다 선생님 앞에서 네기시는 안 그래도 유인원처럼 긴 인중을 쭉 늘어뜨리고 칠칠맞지 못하게 헤벌쭉거렸다. 그 꼬락서니를 볼 때마다 가슴속에서 질투의 불길이 활활 타올랐다. 분명 다른 남학생도 같은 기분이었으리라.

아무리 당시 시바사키 중학교에 젊은 독신 남교사가 없었기로서니 굳이 네기시를 선택할 것까지는 없지 않았나 싶다. 뭐, 정말로 사귀었는지는 불분명하고 그후에 결혼했다는 이야기도 못 들었으니 네기시의 짝사랑이었을지도 모르지만.

……앗, 네기시 생각을 너무 오래 했다. 도대체 무슨 짓이람. 오늘은 쓰보이 선생님의 경야지 네기시의 경야가 아니잖아. 네기시의

경야라면 참석도 안 했어. 백만 엔을 줘봐라, 누가 가는지. 아니, 잠깐만. 백만 엔이라면 가야지. 만 엔을 줘봐라, 누가 가는지.

이런 생각을 하는 동안 어느새 분향을 기다리는 줄이 줄어들었다. 이제 열 명쯤 더 지나면 내 차례다. 세 줄로 나누어서 분향하는 중이지만, 뒤를 돌아보자 그래도 여전히 줄이 길었다. 생전에 쓰보이 선생님의 인망이 얼마나 두터웠는지를 이 장사진이 여실히 증명한다.

"어…… 사이키?"

다시 앞을 보려는데 뒤쪽 대각선 자리에 앉은 여자가 갑자기 말을 걸었다. 그 사람의 얼굴을 확인하고 놀랐다.

"앗…… 하루미?"

생각지도 못한 곳에서 고등학교 동급생과 재회했다. 하루미는 마흔 살이 다 되어간다고는 믿기지 않을 만큼 아름다웠다. 눈물 자국을 감추려고 뺨을 닦았지만, 어느새 다 마른 뒤였다.

나는 앉아 있는 하루미에게 아주 작은 목소리로 물었다.

"하루미, 여기에는 어쩐 일로?"

"어쩐 일이냐니…… 나, 상주야."

"엇, 하루미가 쓰보이 선생님의……."

말을 채 맺기 전에 생각났다. 맞다, 하루미의 성은 쓰보이였더랬지.

놀랐다. 설마 고등학생 때 살며시 애틋한 마음을 품었던 여학생이 내 인생에서 제일가는 은사님의 딸이었을 줄이야.

네기시 요시노리

쓰보이 선생님은 정말로 멋진 선배였다. 절대로 넘을 수 없는 이상적인 교사의 표본 그 자체였다. 그리고 공적으로도 사적으로도 신세를 졌던 최고의 은인이기도 했다.

나는 영정 사진을 새삼 올려다보았다. 쏟아지는 눈물을 막으려 고개를 들었지만 소용없었다. 영정 사진과 눈이 마주치자 온갖 기억이 되살아나서 오히려 역효과였다.

조후 시립 시바사키 중학교는 내가 교사로 일하며 세 번째로 부임한 곳이었다. 막 부임한 내게 싹싹하게 웃으며 자기소개를 하는 모습만 보아도 쓰보이 선생님의 됨됨이가 얼마나 좋은지 충분히 느낄 수 있었다. 실제로 쓰보이 선생님이 앞장서서 교내를 안내하고 비품이 있는 곳도 설명해주었다.

교육 방침에는 큰 차이가 있었다. 내가 규율을 중시하는 유형인데 비해 쓰보이 선생님은 자유를 중시하는 유형이었다. 가끔은 학생들이 보는 앞에서도 교육 방침을 두고 말다툼을 벌이기도 했다.

하지만 그러고 나면 쓰보이 선생님은 학생들의 눈이 없는 곳에서 반드시 이렇게 위로해주었다.

"네기시 선생님, 미움받는 역할을 시켜서 미안해요."

처음 그 말을 들었을 때는 쓰보이 선생님이 인기를 얻기 위해 내게 미움받는 역할을 시킨 것도 모자라 내 앞에서 당당하게 꼼수를 인정하는 건가 싶어 화가 났지만, 그다음 말에 감명을 받았다.

"나는 학생들이 그런 다툼을 보면서 자유를 획득하기 위한 싸움이 얼마나 힘든 일인지 느꼈으면 좋겠어요. 그리고 지금 원하는 자유에 과연 그런 싸움을 감내하면서까지 쟁취할 가치가 있는지도 고민해주었으면 해요. 개인적으로는 엄한 생활지도에 반대합니다. 학생들 입장에서도 부조리하게 느껴질 테죠. 하지만 세상에는 더욱 부조리한 일이 얼마든지 있잖아요. 만약 사회에 나간 뒤에 모든 부조리에 맞서 싸우면 삶이 아주 팍팍해지겠죠. 그렇다고 모든 사람이 부조리를 죄다 허용하면 세상에 온갖 불평등함과 불공정함이 만연할 거고요. 그러니까 학생들에게 다소 타협을 하면서도 이건 정말 아니다 싶을 때는 들고일어나는 정신을 길러주고 싶습니다."

쓰보이 선생님의 행동에는 사회 과목 교사의 깊은 통찰이 담겨 있었다. 그 사실을 알고 나서는 입장의 차이를 넘어 쓰보이 선생님을 진심으로 존경하게 됐다.

당시 학생들에게 나와 쓰보이 선생님은 견원지간으로 보였을지도 모르겠다. 하지만 아니었다. 나는 업무와 사적인 문제를 쓰보이 선생님에게 수십 번이나 상담했다. 쓰보이 선생님은 가치관과 견해의 차이를 넘어 누구와도 사이좋게 지내며 상대방의 마음을 깊이 이해하려 애쓰는, 그야말로 이상적인 교사, 아니 이상적인 인간이었다고 할 수 있으리라. 신과 같았다고 해도 과언이 아니다. 나는 발끝에도 미치지 못할 만큼 그릇이 큰 사람이었다.

하나 실은 나도 쓰보이 선생님처럼 학생들이 좋아하는 인기 교사가 되고 싶었다. 하지만 결과적으로 호랑이 같은 생활지도 교사가 되고 말았다.

그러나 내 노력이 부족했던 탓은 아니다. 노력만으로는 도저히 극복할 수 없는 심각한 사정 때문에 호랑이 선생님이 되는 수밖에 없었다.

그 사정은 쓰보이 선생님에게도 결국 밝히지 못했다.

한마디로 말하자면…… 나는 롤리타콤플렉스였다.

오해는 하지 말았으면 한다. 세상에는 본인이 롤리타콤플렉스임을 알면서 여학생을 만지고 싶다거나, 가능하면 육체관계를 가지고 싶다는 이유로 교직에 몸을 담는 괘씸한 작자들이 있다. 실제로 성범죄를 일으켜 체포되는 교사 중에는 그런 유의 공술을 하는 사람이 많다.

하지만 나는 불행하게도 교직에 몸을 담은 후에야 내 성적 취향을 깨달았다.

돌이켜보면 대학교를 졸업하고 스미다 구 소재의 중학교에 처음으로 부임했을 때, 나는 결코 호랑이 선생님이 아니었다.

오히려 젊은 나이에 힘입어 학생들과 친구 같은 사이로 지내고자 했다. 시업식 날 자기소개를 할 때 전교생 앞에서 백 텀블링을 선보이자 나는 금세 인기를 얻었다. 얼굴이 고릴라를 닮아서 '릴라 쌤'이라는 별명이 붙었지만 기분이 나쁘지는 않았다. 앞으로 학생들과 좋은 관계를 쌓아나갈 수 있겠다고 확신했다. 그런데…….

처음에는 뭔가 착오인 줄 알았다. "릴라 쌤" 하고 달려와서 안기는 여학생들에게 맹렬하게 솟구치는 육욕이. 그리고 순식간에 단단해지는 아랫도리가. 이럴 리 없다. 이건 분명 죽어라 유도 연습을 해서 녹초가 된 후 묘하게 불끈불끈하는 것처럼, 아직 익숙하지 않은 환경에서 긴장하는 바람에 몸이 과도하게 지쳐서 오작동을 일으킨 것이라 믿으려 했다.

하지만 1학기 후반에 접어들어 일에 익숙해진 뒤에도 신체적인 반응은 전혀 호전되지 않았다. 오히려 악화됐다. 학생들이 하복으로 갈아입은데다가 내가 담당하는 체육 시간에 여학생들은 딱 붙는 블루머 차림이므로 더더욱 흥분했다. 당시 학교에서 솟아오르는 흥분을 어떻게든 억제하고자 집에 돌아와서 매일 밤 성인용 잡지를 보며 처리했지만, 그 행위에서 얻는 흥분이 학교에서 느끼는 흥분에 비해 훨씬 작아서 당황스러웠다.

그런 상황에서 마침내 악몽과도 같은 수영 수업이 시작됐다.

학교 수영복을 입은 여학생들 앞에서 내 아랫도리는 폭발하기 직전이었다. 조숙하여 몸매가 성인 여성 같은 여학생 쪽은 절대로 보지 않으려고 애썼지만, 몸집이 작고 가슴이 밋밋한 여학생을 보아도 몸이 반응했다. 아니, 그런 아이를 보면 오히려 더 흥분됐다. 나아가 피부가 매끈매끈하고 체격이 야리야리한 남학생을 보아도 반응했다.

그제야 확신했다. 아아, 나는 롤리타콤플렉스구나.

창피하지만 나는 그때 아직 총각 딱지를 못 뗐다. 여자와 사귀어 본 적조차 없었다. 하지만 학창 시절에 친구들이 여자와 자고 싶어 안달했을 때도 나는 별 흥미가 없었으므로, 분명 성욕이 약한 편이라고 생각했다. 하지만 그게 아니었다. 또래 여자에게는 그다지 욕정이 일지 않고 나보다 훨씬 어려 미성숙한 육체에만 맹렬히 성욕이 솟구치는 진짜배기 롤리타콤플렉스, 가장 병적인 유형의 롤리타콤플렉스였던 것이다. 그리고 내가 그러한 성적 취향을 똑똑히 자각한 날, 학생들에게도 그 사실이 들통나고 말았다.

이전까지는 수업 시간에 체육복 바지를 자주 추스르고 사타구니를 출석부로 슬쩍 가리는 식으로 어떻게든 얼버무렸지만 수영복

한 장 차림으로는 어쩔 도리가 없었다. "야, 릴라 쌤 좀 봐, 섰다……" 학생들이 속삭이는 목소리가 바로 귀에 들어왔다.

들키고 나자 일파만파였다. 학생들의 호기심 어린 시선이 내게 쏟아졌다. 처음에는 남학생들끼리 소곤댈 뿐이었지만, 바로 여학생들 사이에도 퍼져나갔다. 재미있어하는 아이도 있었지만, 혐오감이 역력한 눈으로 내 아랫도리를 힐끔거리는 아이도 있었다.

그런데, 아아, 맙소사. '여학생들이 경멸하는 눈으로 보고 있다'는 상황에 반응하여 아랫도리가 더욱 빵빵하게 부풀어 올랐다.

아무래도 나는 롤리타콤플렉스에다 마조히스트 경향도 있는 모양이라고 그때 깨달았다.

그렇게 되자 끝장이었다.

그후에도 수영 수업이 몇 번 더 있었지만 수업 시간이 어땠는지는 기억이 안 난다. 너무나 괴로운 기억을 뇌가 어딘가에 봉인한 것이리라. 간신히 맞이한 2학기에 내 인기는 완전히 추락했다. 남학생들에게는 조롱의, 여학생들에게는 증오의 대상에 지나지 않았다. 그리고 체육 시간 때마다 모두의 시선이 내 아랫도리에 모였다. 처음에는 뒷전에서 '에로 고릴라'니 '변태 고릴라'니 험담을 늘어놓다가 나중에는 대놓고 그렇게 불렀다. 하지만 화를 낼 수는 없었다. 그야 사실이었으니까.

교사를 그만두자로 시작해 끝내는 그냥 콱 죽어버리자는 생각까지 들었지만, 교원으로 채용되었을 때 우리 가문의 자랑이라며 눈물까지 흘리면서 기뻐한 부모님이 떠올라 단념했다.

그런 와중에 교장실로 불려갔다.

"네기시 선생님, 실은 학부모들이 불만을 제기해서……."

교장은 말하기 난감하다는 듯, 일찍이 국어 교사로서 길렀던 어휘력을 총동원하여 내가 학생들 앞에서 발기한다는 사실이 학부모들에게까지 알려졌음을 전했다. 어쨌거나 "악의는 없습니다" 하고 나는 눈물을 흘리며 변명했다. 틀림없는 사실이었다. 이렇게 저주받은 체질만 아니라면 성심성의껏 교육에 임하고 싶은 열의로 가득했다.

결국 무슨 불상사를 일으킨 것도 아니고 그저 생리 현상이 극단적일 뿐이었으므로 처분을 받지는 않았다. 하지만 당연히 그후로도 학생들에게 계속 무시당해 교권이 거의 실추된 상태로 간신히 3학기까지 일했다.

이듬해 나는 하치조지마 섬의 중학교로 발령이 났다.

신임 교사가 일 년 만에 이동하다니 이례인데다 장소가 장소인 만큼 '네기시 선생은 좌천당했다'는 소문도 돌았다. 하지만 나는 오히려 처사에 감사했다. 요즘 같으면 그러한 인사이동은 상상도 못 하겠지만, 아무래도 교장이 독자적인 경로로 손을 써준 모양이다. 아무도 나를 모르는 곳에서 이번에야말로 성적 취향을 극복하고 어엿한 교사가 될 수 있을 것인지 시험할 마지막 기회를 얻은 셈이다.

그리고 4월. 하치조지마 섬의 중학교에서 나는 도 아니면 모의 도박에 나섰다.

작년과는 다르게 호랑이 선생님을 연기하기로 한 것이다.

마침 생활지도도 맡았겠다, 나는 미움을 사기 위해 학생들을 사정없이 야단쳤다. 여학생들이 좋아하고, 잘 따르고, 폭 안기는 선생님이 되면 작년과 같은 전철을 밟을 것이 불 보듯 뻔했다. 학생은 증오의 대상이라는 사실을 머릿속에 단단히 새기고, 복장이 조금만 흐트러져도 단단히 혼쭐을 냈다. 본토보다 기후가 온난해서인지 블라우스 가슴께를 열어젖히고 짧은 치마를 입는 여학생이 많았는데, 그런 학생이 눈에 띄면 가슴께와 다리에 눈길이 가는 것을 최대한 참으면서 상대방이 겁에 질려 눈물이 쏙 빠질 만큼 불호령을 내렸다. 안쓰럽다는 생각도 들었지만, 그런 복장이 학교에 넘쳐나면 내 아랫도리가 버티지 못하니까 어쩔 수 없었다.

물론 여학생에게만 엄하게 대하면 부자연스러우므로 균형을 잡기 위해 남학생들도 엄하게 지도했다. 화내는 일에 온 정신을 집중하자 신기하게도 성적 흥분이 억제됐다. 아마 내가 마조히스트였던 것도 영향이 있었으리라. 사디스트였다면 더 흥분했을지도 모른다. 얼마 지나지 않아 새로 온 선생님은 무섭다는 평판이 돌았다.

나는 유도부도 담당했다. 생활지도 때보다 더 엄격하게 지도하자 그때까지 형편없었던 학생들의 실력이 단숨에 좋아져서 간토 지방 대회에 진출할 정도로 성장했다. 그러자 교직원들과 학부형들의 평판도 좋아졌다. 그리고 오로지 학생들에게 미움을 사고자 엄한 태도를 취했건만, 뜻밖에도 일부 유도부원을 중심으로 나를 우러르는 학생이 적으나마 생겼다.

뭐야, 이러면 되는 거였나……. 나는 드디어 교사로서 살아갈 수 있겠다는 자신감을 얻었다. 내가 원래 되고 싶었던 교사상과는 동떨어졌지만, 이렇게라도 하지 않으면 교직에 머물 수 없으니 하는 수 없다. 그리고 몇 년이나 그런 식으로 지내다 보니 이것이야말로 내 본모습이 아닐까 하는 생각이 들었다. 학생과 친구처럼 지내고 싶다는 예전의 이상은 어느덧 거의 잊어버렸다.

그런데 하치조지마 섬에서 칠 년을 근무한 후 부임한 조후 시립 시바사키 중학교에서 쓰보이 선생님을 만났다. 일찍이 내가 이상으로 여겼던 선생님의 모습. 실은 나도 이렇게 되고 싶었다는 마음을 꾹 참고 호랑이 역할에 충실했다. 쓰보이 선생님이 한번 "선생님, 실은 폭력적인 지도를 하기 싫은 것 아닙니까?" 하고 내 눈을 똑바로 보며 물은 적이 있다. 무심결에 고개를 끄덕일 뻔했지만, 학교 풍기를 지키기 위해서는 이런 역할을 맡는 교사도 필요하다는 생각도 그 무렵에는 싹텄으므로 신념에 따라 지도하고 있다고 주장했다. 또한 나는 시바사키 중학교에서도 유도부를 담당해 강호로 끌어올렸다.

그런 와중에 세간에서 여자 유도 붐이 일어나 시바사키 중학교 유도부에도 입부를 희망하는 여학생이 속출했을 때는 마음이 조마조마했다. "여자가 유도는 무슨 유도냐"라거나 "유행을 좇아서 유도를 시작하는 녀석은 우리 연습을 못 따라와"라는 핑계로 문전박대했지만, 진짜 이유는 물론 내 성적 취향이었다. 여학생과 맞붙어 기술을 가르치기는 절대로 불가능했다. 그런 상상만 해도 바로 발기했다. 기술을 가르치느라 바닥에 누워도 그쪽은 벌떡 서 있을 것이 틀림없었다.

당연히 내 대응은 여성 차별이라는 비판을 받았고 쓰보이 선생님도 나무랐지만, 결국은 여자 유도부를 신설하여 유도를 맛만 본 수준의 아줌마 수학 교사 이토 선생님이 담당을 맡음으로써 무사히 마무리되었다.

나는 서른 살이 넘어도 성욕이 수그러들 줄 몰랐다. 그리고 서른 살이 넘어서도 총각 딱지를 못 뗐다. 정확하게 말하자면 돈을 주고는 딱지를 뗐다. 학원물 이미지 클럽*은 정말로 큰 도움이 되었다. 나는 소녀에게 가장 강하게 성욕을 느꼈지만, 제자에게 손을 대서는 절대로 안 된다고 똑똑히 자각했다. 성욕이 강했지만 윤리관은

* 여성이 다양한 복장을 입고 성적인 서비스를 제공하는 윤락업소.

그 이상으로 강했다.

하지만 일상생활 속에서 안정적으로 성욕을 처리하지 못하면 언젠가 욕망을 이기지 못해 끔찍한 잘못을 저지를지도 모른다. 그렇다고 교사 월급만 가지고 윤락업소에 빈번히 드나들기는 힘들다. 그러므로 합법적으로 매일 밤 성욕을 처리하기 위해서는 결혼하는 수밖에 없다는 결론을 내리고 동료 여교사 중 독신인 사람에게 접근을 꾀했다. 특히 시바사키 중학교의 마돈나 같은 존재였던 우치다 선생님은 귀엽고 청초한 분위기의 동안이라 어떻게든 사귀고 싶어서 갖은 애를 다 썼지만 결국은 호되게 차이고 말았다.

우치다 선생님에게 차인 이듬해, 삼십 대도 후반에 접어들었을 무렵에야 결혼에 성공했다. 상대는 대학교 선배가 소개해준, 나보다 한 살 연하의 혼기를 놓친 시청 공무원 가즈코였다. 결코 미인은 아니지만 동안에다 아이처럼 아담한 체형이라 내 취향에 맞았고, 나중에 들어보니 가즈코도 '이쯤에서 타협하지 않으면 다음은 없다'는 생각이었기에 교제한 지 반년 만에 결혼했다. 결혼하여 전업주부가 된 가즈코와 밤마다 미친 듯이 사랑을 나눈 덕분에 학교에서 성욕 때문에 고민하는 일은 없어졌고, 할 일을 한 까닭에 이듬해 장남 사토시가 태어났다. 그제야 나도 남들이 누리는 평범한 행복을 손에 넣은 것이다. 뭐, 십여 년 후에는 사토시 때문에 엄청나게 고생했지만, 그것도 이제는 지나간 추억이다.

"어…… 사이키?"

뒤에서 여자 목소리가 들려서 긴 회상이 중단됐다. 누가 경야 자리에서 예의 없이 목소리를 높이나 싶어 돌아보자 쓰보이 선생님의 딸이자 상주인 하루미였다.

하루미가 말을 건 사이키라는 남자도 어째 낯이 익었다.

분명 시바사키 중학교에 다니던 제자 아니었던가? 쓰보이 선생님도 끼어서 문화제 때 오자키 유타카를 부르느니 마느니로 다투었던 기억이 있다. 사이키와 하루미가 어떤 관계인지는 모르겠지만, 사이키와 이야기를 나누는 하루미의 얼굴에 희미하게 웃음이 맺혔다. 아까 내가 인사하러 갔을 때는 차마 못 볼 만큼 초췌했으므로 조금이나마 슬픔을 덜었다면 다행이다.

그러다 하루미 옆에 앉은 여성이 눈에 들어왔다.

얼굴은 하루미와 아주 닮았지만 약간 젊다. 하루미의 여동생일까 싶었을 때 퍼뜩 생각났다.

아, 맞다. 혹시 쓰보이 도모미 아닐까.

재작년 가을, 당시 근무하던 사립 중학교에서 연극 관람 행사가 열려 학생들과 함께 어떤 극단의 연극을 보았다. 〈돈키호테〉라는 제목의 연극을 보며 학생들은 지루해죽으려고 했지만, 나는 마을 사람 역할을 맡은 여배우에게 눈을 빼앗겼다.

팸플릿에는 '쓰보이 도모미'라는 이름으로 나와 있었지만 얼굴은 하루미와 판박이였다. 덧붙여 하루미는 초등학교 교사이므로 교육 위원회에서 연수를 받을 때 마주쳐서 "아버님께 큰 도움을 받았습니다" 하고 인사한 적도 있다. 설마하니 동일 인물은 아닐 테지만 저렇게나 닮았으니 쓰보이네와 관계가 있는 사람이겠거니 싶었는데, 경야 유족석에, 그것도 상주 하루미 옆에 앉은 걸 보니 쓰보이 선생님의 둘째 딸이었나 보구나…….

"저기요, 앞에 가고 있는데요."

뒤에서 초로 남성이 말을 걸어서 정신을 차렸다.

이런, 유족석과 사이키를 보며 멀뚱히 서 있는 사이에 앞에서는 분향이 진행됐다. 안 그래도 줄이 긴데 나 때문에 더 지연됐다. 학교 운동회나 졸업식 연습 때 딴짓을 하느라 줄을 흐트러뜨리는 학생이 있으면 틀림없이 화를 냈겠지. 아아, 한심해라. 나는 작은 목소리로 "죄송합니다" 하고 사과하며 서둘러 앞으로 나아갔다.

고무라 히로코

아아, 쓰보이 씨, 이렇게 딱할 데가 있나. 싹싹하고 마음씀씀이도 좋고, 참 괜찮은 이웃이었는데. 다쿠로가 위기에 처했을 때도, 내가 대위기에 처했을 때도 도와줬지. 마치 신 같은 사람이었어.

그런데 예순여덟 살에 가버리다니, 우리 남편이 죽었을 때보다 일곱 살이나 어리잖아. 부인도 사 년 전에 세상을 떴고 말이야. 그렇게 좋은 사람들이 평균수명까지 살지 못하다니, 운명은 참 잔혹하다니까. 아아, 눈물 난다. 작년 남편 장례식 때보다 더 우는지도 모르겠네. 눈물을 좀 닦아야지.

어라…… 아야야, 아파라! 뭐야 이거?

어휴, 손수건이랑 염주를 같이 쥐고 있어서 염주 알 사이에 속눈썹이 끼었나 보네. 손수건을 뗄 때 쑥 뽑힌 모양이야. 아야, 또 눈물이 난다. 슬퍼서 눈물이 나는 건지 아파서 눈물이 나는 건지 모를 지경이야. 나도 참 이런 실수를 하다니. 나이 먹으면 서럽다니까.

그나저나 생각해보면 쓰보이 씨 댁에는 늘 신세만 졌다.

우리 부부가 아직 아기였던 외동아들 다쿠로와 함께 쓰보이 씨 댁 옆집에 이사 온 지 삼십 년도 넘게 지났다. 부인이 저렴한 가게와 좋은 병원이 상점가 어디에 있는지 가르쳐줬다. 다쿠로보다 두 살 많은 하루미는 다쿠로가 어렸을 적에 자주 놀아줬고.

그리고 남편 쓰보이 씨, 당신은 과장이 아니라 진짜로 다쿠로의 생명을 구해준 은인이었다.

다쿠로가 다섯 살 적 어느 일요일. 다쿠로가 2층 베란다에서 뜰에 심긴 나무로 건너갔다가 내려오지 못하고 매달려 있었다. 그건 우리가 집을 사기 훨씬 전부터 있었던 큼지막한 밤나무였다. 하필이면 남편은 그때 개를 산책시키러 나가고 없었다. 살려달라고 울부짖는 다쿠로를 보면서도 오 미터는 됨 직한 나무에 올라갈 방법이 없어 우왕좌왕하는 사이에, 힘이 다 빠졌는지 다쿠로가 금방이라도 떨어질 것처럼 축 늘어졌다.

그때 도와주러 달려온 사람이 쓰보이 세이조 씨, 당신이었어.

쓰보이 씨는 등산용 로프를 밑에서 던져서 나뭇가지에 걸고, 닌자처럼 척척 올라가서 순식간에 다쿠로를 붙잡았다. 그리고 다쿠로를 옆구리에 낀 채 한 손으로 로프를 잡고 내려왔다. 조그마한 몸집만 봐서는 상상도 못 하게 힘이 좋았다. 쓰보이 씨에게 몇 번이고 사과하면서 다쿠로를 호되게 야단쳤지만 쓰보이 씨는 "활기차서 좋은 걸요. 한창 장난칠 나이잖아요" 하고 달래줬다. 초등학교 선생님이었던 모양인데, 분명 상냥하고 좋은 선생님이었겠지.

그리고 쓰보이 씨는 만년에 뜰에다 연립주택을 짓고 수익이 거의 나지 않을 만큼 싼값에 방을 빌려주었다고 한다. 그런 호인은 또 없다니까.

그 밖에도 텃밭에서 수확한 채소를 자주 나누어줬고, 작년까지는 남편 일로 상담에도 응해주어 크게 도움이 됐다. 일방적으로 신세만 졌다. 한동안 몸 상태가 별로라고 푸념했지만, 작년까지는 나도 힘들어서 이야기를 제대로 들어주지 못했다. 이렇게 덜컥 갈 줄 알았다면 뭔가 좀더 해줬어야 했는데. 아아, 속상해라. 고마운 마음과 후회스러운 마음이 커져서 또 눈물이 핑 돈다. 안 되겠어, 당분간 눈물이 멈출 것 같지 않아. 쓰보이 씨, 고마워. 지금까지 정말로 고마웠어…….

그렇게 생각하는데 홀의 알루미늄 기둥에 비친 내 모습이 문득 눈에 들어왔다.

너무 놀란 나머지 눈물이 쑥 들어갔다.

어머나…… 살쪘네.

알루미늄 기둥 측면이 살짝 곡선이라 다소 퍼져 보이는 걸 감안하더라도 분명 전보다 몸이 많이 불었다. 그러고 보니 이 상복도 작년 남편 장례식 때는 헐렁했다. 그런데 지금은 잘도 몸을 쑤셔 넣었다고 스스로 감탄할 만큼 꽉 낀다. 검은 옷을 입으면 말라 보인다지만, 이렇게까지 살이 찌면 색깔은 상관없다. 흑돼지라고 해서 흰 돼지보다 말라 보이는 건 아니잖아.

뭐, 난 원래부터 통통한 체형이었으니 오히려 작년까지가 마른 편이었지. 역시 그 다이어트는 효과가 굉장하다니까. 이렇게 요요 현상이 오는 게 문제지만, 아마 세상에 유행하는 어떤 다이어트보다 효과가 좋았을 거야.

작년까지 있었던 일을 떠올리기에는 아직 마음의 준비가 안 됐는데 뭐, 어쩔 수 없지, 정말로 지옥이었으니까……. 그런 생각을 하고 있자니 어느 틈엔가 분향할 순서가 다가왔다. 아아, 다음이 내

차례인가.

그런데 내 앞에 있는 몸집이 작은 까까머리 청년이 분향대 앞에서 우물쭈물하고 있다. 방법을 모르는 건지 주변을 두리번거리는 모습이 참으로 수상해 보인다. 혹시 장례식이 처음인가.

아, 그러고 보니 들어봤어. 요즘 고령화로 가족의 죽음을 경험하기 힘든데다, 집에서 장사를 지내는 일도 줄어서 가족이나 이웃의 장례식에 한 번도 참석한 적 없이 어른이 되는 젊은이가 꽤 많다던데. 청년은 분향대 앞에서 완전히 혼란에 빠졌다. 하는 수 없지, 내가 가르쳐주는 수밖에…….

아유카와 마키

내게 쓰보이 선생님은 최고의 선생님이자, 최고의 집주인이자, 최고의 아버지였다. 물론 아버지라고 해도 친부녀는 아니지만, 이런 사람이 아버지면 좋겠다고 여긴 적은 수도 없이 많다.

그리고 최고의 남성이었다.

내게 그런 존재였던 쓰보이 선생님이 돌아가셨다. 정말 믿기지가 않는다. 충격적인 정도가 아니다. 선생님이 없었다면 지금의 나는 절대로 없다. 내가 지금 그럭저럭 제대로 살고 있는 건 전부 선생님 덕분이다.

눈물이 멈추지 않는다. 오늘 정말 오랜만에 마스카라도 아이섀도도 칠하지 않고 나왔다. 무사가 칼 없이 외출할 때도 이만큼 불안하지 않았을까 생각하며 점장에게 빌린 상복 차림으로 여기까지 왔는데, 눈에 화장을 하지 않아서 진짜 다행이었다. 만약 평소처럼 화장했다면 지금쯤 눈부터 턱까지 시커먼 선이 생겨서 오쓰키 겐지* 처럼 됐겠지.

줄을 서서 분향할 차례를 기다리며 다시금 영정 사진을 올려다보았다. 언제나 날 안심시켜준 미소가 눈에 들어왔다. 날 다시 학교에 다니도록 해준 그 미소가.

쓰보이 선생님은 나가노 구립 누마부쿠로 중학교 교장이었다. 국가대표 교장선생님이라고 불리기도 했다. 하지만 겉모습은 그런 호칭과는 거리가 멀어, 교장선생님인데도 운동복을 입고 다닐 때가 많았다. 그것도 명품 운동복 같은 게 아니라, 동아리 활동을 할 때 입으려고 맞췄지만 그만두는 사람이 생겨서 남은 운동복을 아깝다며 얻어서 입었다. 교장이면서 등에 "누마부쿠로 중학교 탁구부"라고 적혀 있는 그런 운동복을. 게다가 그런 걸 학교 밖에서도 평상복으로 입고 다녔다.

* 일본의 록 가수. 왼쪽 이마부터 턱까지 금이 간 것처럼 화장한 것이 특색이다.

그렇듯 촌스러운 패션도 어떤 의미에서는 혁명적이었지만, 쓰보이 선생님은 교장으로서 정말로 혁명적이었다. '열린 교장실'이라는 참신한 제도를 만들었으니까. 등교를 거부하는 아이들은 흔히 보건실에서 시간을 보내는 경우가 많은데, 누마부쿠로 중학교에서는 그 장소가 교장실이었다. 그리고 나는 중학교 삼 년 중 절반 이상을 교장실에서 지냈다.

내가 등교를 거부한 기간은 길다. 초등학교 4학년 도중부터 학교에 거의 안 갔다. 학교가 싫은 건 아니지만, 공부를 전혀 못 따라가면 힘들다. 선생님이 무슨 소리를 하는지 전혀 못 알아들으면서 하루에 대여섯 시간이나 수업을 듣는 건 아이에게 무리였다. 어른이 된 지금도 그런 짓은 못 한다.

게다가 숙제를 자주 안 해 가서 담임선생님이 싫어했다. 선생님에게 야단만 맞다 보니 아이들에게도 꼴통 취급을 받았고, 점점 외톨이가 된 끝에 등교 거부를 했었던가. 뭐, 이제는 기억도 잘 안 나지만.

하지만 숙제를 안 한 건 내 잘못이 아니다. 우리 엄마 아빠는 공부를 가르쳐줄 만큼 머리가 좋지 않았고, 집에는 공부책상도 없었으니까. 애당초 공부책상이 뭔지도 초등학교 3학년 때까지 몰랐다.

친구랑 떠들다가 "우리 집 공부책상에는 뭐랑 뭐가 들었어" 같은 이야기가 나왔는데, 난 처음에 공부책상이 교실에서 사용하는 것처럼 위판이 나무로 되어 있고 다리랑 교과서를 넣는 곳이 쇠로 되어 있는 줄 알았다. 그래서 왜 친구는 집에서도 그렇게 작고 불편한 책상에서 공부할까, 나처럼 테이블이나 바닥에서 공부하면 넓어서 좋을 텐데, 그런 생각을 했다.

그래서 친구 집에서 서랍이 몇 개나 달렸고, 불도 켜지고, 전체가 매끈매끈한 나무로 되어 있고, 엄청나게 큰 진짜 공부책상을 처음으로 보고 깜짝 놀랐다. 하지만 그때도 설마 이런 고급 책상이 집집마다 있을 거라고는 생각지 않았다. 지카라는 이름의 친구 집이 부자니까 이런 책상이 있다고 믿었다.

하지만 나중에 다른 친구 집에도 몇 번 놀러 다니면서 지카 집보다 잘사는 집도 많다는 것, 공부책상도 다들 가지고 있다는 것, 어느 친구 집보다도 작고 공부책상이 없는 우리 집 같은 집이야말로 드물다는 것을 알았다.

그리고 다른 집 아빠들은 낮에 술을 마시며 빈둥빈둥 놀지 않고 일하러 간다는 것, 애당초 보통은 아빠가 몇 년에 한 번씩 바뀌지 않고 한 명이라는 것, 다른 집에는 엄마가 특별히 사주지 않더라도 보통은 과자가 있다는 것, 친구가 놀러 오면 엄마가 주스와 함께 과자를 대접한다는 것, 다른 집 엄마는 밤에 짙은 화장을 하고 일하러 나가거나 술에 취해 자식 앞에서 알몸으로 아빠와 엉겨 붙어 "넌 밖에 나가 있어"라는 말을 하지 않는다는 것 등을 알았다.

뭐, 요컨대 우리 집이 이상했음을 깨달은 것이다.

그런 사실을 알았으니 "다음에는 마키 집에 놀러 가자"라고 친구가 말해도 한사코 거절할 수밖에 없지. 그렇게 계속 거절하다 보니 친구와 점점 거리가 멀어졌고, 조금씩 겉돌다가…… 아아, 그러고 보니 내가 등교 거부를 하게 된 데는 그런 이유도 있었구나.

하지만 등교를 거부하는 상황에서 입학한 누마부쿠로 중학교에 열린 교장실이 있음을 알고, 밑져야 본전이라는 마음으로 가본 것을 계기로 나는 변화에 성공했다.

공부가 한참 뒤처졌지만 쓰보이 선생님은 본인은 물론이고, 시간이 나는 다른 선생님이나 자원봉사자들에게 부탁해 등교를 거부하는 우리 같은 학생에게 초등학교 저학년 내용부터 개인 교습을 해주었다. 덕분에 나는 이제 안 되겠다고 6단부터 포기한 구구단도 다 뗐고, 거의 알아먹지 못했던 십 획 이상의 한자도 읽고 쓸 수 있게 되었다. 뭐, 그래도 아직 '가정家庭'을 '가저家底'라고 쓰거나 '대장大腸'을 '태양太陽'이라고 읽기도 하지만, 그런 실수를 해도 쓰보이 선생님은 "아유카와는 틀려도 똑똑하게 틀리는구나. 다른 지식이 있으니까 그런 실수가 나오는 거야. 실수에서 배우면 돼" 하고 칭찬해주었다. 틀려도 칭찬해주다니 그런 선생님은 쓰보이 선생님이 처음이었다.

쓰보이 선생님 덕분에 태어나서 처음으로 공부가 재미있게 느껴졌다. 3학년 때부터는 교실에서 수업을 들어도 될 만큼 상태가 좋아졌고, 끝내는 고등학교에도 붙었다. 우리 엄마는 옛날부터 "고등학교에 가봤자 아무 도움도 안 돼" 하는 사람이라 내가 고등학교에 붙었다고 알렸을 때도 "설마 다니려는 건 아니지?" 하고 말했지만, 쓰보이 선생님이 집까지 찾아와서 설득하자 마지못해 입학을 허락해주었다. 뭐, 결국은 내가 3학년에 올라가기 전에 엄마가 당시 사귀던 남자의 빚을 떠안는 통에 학비를 내지 못해 중퇴했지만, 그래도 고교 시절 친구 중에 지금도 친하게 지내는 아이도 있고 하니 이 년이나마 다니길 잘했다 싶다.

하지만 남자 빚을 갚느라 딸을 중퇴시키는 엄마와 언제까지고 한 지붕 아래 사이좋게 지내기는 무리다. 고등학교를 그만둔 뒤로는 매일같이 엄마와 싸웠다. 빨리 집을 나가고 싶었지만 무작정 나간다고 뾰족한 수가 있는 것은 아니었다. 친구의 친구 중에는 가출해서 시부야 센터 거리를 돌아다니며 성매매를 해서 먹고사는 아이도 있었지만, 내게 그 정도 배짱은 없었다. 아니, 실은 자포자기하여 그까짓 몸 팔아버리자는 생각을 한 적도 몇 번 있지만 그때마다 쓰보이 선생님의 얼굴이 눈앞을 어른거려서 역시 그만두었다. 결국 마음대로 쓸 수 있는 돈을 확보해두면 여차할 때 어떻게든 되리라는 생각으로 합법적인 아르바이트를 해서 돈을 차곡차곡 모았다. 그리고 사 년 전, 스무 살이 된 해의 연말에 엄마와 대판 싸움을 벌인 후 지금이 바로 '여차할 때'다 싶어 집을 뛰쳐나와 자취할 결심을 했다.

한동안 만화카페와 인터넷카페를 전전하며 부동산중개소를 방문해 방을 찾았다. 하지만 괜찮은 방이 있어도 계약하려면 대개 보증인이 필요했다. 게다가 부동산중개사 말로는 내 또래가 방을 계약할 때는 보통 부모가 보증을 서주는 법이란다. 너무하잖아. 부모가 멀쩡하면 나도 부모에게 부탁하겠지. 부모가 안 멀쩡하니까 혼자 살고 싶은 거라고.

수긍이 가지 않았지만 어쨌든 보증인 없이도 계약이 가능한 방은 없느냐고 물었더니 "그럼 시설 및 환경이 확 열악해지는데요"라며 임대 물건 파일을 펄럭펄럭 넘겼다. 하지만 잠시 후에 "앗, 마침 좋은 곳이 비어 있네요" 하고 '메종 몽블랑 102호실'이라는 페이지를 보여주었다.

부동산중개사와 그 방을 보러 갔다가 정말 깜짝 놀랐다.

집주인이 쓰보이 선생님이었기 때문이다.

선생님이 정년퇴직 후에 지은 연립주택을 우연히 발견하다니 그야말로 하늘이 돕는구나 싶었다. 오랜만의 재회를 선생님과 함께 기뻐한 후, 바로 계약하여 그 방에 살기로 했다. 선생님은 여분의 이불과 식기도 나누어주었다. 여기라면 안심하고 새로운 생활을 시작할 수 있을 것 같았다.

하지만 그렇게 순조롭지만은 않았다.

나는 지금까지 방세를 비롯해 매달 필요한 생활비를 계산하며 살아본 적이 없었다. 살림살이도 이것저것 장만해야 했고, 방을 찾는 동안 만화카페와 인터넷카페에서 지내느라 돈이 제법 많이 나갔다. 거기에다 스무 살부터는 연금도 내야 해서 돈이 무섭게 줄어들었다. 엎친 데 덮친 격으로 본가에 살던 시절부터 아르바이트를 했던 편의점이 망해서 빨리 다른 아르바이트를 하고 싶었지만, 고등학교도 못 나왔다는 이유로 잘 써주지 않았다. 그렇다고 밤에 유흥가로 일하러 나가는 건 싫어하는 엄마를 닮은 증거처럼 느껴져서 절대로 사절이었다. 간신히 슈퍼에 취직했지만 선배가 괴롭혀서 바로 그만뒀고, 그다음 선술집은 은근슬쩍 성희롱을 하는 사장이 싫어서 바로 때려치웠고…… 그러는 사이에 어느덧 저금이 거의 다 떨어져서 봄에는 결국 방세도 못 낼 지경이 되고 말았다. 어른이 되어서도 선생님에게 폐를 끼치다니 너무 미안해서 반쯤 울먹이며 사과하러 갔다.

그러자 쓰보이 선생님은 "사정이 그렇다면 어쩔 수 없지" 하며 날짜를 미루는 게 아니라 방세를 아예 면제해주었다. "네 적성에 맞는 직장을 천천히 찾아보렴" 하고 중학교 때와 다름없이 따뜻하게 말해주었다. 아무리 그래도 돈이 얽힌 일이다 보니 마냥 호의에 기대기는 죄송해 사례는 톡톡히 했다. 그후 중고등학생 취향의 날라리 패션숍에 취직했고, 삼 년이 넘은 지금도 거기서 일하고 있다. 지금 직장은 점장도 점원도 다들 좋은 사람이고, 모두 여자라서 성희롱도 없다. 뜬금없이 희한한 아이템이 인기를 끄는 여자 중고등학생의 유행을 파악해야 해서 힘들지만, 월급은 주 5일 출근하면 저금도 할 수 있을 정도로 나오고 일도 제법 재미있다.

그러니까 지금의 내가 있는 건 역시 선생님 덕분이다.

중학교 때와 스무 살 때, 만약 선생님을 못 만났다면 인생이 더 개판이 됐든지 어쩌면 자살이나 객사를 했을지도 모른다. 정말로 생명의 은인, 아니, 내게는 신이다.

그런데 제대로 보답도 하기 전에 선생님이 돌아가시고 말았다. 아아, 계속 눈물이 난다…….

데라시마 유

우와, 주인아저씨는 이 정도까지 인망이 높은 사람이었나. 경야라는 이벤트는 난생 처음 경험하지만, 참석자 수가 상당히 많은 편이라는 건 알겠다.

다들 운다. 엉엉 우는 사람도 있고 조용히 눈물을 흘리는 사람도 있지만, 전혀 울지 않는 사람이 나 말고 또 있으려나. 큰일이다, 이대로 있으면 너무 튀겠다 싶어 아까부터 눈물을 짜내려고 애썼지만 역시 눈물은 안 난다. 그럴 만도 하지, 난 연립주택 세입자일 뿐인걸. 뭐, 주인아저씨는 분명 좋은 사람이었고, 여느 집주인과 세입자에 비하면 교류도 많은 편이었겠지만 그렇게까지 특별한 감정은 없었다.

게다가 나는 다른 사람들과 달리 경을 쳐도 시원치 않을 이유로 참석했다. 그런데 우는 연기까지 해봐라. 더더욱 괘씸해서 천벌을 받을 것이다.

나는 오 년 전, 고등학교를 졸업하자마자 고향의 소꿉친구와 함께 상경해 현재 개그 콤비로 활동중이다. 일은 거의 안 들어온다. 큰 기획사 소속이기는 하지만 그렇다고 텔레비전에 재깍 나올 수 있는 것은 아니다. 게스트의 투표를 통해 개그맨 열 팀의 콩트 중 상위 다섯 팀의 콩트만 방송되는 프로그램에 나갔다가 8위로 낙선하여 콩트는 방송되지 않고 얼굴만 살짝 나온 것이 유일한 출연 경험이었다.

그래도 기획사에서 매달 주최하는 라이브 공연에는 관객이 백 명도 넘게 든다. 공연에 출연하려면 기획사 내부 오디션, 이른바 콩트 검사에서 높은 평가를 받아야 하는데 콩트 검사에서 통과하면 수많은 관객 앞에서 삼 분간 마음껏 콩트를 펼칠 수 있다. 현재 출연할 기회가 주어지는 무대 중에서 우리가 가장 빛날 수 있는 곳이다.

이번 달 공연을 앞두고 우리는 콩트 검사 때 '결혼식 겸 장례식' 이라는 콩트를 선보였다. 신랑의 할아버지가 결혼식 전날에 돌아가셨다, 따로 장례식을 치르려면 수고스러운데다 이왕 친척들도 모이는 만큼 결혼식과 장례식을 동시에 진행한다는 내용이다. 웃는 얼굴과 우는 얼굴로 축전과 조전을 번갈아 읽고, 수의를 입은 할아버지를 턱시도로 갈아입히고, 촛불 이벤트를 하는 김에 기름을 바른 할아버지 시신에 불을 붙여 화장하고, 케이크를 자르는 김에 유골도 잘라서 나누고, 결혼사진과 심령사진을 동시에 찍는 등 여하간 블랙유머가 넘치는 콩트다. 그런데 이런 게 의외로 먹힌다. 콩트를 검사받으러 나온 동료 개그맨들도 많이 웃었다.

다만 심사위원인 기획사 작가는 달랐다.

"너희들 결혼식은 가봤나 본데 장례식에는 안 가봤지? 스님의 독경이랑 분향 같은 걸 잘 엮어서 좀더 큰 웃음을 빵 터뜨릴 수도 있을 것 같은데 말이야. 아직 내용이 빈약하니까 진짜 장례식에 참석해서 연구를 더 해봐."

삼십 대 중반의 그 작가도 예전에는 개그맨이었다는데, 뭘 만들기에 작가라고 불리는지는 잘 모르겠다. 매달 기획사 라이브 공연의 구성 대본을 짜기는 하지만 그딴 건 있으나 마나이며, 텔레비전 방송 작가 일도 그렇게 많이 들어오는 것 같지는 않다. 요컨대 개그맨으로는 못 떴지만 어떻게든 이 바닥에 머물고 싶은 마음에 전직하여 기획사 밥을 먹고 있는 처지다. 개그맨으로 떠본 적도 없는 인간이 충고는 무슨 충고냐 싶었지만, 결혼식에는 가봤어도 장례식에는 안 가봤다는 지적은 분하게도 정곡을 찔렀다.

다음 주에 재검사를 받기 전에 작가의 지적대로 콩트를 어느 정도 보완해야 합격하여 공연에 출연할 수 있다. 하지만 그렇게 마침 맞게 가까이에서 장례식이 치러질까…… 걱정하던 참에 집주인이 세상을 떠나 근처 장례식장에서 경야와 장례식을 치르게 됐다. 그야말로 술 익자 체 장수 지나가는 격이었다.

요컨대 오늘 나는 콩트에 참고하기 위해 경야에 참석한 것이다. 솔직히 그런 이유가 아니었다면 안 왔을지도 모르겠다. 실제로 사년 전쯤에 주인아주머니가 죽었을 때는 안 갔다. 어때, 경을 칠 일 맞지?

하지만 주인아저씨의 죽음을 애도하는 마음이 없는 것은 아니다. 쓰보이 씨는…… 솔직히 죽고 나서야 오랜만에 성씨가 생각났지만, 그 아저씨는 참 좋은 사람이었다.

화장실 겸 욕실이 딸렸고 볕도 잘 드는 3.5평짜리 신축 연립주택을 도내에서는 파격적인 가격인 사만 팔천 엔에 빌려주었으며, 방에서 파트너와 콩트 연습을 하느라 소음이 새어 나와도 불평 한마디 없었다. 불평은커녕 우리가 출연하는 개그 공연 티켓을 사준 적도 있고, 텃밭에서 키운 채소를 주기도 했다. 뭐, 채소는 떫어서 맛이 시원찮을 때도 있었지만 그야 우리 부모님이 농사를 지어서 채소에 관해서만큼은 내 입맛이 고급이라 그렇겠지. 아무튼 그 정도까지 해주는 집주인은 드물리라. 벌써 세상을 떠나기에는 아까운 사람이었다.

그나저나 내가 사는 연립주택 '메종 몽블랑'이 앞으로 어떻게 될지 걱정된다. 집주인 부부는 둘 다 죽었다. 혹시 철거하면 어쩌나 불안하지만 솔직히 기대도 크다. 어쩌면 딸 하루미 씨가 집주인이 되는 것 아닐까…….

실은 그러한 사정을 확인하고 하루미 씨에게 위로의 말을 건네는 것도 오늘 여기에 온 목적 중 하나다.

쓰보이 하루미 씨와는 작년 봄에 안면을 텄다.

집세는 자동이체, 방 때문에 집주인에게 상담해야 할 문제도 거의 없어서 뜰을 끼고 이웃한 쓰보이 씨 댁을 찾아갈 일은 보통 없다. 계약을 갱신할 때나 한 번씩 간다. 부동산중개소에서 보낸 서류에 필요한 사항을 적고 도장을 찍은 후 집주인에게 직접 가져다줘야 한다. 작년에 두 번째로 갱신하려고 쓰보이 씨 댁에 갔더니, 집주인은 외출했는지 처음 보는 미인이 나왔다.

"어, 안녕하세요. 처음 뵙겠습니다. 저는 집주인 딸 하루미라고 해요."

내가 멀뚱히 서 있자 하루미 씨가 자기소개를 했지만, 나는 아무 대답도 못 하고 쓰보이네 현관 앞에서 굳어버렸다.

"저기…… 왜 그러세요?"

"어, 그게…… 너무 미인이셔서 넋이 나갔습니다."

"어머나, 빈말도 잘하셔."

하루미 씨는 웃었지만 빈말이 아니라 진담이었다. 그후 계약 갱신 서류를 제출하러 왔다는 취지를 떠듬떠듬 알리고 서류를 건넸다. 하지만 그대로 헤어지려니 너무 아쉬워서 마지막으로 한 번 더 말을 붙였다.

"저어, 혹시 배우나 모델 같은 일을 하세요?"

이것도 빈말이 아니었다. 하루미 씨는 진짜로 그 정도 수준의 미인이다.

하지만 하루미 씨는 쑥스러운지 수줍어하며 말했다.

"에이, 무슨 말씀이세요. 여동생 도모미가 무명이나마 배우 일을 하기는 하지만, 저는 별 볼 일 없이 나이만 먹어 마흔이 다 된 초등학교 선생님인걸요."

"마흔이 다 됐다고요? 전혀 그렇게 안 보이는데요. 이십 대라고 해도 완전 통하겠어요."

물론 이것도 진심.

"어휴, 부끄러워라. 비행기 태우셔도 아무것도 안 나와요."

하루미 씨는 더 쑥스러워했다. 그 표정이 참 귀여웠다.

"아니에요, 정말인데……."

좀더 하루미 씨와 이야기를 나누다 기회를 봐서 데이트 신청을 하고 싶은 기분은 굴뚝같았지만, 현관 앞에서 집주인 딸에게 집적거리는 것도 보기에 좀 그렇다 싶었고 혹시 주인아저씨가 나타나면 민망할 것 같아서 그날은 그쯤 하고 물러갔다. 하지만 그 이후로 하루미 씨와 마주친 적이 없어 그때 데이트를 신청할걸 그랬다고 내내 후회했다. 그 정도로 하루미 씨는 내 스트라이크존 한복판에 딱 꽂히는 미인이었다.

그런 상황에서 주인아저씨의 부보. 아주머니도 돌아가셨으니 하루미 씨가 집주인이 되는 게 순리 아닐까. 공무원은 부업을 못 한다지만, 요전에 인터넷에 찾아보니 임대주택 경영은 지나치게 규모가 크지 않으면 괜찮은 모양이다.

그러자 제멋대로 망상이 부풀어 올랐다.

미인 집주인과의 사랑. 『메종일각』*을 방불케 하는 상황이다. 하기야 원작 만화는 본 적이 없으며 애니메이션 재방송을 잠깐 깔짝대고 파칭코 가게에서 〈메종일각〉 게임을 해본 게 전부지만, 오랫동안 여자 친구가 없다 보니 그런 망상이 꽃피고 만다. 그리고 이런 설정은 성인 비디오에도 흔하다.

---

* '메종일각'이라는 연립주택을 무대로 러브스토리를 그린 일본 만화.

그런 망상은 가슴속에 숨기고 아까 인사하러 갔다. 하루미 씨는 아직 충격이 큰 모양이었고 주변에 친척과 관계자들이 많아서 도저히 '이제 연립주택은 어떻게 되나요?' 하고 물어볼 상황이 아니었으므로 "고인의 명복을 빕니다"라고만 전하고 물러났다. 하지만 남편 같은 사람은 없었으니 아마도 하루미 씨는 독신이겠지. 그리고 상복 차림은 역시 엄청 매력적이었다.

그나저나 옆에 있던 사람이 동생이자 배우로 일한다는 도모미 씨겠지. 하루미 씨와 많이 닮긴 했지만 솔직히 말해 하루미 씨가 더 미인이었다. 동생은 성격이 좀 있어 보이게 생겼다. 뭐, 그래서 인기가 없는지도 모르겠지만.

아무튼 콩트를 위해 경야라는 행사를 찬찬히 견학하는 것과, 가능하면 하루미 씨에게 말을 붙여 조금이라도 좋은 인상을 주는 것이 오늘 여기에 온 목적이다. 없는 돈을 박박 긁어 부조금으로 오천 엔이나 냈으니 확실한 수확을 올려 돌아가고 싶었다.

그런 생각을 하는 사이에 슬슬 내 순서가 다가왔다.

음, 그런데 이거 무슨 줄이더라?

맞다, 아까 부조금을 내고 빈소에 들어와서 하루미 씨에게 애도의 뜻을 전한 후, 다들 길게 줄을 서 있기에 분위기에 맞추어 제일 뒤에 섰다. 그러자 내 뒤에도 사람들이 하나둘씩 늘어서서 빠져나가기가 애매해졌지. 뭐, 좀 있다 보면 무슨 줄인지 알겠거니 했는데 결국 내 앞에 세 명밖에 안 남았다. 다들 영정 사진 앞의 받침대에서 뭔가 하는 것 같은데, 뒤에서 봐서는 정확하게 뭘 어쩌는지 모르겠다.

앗, 잠깐. 혹시 이게 '분향'인가? 들어봤다. 콩트 검사 때도 작가가 언급했지. 장례식 특유의 특수한 의식인 모양이다. 하지만 구체적으로 어떻게 하는지 세세한 규칙까지는 모르겠다.

큰일이다, 앞으로 두 명 남았다. 게다가 분향하는 모습은 대각선 뒤쪽의 유족석에서도 잘 보일 텐데. 어처구니없는 실수라도 했다가는 하루미 씨에게 나쁜 인상을 줄 거야. 압박감을 느끼자 배 속이 꾸르륵댔다. 사실 나는 긴장하면 배탈이 난다. 중요한 무대에 서거나 콩트 검사를 받을 때도 이 체질 때문에 애먹는다. 아아, 앞으로 한 명…….

앗, 그렇지. 생각해보니 나는 세 줄 중 가운데 줄에 있으니까 양옆에도 사람이 있다. 뒤에서는 잘 안 보이지만 옆에서는 보이겠지. 옆 사람을 흉내 내서 이 위기를 빠져나가자!

분향

쓰보이 하루미

"미안, 말이 너무 많았네. 그럼 부디 기운 잃지 말고……."

사이키는 나를 격려하고 분향을 기다리는 줄로 돌아갔다.

얼굴을 보자 반가워서 그만 유족석에서 말을 걸었다. 상주라는 입장도 잊고 이야기에 열중했지만 사이키 덕분에 기분이 조금 밝아졌다.

사이키는 고등학교 2학년 때 같은 반이었다. 키가 크고 얼핏 보기에는 불량스럽게 생겼지만, 밝고 사교적인 성격이라 남녀를 불문하고 적극적으로 친해지는 사람이었다. 그 분위기는 지금도 여전했다. 키는 고등학교 때보다 더 자랐고 아직 젊음을 간직하고 있었다.

사이키가 조후 시립 시바사키 중학교 때 아버지 밑에서 수학한 줄은 몰랐다. 아까 아버지를 두고 "내 인생 최고의 은사"라는 말까지 해주었다. 중학교 시절 담임선생님의 경야에 일부러 참석했으니 분명 진심이겠지. 정말 자랑스러운 기분이었다.

사이키는 아버지 영향으로 고등학교 때 등산부에 들었다고 한다. 그 말을 듣자 사이키가 등산부였음이 생각났다. 3학년 때는 부장을 맡았다는 사실도 기억난다. 나도 어릴 적에 아버지와 함께 산에 갔던 추억을 사이키에게 이야기했다.

아버지는 등산을 좋아했다. 대학교 때는 산악부 소속이었고, 서유럽 최고봉 몽블랑과 아프리카 최고봉 킬리만자로에도 등정했다고 들었다. 덧붙여 아버지가 정년퇴직 후 지은 연립주택 '메종 몽블랑'은 그 몽블랑에서 이름을 따왔다.

나랑 도모미가 어릴 적에는 다카오산이나 쓰쿠바산처럼 초심자용 산에 데려갔다. 좀더 성장하자 작은 바위산에서 등산용 로프를 사용해 클라이밍도 체험시켜주었다. 기슭은 덥지만 올라갈수록 시원해지는 여름철 산, 정상에서 본 아름다운 경치, 맛있는 공기 등이 지금도 똑똑히 기억난다. 그리고 그럴 때 아버지는 누구보다도 제일 즐거워하며 어린아이처럼 밝게 웃었다.

아버지는 취미가 많았다. 일단 흥미가 생기면 점점 깊이 파고들었다. 등산 말고도 영화와 음악에도 해박했다. 제자에게도 종종 영향을 받는 것 같았다. 오자키 유타카에게 빠진 현역 교사는 그 당시 보기 드물었으리라. 그리고 공통적인 취미를 화제 삼아 교우 관계를 점점 넓혀나가는, 사교성으로 똘똘 뭉친 것 같은 사람이었다.

그러고 보니 아버지는 만년에도 새로운 취미를 시작한 모양이었다. 삼 년쯤 전에 컴퓨터로 방문 기록을 살펴보니 인터넷 쇼핑몰에서 빨강, 파랑, 녹색 등 도료용 스프레이를 몇 종류나 구입했다. 뭔가 착오인가 싶어 아버지에게 물어보자 "NPO 직원의 권유로 그라피티를 시작해볼까 해서"라는 예상치 못한 답변이 돌아왔다. 결국 작품은 본 적이 없지만, 환갑이 지나서 그라피티를 시작하다니 활력이 대단하다 싶었다.

아버지의 활력과 사교성을 반만이라도 따라갔다면 나도 좋은 교사가 될 수 있었을까. 그렇게 생각하자 조금 서글펐다.

문득 기척이 느껴져 옆에 눈길을 주었다. 도모미가 나를 보고 뭔가 말하고 싶은 듯한 표정을 지었다. 대체 뭘까…….

쓰보이 도모미

사이키라는 남자와 이야기를 나누는 언니를 계속 관찰했다. 분향이 한창이라 목소리를 낮추었지만 내용은 대충 알아들었다. 사이키 씨는 키가 크고 꽃미남은 아니지만 훈남 정도는 된다. 지금보다 조금 젊은 시절의 아베 히로시가 열 방쯤 얻어맞고 기가 좀 죽은 듯한 인상으로, 코믹한 역할을 맡기면 잘 소화해낼 것 같았다.

사이키 씨는 아버지가 자기 인생 최고의 은사라고 했다. 뭐, 약간 빈말이 섞였겠지만 언니는 기뻐했다. 아버지가 등산을 좋아했다는 화제로도 이야기꽃을 피웠다. 그 이야기를 듣자 나도 생각났다. 그러고 보니 어릴 적에 자주 산에 데려갔더랬지.

하지만 솔직히 말해 등산이 재미있었던 적은 단 한 번도 없다. 가족 동반으로 산을 오르다가 방향치인 내가 길을 잃은 끝에 하마터면 조난당할 뻔했다든가, 그런 나쁜 추억밖에 안 떠오른다.

아버지를 포함해 산을 좋아하는 사람은 흔히들 정상에서 보는 경치가 최고라고 말하는데, 그런 경치는 사진으로 얼마든지 볼 수 있잖아. 컬러 사진이 없던 시절이야 올라갈 만한 가치가 있었는지도 모르겠지만, 지금은 후지산 정상의 경치도 위성으로 중계하는 시대다. 굳이 올라가서 봐야겠다는 사람의 심리를 모르겠다.

어릴 적부터 느꼈는데, 아무리 생각해도 비행기 창문으로 보는 경치가 훨씬 멋지다. 고도 일만 미터는 예사롭게 올라가는걸. 에베레스트산에 올라가도 못 보는 경치를 푹신한 의자에 앉아서 볼 수 있으니 비행기가 훨씬 낫다. 산에 오르려고 해외로 나가다니 어리석기 짝이 없다. 오갈 때 타는 비행기가 제일 높게 올라가잖아. 몽블랑도 킬리만자로도 그에 비하면 나지막한 언덕이다.

등산 애호가는 그 외의 이유를 열거하며 산을 칭찬하느라 바쁘지만, 내가 듣기에는 전혀 수긍이 안 된다. 여름철에 산에 가면 시원해서 기분이 좋다고? 전에 아르바이트하던 가게에서 업무용 냉장고에 들어갔을 때가 더 시원했어. 공기가 맛있다고? 그야 공기가 희박해서 귀중하니까 그렇게 착각할 만도 하지. 꽉 막힌 방에 연탄을 피워놓고 죽기 직전에 나와서 공기를 들이마시면 비슷하게 맛있을걸.

마음속으로 투덜거리는 사이에 등산 이야기가 끝났는지 사이키 씨는 언니에게 격려의 말을 건네고 분향을 기다리는 줄로 돌아갔다. 다만 그후에 언니를 보고 어라, 싶었다.

언니가 어쩐지 묘하게 들떴다고 할까, 싱숭생숭한 느낌이다. 주변 사람들은 눈치채지 못할지도 모르지만 나는 안다. 이건 혹시…….

언니가 내 기분을 알아차리고 "뭐?" 하고 작게 말했다. 나는 큰맘 먹고 물어보았다.

"언니, 사이키라는 사람 좋아했어?"

사이키 나오미쓰

하루미와의 이야기가 제법 길어졌다. 경야 자리에서 그렇게 떠들다니 예의에 어긋났나 싶어 조금 반성하면서도 제법 오랜만에 희미한 설렘을 느꼈다.

나는 고등학교 2학년 때 하루미를 좋아했었다.

나는 옛날이나 지금이나 낯가림 없이 남녀 불문하고 적극적으로 말을 붙이는 성격이다. 하지만 유일한 예외가 진심으로 반한 상대다. 하루미가 바로 그랬다. 말을 하려고 하면 거짓말처럼 긴장됐다. 어떻게든 거리를 좁히려고 과감하게 성 대신 이름으로 불렀지만, 그 단계에서 내가 지닌 용기의 팔십 퍼센트를 사용했다.

단둘이 이야기를 나누면 긴장되므로 작전을 세웠다. 하루미가 사이좋게 지내는 여자애들과 이야기를 나눌 때 끼어들기로 했다.

하지만 나도 알 만한 화제가 나오면 바로 끼어들려는 마음이 너무 앞선 탓인지, "오자키가 어쩌고저쩌고" 하기에 바로 "아, 오자키 유타카? 나도 좋아해" 하고 끼어들었더니 실은 골프 선수 오자키의 헤어스타일에 대한 이야기였다든가, "스카이워커가 어쩌고저쩌고" 하기에 바로 "아, 준 스카이 워커스 이야기야?" 하고 끼어들었더니 가수가 아니라 텔레비전 〈외화극장〉에서 방영된 〈스타워즈〉의 주인공 이야기였던 등 헛발질만 하고 말았다. 하긴 그런 버릇은 지금도 여전해서 요전에도 직장에서 여자 아르바이트생들이 "캐리가 어쩌고저쩌고" 하기에 최근에 리메이크된, 돼지 피를 뒤집어쓰는 장면으로 유명한 호러 영화 이야기인 줄 알고, "그건 무섭다기보다 여주인공이 가여워" 하고 끼어들었더니 어째 대화가 맞물리지 않았다. 잘 들어보자 캐리 후미후미라나 파후파후라나 그딴 이름의 모르는 연예인 이야기였다.

뭐, 그렇지만 이십 년의 공백을 넘어 드디어 하루미와 자연스럽게 이야기를 나누는 데 성공했다. 상황이 상황인지라 오래 이야기하지는 못했지만, 쓰보이 선생님이 아버지로서는 어떤 면모를 보였는지 알 수 있어 흥미로웠다. 쓰보이 선생님은 하루미도 산에 데려갔다고 한다. 정말로 산을 좋아하셨구나.

쓰보이 선생님은 지리 시간에 해외를 포함해 여러 산에 올랐을 당시의 일화를 재미있고 웃기면서도 현장감 넘치게 들려주었다. 그 이야기를 듣고 고등학교에 입학하면 등산부에 들기로 결심했다. 면담 때 내 희망을 말하자 선생님은 집에서 조아니라는 프랑스 브랜드의 등산용 로프를 가지고 와서 방과 후에 로프 사용법과 매듭 묶는 법을 가르쳐주기도 했다.

쓰보이 선생님은 정말로 취미가 많아서 나 말고 다른 학생들과도 취미를 화제로 삼아 친해졌다. 쓰보이 선생님에게 마음을 열지 않았던 제자는 반에 단 한 명도 없지 않았을까.

……아, 잠깐. 딱 한 명 있었다.

미조구치 다쓰야. 오랜만에 생각났다. 그 녀석만은 예외였다.

미조구치는 3학년 4반 학생 중에서 유일하게 담임인 쓰보이 선생님을 따르지 않았다. 미조구치는 불량아 같은 인상이었지만 패거리를 이루지 않고 한 마리 외로운 늑대같이 혼자 지냈다. 하지만 인상과 달리 공부는 전교 10등 안에 들 정도로 잘했다. 그런데도 시험 답안지를 백지로 내거나, 성적에 어울리지 않게 밑바닥 수준의 공업고등학교를 지망해서 쓰보이 선생님을 애먹였다. 3학년 4반은 쓰보이 선생님 덕분에 분위기가 참 좋았지만, 홈룸 시간에 선생님이 별 뜻 없이 던진 말에 미조구치가 노골적으로 반항적인 태도를 취하는 바람에 반 전체가 예민해진 때가 몇 번 있었다. 분명 축제에도, 운동회에도, 수학여행에도 미조구치는 참가하지 않았다.

미조구치는 복싱을 배워서 싸움 실력이 아주 좋았던 모양이다. 같은 반 아이들은 미조구치가 또라이라는 걸 아니까 아무도 가까이 하지 않았지만, 다른 반 양아치들은 자주 시비를 걸어서 미조구치와 싸움을 벌였다. 그리고 미조구치가 반드시 이겼다. 소문을 듣기로 미조구치는 거리에서 고등학생 패거리와도 혼자 맞붙어서 이겼다고 한다.

복도 구석이나 빈 교실에서 단둘이 이야기를 나누는 쓰보이 선생님과 미조구치를 몇 번 본 적 있다. 쓰보이 선생님도 제자의 마음을 어떻게든 열고 싶었으리라. 하지만 미조구치는 청개구리처럼 반발했다. 체육 시간에 오래달리기를 하느라 학교를 몇 바퀴 돌았는데, 미조구치는 교직원용 주차장 옆을 지나칠 때마다 쓰보이 선생님 차에 돌을 던졌다.

그러고 보니 미조구치에게 왜 그렇게 쓰보이 선생님에게 반항하느냐고 물어봤었다. 그러자 녀석은 이렇게 대답했다.

"그 자식, 착한 척하지만 속에는 무슨 능구렁이가 들었는지 모르잖아? 착한 선생입네, 하는 위선적인 눈빛이 엄청 싫어."

내가 듣기에는 전혀 이해가 안 되는 말이었다.

다만 미조구치는 싸움이든 장난질이든 교사가 보는 앞에서는 절대로 하지 않았다. 그렇듯 영악한 구석도 있었다. 그렇지만 제법 반반하게 생겨서 여학생들에게는 은근히 인기가 많았다. 연상 여자친구와 이미 첫 경험을 했다는 소문도 돌았다. 정말로 정 떨어지는 녀석이었다.

고등학교에 올라간 지 얼마 되지 않았을 무렵, 시바사키 중학교 근처에서 미조구치와 마주친 적이 있다. 미조구치는 자전거를 타고 중학교 쪽으로 가는 중이었다. 내가 뭐 하러 가느냐고 묻자 녀석은 히죽히죽 웃으며 "쓰보이를 두드려 패러 간다"라고 했다. 그건 거짓말이었겠지만, 모교에 아무 애착도 없을 미조구치가 졸업 후에 시바사키 중학교를 방문하다니 의외였다. 그 일은 아주 인상 깊게 남아 있다.

결과적으로 살아 있는 미조구치를 본 건 그때가 마지막인 셈이었기 때문이다.

고등학교 1학년 가을, 미조구치가 자살했다는 소식을 듣고 놀랐다. 그것도 밤중에 모교인 시바사키 중학교에 숨어들어 비상계단과 사닥다리로 옥상에 올라가서 뛰어내렸다. 유서도 없었다. 마지막까지 상식과는 거리가 먼 짓을 하는 녀석이었다.

시바사키 중학교 졸업생 사이에서도 자살 원인에 대해 다양한 억측이 나돌았다. 미조구치는 고등학교에서도 겉돌았다는 모양이니 학교생활이 힘들어서 자살한 게 아니겠냐는 설도 있었다. 하지만 중학생 때부터 외로운 늑대였던 미조구치가 그런 이유로 자살했다고 보기는 힘들었다.

고등학교에서 자기보다 센 불량 학생에게 찍히는 바람에 잡심부름을 하거나 돈을 뜯기는 게 싫어서 자살했다는 설도 들었다. 하지만 설령 그런 불량 학생이 있더라도 미조구치가 쉽게 굴복하는 모습은 상상이 안 됐다.

한편으로 무서운 소문도 퍼졌다. 위장 자살설이다. 투신자살일 경우, 누가 둘러메고 저항할 겨를도 없이 내던지면 살인인지 자살인지 구별이 안 간다고 한다. 불량한 패거리가 눈에 거슬려서 벼르고 있던 미조구치를 옥상으로 불러내 머릿수로 제압해 내던진 것 아니겠냐는 설이 나돌았다. 다만 이 가설도 왜 불량한 패거리와 미조구치가 굳이 시바사키 중학교까지 왔는지는 설명하지 못한다.

그런 소문을 경찰이 얼마나 입수했고 자살 이외의 가능성을 얼마나 검토했는지는 모르지만 결국 미조구치는 자살한 것으로 결론 지어졌다.

그로부터 며칠 후 미조구치의 장례식이 치러졌다. 유족은 어머니와 남동생, 둘뿐. 그제야 미조구치네의 가족 구성을 알았다. 중학교 동급생과 고등학교 동급생, 양측 교사들도 웬만큼 참석했지만 중학교 쪽은 대부분 미조구치에게 좋은 감정이 없었고, 고등학교 쪽은 애당초 반에서 겉돌던 미조구치에 대해 잘 몰랐기 때문인지 우는 사람은 거의 없었다. 어머니와 동생도 넋이 나간 것처럼 멍한 표정을 지을 따름이었다.

쓰보이 선생님만은 달랐다.

장례식이 시작된 순간부터 펑펑 울었다. 졸업식 때도 눈물을 흘렸지만, 그것과는 비교도 안 될 만큼 굵은 눈물을 회한이 가득한 얼굴로 폭포수처럼 줄줄 흘렸다.

애도사도 미조구치 어머니의 말씀 후에 쓰보이 선생님이 맡아서 읽었다. 미조구치 다쓰야 본인에게는 왠지 미움을 받았지만, 어머니에게는 신뢰의 대상이었던 모양이다.

그리고 그 애도사로 장례식 분위기가 바뀌었다.

일단 어머님의 말씀. 나직하니 작은 목소리에 귀 기울이는 사이에 의외의 사실을 알았다. 성적이 우수했던 미조구치가 수준 낮은 공업고등학교에 진학한 이유는 사립 고등학교에 보낼 만한 돈이 집에 없었기 때문이다. 만에 하나라도 수험에서 실패하지 않도록, 그리고 남동생이 있으니까 대학 진학은 포기하고서 커트라인은 낮지만 취업률이 높은 고등학교를 골랐다고 한다.

"하지만 가족을 생각했다면 자살은 하지 말았어야지. 엄마는 너랑 같이 사는 게⋯⋯ 그 무엇보다 행복했는데⋯⋯."

거기까지 말하고 거의 무표정이었던 어머니가 갑자기 울음을 터뜨리며 주저앉았다. 미조구치의 동생이 옆에서 부축했다. 그때 여학생들 사이에서 훌쩍이는 소리가 들리기 시작했다.

다음으로 쓰보이 선생님의 애도사.

선생님의 애도사는 짧았다. 시작하자마자 눈물을 뚝뚝 흘렸으니 길게 말하기는 어려웠으리라. 우선 "여러분도 아시겠지만 자살은 안 됩니다. 부모보다 먼저 인생을 마쳐서는 안 돼요" 하고 말한 후 코를 크게 한 번 훌쩍였다. 그리고 점점 붉어지는 얼굴로 목소리를 쥐어짜냈다.

"사람은 두 번 죽는다고 합니다. 첫 번째는 육체가 죽었을 때, 두 번째는 고인의 사진을 봐도 아무도 기억하지 못할 때. ⋯⋯안타깝게도 다쓰야는 너무나 빨리 첫 번째 죽음을 맞았습니다. 하지만 두 번째 죽음은 여기에 있는 우리 모두가 첫 번째 죽음을 맞을 때까지 찾아오지 않도록 합시다. 우리 마음속에서나마 다쓰야가 오래오래 살아⋯⋯."

쓰보이 선생님은 눈물로 목이 메면서도 어떻게든 거기까지 말하더니 마지막에 절규했다.

"다들 부탁한다! 미조구치 다쓰야를 평생 기억해줘!"

선생님도 눈물을 쏟으며 풀썩 주저앉았다. 마이크가 넘어지며 끼이이잉 하고 귀에 거슬리는 소리가 울려 퍼졌다. 그게 신호라도 되는 듯이 장례식장이 수많은 사람들의 울음소리로 가득 찼다.

쓰보이 선생님의 애도사가 끝났을 때 미조구치의 고등학교 동급생도 반 넘게 울고 있었다. 중학교 동급생은 나도 포함해 모두가 울었다. 쓰보이 선생님이 반에서 제일 골칫덩이였던 미조구치마저 진심으로 사랑했었다는 사실을 다들 깨달았다.

……아아, 오랜만에 미조구치가 생각났다.

벌써 이십 년도 넘게 지나서 최근에는 거의 잊고 지냈는데. 장례식과 쓰보이 선생님이라는 조합이 자극을 주었는지도 모르겠다.

아니, 어쩌면 선생님의 영혼이 기억을 일깨워주었는지도 모른다. 선생님이 미조구치 다쓰야를 평생 기억해달라고 했는데 거의 잊어버렸으니까.

'나오미쓰, 다쓰야를 잊으면 못써. ……그리고 오늘부터는 선생님도.'

쓰보이 선생님이 그렇게 말하는 목소리가 들린 것 같았다.

어느 틈엔가 눈물이 또 뺨을 타고 흘러내렸다.

내가 분향할 순서가 됐다. 나는 영정 사진을 물끄러미 올려다본 후, 분향을 하면서 속으로 쓰보이 선생님에게 말했다.

'선생님. 제가 살아 있는 한, 선생님도 미조구치도 두 번째 죽음을 맞는 일은 없을 거예요.'

분향을 마치고 자리로 돌아왔다. 미조구치를 떠올리며 새삼스레 생각했다. 쓰보이 선생님은 본인과 상극인 사람에게도 두루 마음을 쓸 줄 아는, 정말로 그릇이 큰 인물이었다고.

네기시 요시노리

나는 줄을 흐트러뜨려서 머쓱한 기분으로 분향을 마치고 자리로 돌아왔다.

그리고 다시금 쓰보이 선생님과의 추억을 돌이켜보았다.

쓰보이 선생님은 본인과 상극인 사람에게도 두루 마음을 쓸 줄 아는, 정말로 그릇이 큰 인물이었다. 나같이 가치관이 정반대인 사람도 곤란해하면 도와주었다.

분명 사이키가 졸업한 해 여름이었다. 예상치 못한 사태가 발생했다.

여자 유도부를 담당한 이토 선생님이 교통사고로 다리가 부러져

장기간 입원하게 된 것이다. 대신할 사람을 찾지 못하면 여자 유도부는 활동이 중단된다. 하지만 어느 선생님에게 부탁해도 "네기시 선생님이 당분간 둘 다 봐주시면 되잖습니까"라는 대답이 돌아왔다. 분명 객관적으로 보면 그게 제일 자연스러운 흐름이었으리라. 하지만 내 성적·취향상 그건 절대로 있어서는 안 될 일이었다.

나는 남학생을 지도하는 것만으로도 힘에 부친다는 핑계로 일관하며 대신할 선생님을 찾아 바쁘게 뛰어다녔다. 하지만 모조리 거절당했고, 마음을 품고 있던 우치다 선생님도 "실과부를 지도하는 것도 벅차서요"라며 아주 한가해 보이는 동아리의 지도를 이유 삼아 거절했다. 이대로 가다가는 정말로 대신할 사람이 없을지도 모르겠다 싶어 속이 탔다.

그때 구원의 손을 내밀어준 사람이 쓰보이 선생님이었다. 실은 쓰보이 선생님도 한 번 거절했지만, 어쩔 줄 모르는 내 모습을 보다 못해 마음을 바꾸었다.

"대신할 사람을 이렇게 열심히 찾다니, 양쪽을 겸임할 수 없는 사정이 있는가 보군요. 저도 체육시간에 나름 유도를 배웠고, 제가 담당하는 탁구부는 부장에게 지시하면 알아서 연습을 열심히 하니까요. 협력하겠습니다."

쓰보이 선생님은 그렇게 말하며 임시로 여자 유도부를 담당해주었다. 원래부터 여자 쪽은 남자에 비하면 동호회 수준에 지나지 않았지만, 낙법을 철저히 가르쳐 사고가 없도록 만전을 기해 지도해 주었다. 그리고 내게 배운 기술을 부원들에게 전수하거나 부원들과 대련하는 등 나는 죽었다 깨어나도 못 할 지도까지 해주어서 부원들의 평판이 아주 좋았다. 여자 유도부를 지도하는 틈틈이 탁구부에도 얼굴을 내미느라 몹시 바빠 보였지만, 건성으로 넘어가는 일은 절대로 없었다.

이 주일쯤 지나서 여름방학이 시작됐을 무렵에 이토 선생님이 무사히 복귀하자, 여자부원들은 고작 보름 지도해준 쓰보이 선생님에게 롤링페이퍼와 꽃다발을 선물하며 고마움을 표시했다.

그건 그렇고 내 성적 취향을 감추기 위해 쓰보이 선생님에게 막대한 부담을 끼치다니 미안하기 짝이 없었다.

"꼭 사례하겠습니다. 술이라면 얼마든지 살게요."

쓰보이 선생님이 여자 유도부 임시 담당을 마치는 날, 부원들이 돌아간 유도장에서 말했다. 하지만 쓰보이 선생님은 웃으며 고개를 저었다.

"아니요, 괜찮습니다. 힘들 때는 서로 도와야죠."

"에이, 저 때문에 이렇게 고생하셨는데 입을 싹 닦으면 쓰나요."

내가 붙잡고 늘어지자 쓰보이 선생님은 잠시 생각하다 뜻밖의 요청을 했다.

"아참, 네기시 선생님. 제게 '어깨로 메치기'를 가르쳐주지 않겠습니까?"

"어깨로 메치기?"

무심코 되물었다. 어깨로 메치기라면 상대의 옷깃과 다리를 붙잡고 머리를 밀어 넣어 상대의 몸을 어깨에 얹은 후 바닥에 메다꽂는 거친 기술이다.

"남학생들이 연습하는 모습을 보니까 그 기술이 멋지더라고요."

위험해서 여학생에게는 가르칠 수 없지만 남학생 중에는 그걸 장기로 삼는 선수도 있었다.

"그야 식은 죽 먹기지만…… 정말 그거면 되시겠어요?"

"예, 그걸로 충분합니다."

쓰보이 선생님은 씩 웃었다.

삼십 분간 쓰보이 선생님에게 어깨로 메치기를 철저히 전수했다. 나이와 작은 체격에 비해 힘이 센 덕분인지 쓰보이 선생님은 날 간단히 둘러멜 정도로 완벽하게 기술을 습득했다.

"이야, 감사합니다."

쓰보이 선생님은 땀을 줄줄 흘리면서도 평소와 다름없이 싹싹하게 웃는 얼굴로 인사했다.

"무슨 말씀을요……. 그런데 선생님도 참 빨리 배우시네요. 이제 어떤 악동이라도 냅다 들어 올려서 내던질 수 있을 겁니다."

그만 입방정을 떨었다. 쓰보이 선생님의 성격상 '저는 학생에게 폭력을 휘두르지 않습니다' 하고 화낼 줄 알았는데, 내 말이 귀에 안 들어온 것처럼 불쑥 중얼거렸다.

"이건 써먹을 수 있겠어……."

여차할 때 호신용으로 쓰려고 배운 건지 이제는 알 길이 없지만, 이처럼 생뚱맞게 어떤 일에 흥미를 느껴 푹 빠지는 것도 쓰보이 선생님의 특징이었다.

그러고 보니 그해는 가을에 졸업생이 옥상에서 뛰어내려 자살하는 큰 사건이 터지고, 내가 우치다 선생님에게 차이는 등 파란만장하여 잊기 힘든 한 해였다. 하지만 돌이켜보면 그때를 계기로 쓰보이 선생님과 더욱 돈독한 사이가 된 것 같다.

나는 이듬해 결혼했고, 그다음 해에는 아들 사토시가 태어났다. 동시에 미타카 시내에 좁지만 단독주택을 구입했다. 결혼, 출산, 주택 구입, 이렇듯 인생의 일대 이벤트를 경험하는 동안, 쓰보이 선생님은 몇 번이나 친절하게 내 고민을 들어주었다.

사토시가 두 살 되던 해에 쓰보이 선생님은 네리마 구립 히카와다이 중학교로 전근을 가서 교감으로 취임했다. 그후 나도 시바사키 중학교를 떠났다. 그러고 나서도 몇 번 만나 술을 마셨고, 교육위원회에서 연수를 받다가 얼굴을 마주치면 이야기를 나누었지만 점점 소원해져 연하장을 주고받는 정도의 관계로 굳어졌다. 원래 같으면 더이상 만나지 않더라도 이상할 것 없는 사이였다.

하지만 십 년쯤 지나, 나는 다시 쓰보이 선생님에게 빈번하게 고민을 털어놓게 되었다.

사춘기에 들어선 사토시가 가정폭력과 비행을 저지르는 것이 당시 내 고민이었다.

사토시가 나를 능가할 만큼 강인한 남자로 성장하기를 바라는 마음에 어렸을 적부터 유도는 물론 가라테 도장에도 보냈다. 또한 남자니까 조금 거칠게 키우는 편이 낫겠다 싶어 사토시가 장난질을 하거나 말을 듣지 않으면 사정없이 손찌검을 했다. 아내 가즈코가 말리는데도 아랑곳없이 한 번에 주먹으로 열 대도 넘게 때린 적도 있었다. 그런 보람이 있었는지 사토시는 부모에게 결코 거역하지 않는 착한 아이로 자랐다……. 당시는 진심으로 그렇게 믿었다.

나중에야 알았다. 사토시는 그동안 부모에게 응어리진 분노를 품어왔다. 그리고 반격할 기회를 가만히 엿봤다.

사토시가 열 살을 넘겼을 무렵, 나는 하치오지 시 외곽의 중학교로 발령 났다. 유도부가 전국 우승도 시야에 둘 만큼 실력이 좋았으므로 통근 거리가 더 멀어졌음에도 나는 유도를 지도하는 데 더욱 힘을 쏟았다. 그 결과 매일 늦은 밤에야 귀가하여 가족과 함께하는 시간이 줄었지만, 사토시도 이제 손이 많이 가지 않을 만큼 컸고 유도와 가라테 실력도 양쪽 다 도장의 기대주로 꼽힐 만큼 성장했으므로 당연히 무도의 정신을 존중하며 올곧게 자랐으리라고 확신했다.

어리석은 판단이었다.

사토시가 중학교 2학년이던 해의 겨울에 처음으로 아들에게 맞았다. 그 무렵 사토시는 부쩍 자라서 키가 나보다 더 컸고 목소리도 굵어졌다. 집에서는 대화다운 대화가 확 줄었다. 하지만 사춘기 남자애는 다 그런 법이다 싶어 딱히 마음에 두지 않았다.

그렇지만 사토시의 성적이 자꾸 떨어지는데다 유도와 가라테 연습이 없는 날도 점점 늦게 들어온다는 가즈코의 말에, 일 년밖에 남지 않은 고등학교 입시가 걱정되어 휴일 저녁 식사 시간에 좀 엄하게 주의를 주었다.

사토시는 얌전한 태도로 내 설교를 들었다. 하지만 그 모습에 만족한 내가 설교를 끝내고 텔레비전을 튼 순간 번개같이 주먹을 날렸다.

전혀 경계하지 않았던 탓에 코를 정통으로 맞았다. 코피가 터졌고, 의자와 함께 뒤로 넘어졌다. 내가 "이놈이!" 하고 외치며 바로 일어나려 하자, 사토시가 옆으로 돌아가서 옆머리를 힘껏 걷어찼다. 다시 쓰러지자 이번에는 주전자로 머리를 내리쳤고, 그것도 모자라 주전자에 든 뜨거운 물을 끼얹었다. 나는 비명을 지르며 뒹굴었다. 가즈코도 말리려다 얻어맞은 것 같았지만, 시야가 어둡고 좁아져서 확실하게는 보이지 않았다.

나는 계산에 넣지 않고 있었다. 늦둥이인 사토시가 성장하는 만큼 나는 나이를 먹어 체력이 떨어진다는 것을.

나는 이미 쉰 살을 넘었고, 하치오지 시의 중학교로 이동하고 나서는 시간이 없어서 운동을 게을리한 지 오래됐다. 근육이 점점 지방으로 바뀌고 있음을 자각하기는 했다. 그런 상황에서 나보다 키가 크고 매일 운동을 하는 상대에게 기습을 당했다. 나는 스스로도 놀랄 만큼 아무 저항도 하지 못했다.

그후로도 일방적으로 폭행을 퍼붓고 나서야 사토시는 자기 방으로 달아났다. 나는 비틀대면서도 간신히 일어나서 뒤를 쫓았지만 사토시는 문을 잠갔다. 원래 없었던 자물쇠를 사토시가 멋대로 달았다는 것을 가즈코에게 듣고서야 알았다. 거기에다 가즈코는 더 놀랄 만한 이야기를 해주었다.

가즈코는 예전부터 내가 집에 없을 때 걸핏하면 사토시에게 맞았다고 한다. 피와 부러진 이를 뱉으며 왜 빨리 말하지 않았느냐고 야단치자 가즈코가 말했다.

"걔가 날 때릴 때마다 뱀 같은 눈을 하고 협박했단 말이야. '나한테 맞았다고 아버지한테 일러바치기만 해봐. 확 죽여버릴 거야. 농담하는 거 아니야'라고."

나는 그제야 무시무시한 괴물이 집에서 자라고 있었음을 깨달았다.

그후로 사토시는 툭하면 집에서 난동을 피웠다. 그럴 때마다 나와 드잡이를 하며 큰 싸움을 벌였다. 기습만 아니면 그날 밤처럼 일방적으로 당하지는 않았다. 하지만 사토시를 제압하기는 불가능했다.

사토시에게 유도와 가라테 둘 다 배우게 한 것이 몹시 후회스러웠다. 둘 중 하나만 배웠다면 내가 이겼으리라. 하지만 양쪽의 장점을 겸비한 사토시는 유도밖에 모르는 내 약점을 정확하게 파악했다. 싸움은 언제나 결판이 나지 않았고 결국은 사토시가 집을 뛰쳐나가든지 방에 틀어박히는 것으로 마무리되었지만, 늘 내가 몇 배나 큰 피해를 입었다. 요컨대 격투 수준은 현저하게 높지만, 부모 자식의 역학관계는 아들의 가정폭력으로 고민하는 다른 가정과 전혀 다를 바 없었다.

게다가 사토시는 내가 더이상 겁나지 않자 고삐가 풀렸는지 집 밖에서도 아무렇지도 않게 나쁜 짓을 하며 돌아다녔다. 학교에도 안 가고, 어느새 유도와 가라테 도장도 때려치웠다. 그렇다고 약해질 줄 알았다면 큰 오산이다. 사토시는 거리에서 싸움으로 세월을 보내며 무기 쓰는 법과 상대에게 확실하게 큰 상처를 입히는 비겁한 기술을 터득했다. 때문에 이제 집에서 난동을 피우면 맞서기가 위험해졌다. 몇 번이고 경찰 신세를 졌으며, 3학년이 되고 나서는 학교에도 거의 다니지 않고 중학교를 졸업했다. 물론 고등학교는 입학

시험도 치지 않았다.

한심해서 가슴이 먹먹했지만 이제 우리로서는 어떻게 할 방도가 없었다.

학교에서 생활을 지도하는 호랑이 선생님이 집에서 아들에게 폭력을 당하다니, 남이 알면 웃음거리다. 이런 고민을 털어놓을 상대는 한 명밖에 떠오르지 않았다.

쓰보이 선생님이었다.

나가노 구립 누마부쿠로 중학교의 교장으로 취임한 쓰보이 선생님이 열린 교장실이라는 제도를 운용해 수많은 등교 거부 학생을 학교에 복귀시켰다는 이야기는 당연히 내 귀에도 들어왔다. 또한 정년퇴직 후에 NPO에 참가하여 불량아들을 갱생시키는 활동도 한다고 들었다. 그 노하우를 살려서 사토시도 어떻게 해주지 않을까. 못 만난 지 십 년도 넘었는데 이런 일로 상담하려니 미안했지만, 쓰보이 선생님밖에 기댈 사람이 없었다. 나는 책장에서 먼지를 뒤집어쓰고 있던 조후 시립 시바사키 중학교 직원 명부를 꺼내 전화를 걸었다.

"정말 오랜만이네요" 하고 쓰보이 선생님은 십 수년 만의 전화를 밝게 받았지만, 내 어두운 목소리를 듣고 낌새를 챈 듯 "무슨 일 있습니까?" 하고 걱정스럽게 물었다.

"실은……."

나는 집안의 수치를 고백했다. 쓰보이 선생님은 묵묵히 들었다. 다 듣고 나자 한번 직접 만나서 다시 천천히 이야기를 해보자고 제안했다.

쓰보이 선생님이 등에 '네리마 구립 히카와다이 중학교 탁구부'라는 문구가 박히고, 가슴에는 노란색, 검은색, 빨간색 조합의 휘장이 달린 운동복 차림으로 약속 장소인 룸식 주점에 나타났을 때는 놀라 자빠질 뻔했다. 하지만 그것도 심각한 분위기를 조금이라도 누그러뜨리기 위한 배려였으리라.

"시바사키 중학교에서 히카와다이 중학교 교감으로 부임했을 때 운동복이 남았다면서 주더라고요. 봐요, 디자인이 끝내주죠?"

쓰보이 선생님은 한 바퀴 빙글 돌고 웃었다. 이제 흰머리가 성성해졌지만 미소는 예전과 다름없었다. 학교 운동복을 평상복으로 입는 패션 센스도 여전했다. 내가 반가움에 긴장이 살짝 풀어져 웃는 것을 보고 쓰보이 선생님은 자리에 앉았다.

"자…… 그럼 이야기를 들어볼까요."

나는 쓰보이 선생님에게 아무에게도 밝힐 수 없었던 속내를 단숨에 털어놓았다. 사토시의 현재 상태, 교육 방침에 대한 후회, 장래에 대한 불안, 그렇다기보다 절망…….

사토시가 어렸을 적에 왜 체벌을 했느냐고 쓰보이 선생님이 책망할 줄 알았다. 하지만 쓰보이 선생님은 내가 속내를 전부 털어놓을 때까지 끼어들지 않고 가만히 들어주었다. 그리고 내 말이 다 끝난 후 천천히 입을 열었다.

"지금 상태로는 사토시도 괴로울 겁니다. 사토시가 원래 지니고 있을 착한 마음을 되찾을 방법을 함께 생각해봅시다."

쓰보이 선생님과 차분히 상의하여 두 가지 방침을 결정했다.

무조건 사토시의 이야기를 듣는다.

부디 폭력만은 그만두라고 성심성의껏 호소한다.

나는 쓰보이 선생님에게 고마움을 표하고 집에 돌아가서 바로 실천해보기로 했다.

하지만 집에서 쓰보이 선생님의 말대로 몇 번을 해보아도 잘 안 풀렸다.

"갑자기 얌전해졌네. 이제 와서 교육론 책이라도 읽었냐, 멍청한 영감탱이야!"

사토시는 어떻게든 대화 자리를 마련하려는 내게 욕설을 퍼부었다. 그 말에 나도 욱해서 덤벼들었다가 되로 주고 말로 받는…… 그런 상황이 되풀이됐다.

그후로 나는 빈번히 쓰보이 선생님에게 상의했다. 늘 일방적으로 불러내서 미안했지만, 사토시는 열여섯 살이 되자 가즈코에게 빼앗은 돈으로 오토바이를 사서 폭주족에 들어가고 말았다. 빨리 갱생시켜야겠다 싶어 나도 필사적이었다.

쓰보이 선생님은 여러모로 조언을 해주었다. 하지만 아무래도 잘 풀리지 않았다. 지금까지 힘으로 만사를 해결해왔으면서 쓰보이 선생님이 제안한 해결 방법을 벼락치기로 실천해본들 잘될 턱이 없었다.

"저한테 좀더 적합한 방법은 없겠습니까?" 하고 쓰보이 선생님에게 화풀이를 한 적도 있었다. 쓰보이 선생님도 어처구니가 없었을 것이다. 지금 생각하면 정말로 미안할 뿐이다.

"차라리 사토시가 오토바이 사고로 죽으면 좋을 텐데." 무심코 그런 말을 흘렸을 때는 쓰보이 선생님도 나무랐다. 하지만 초조함과 짜증이 극에 달한 상태였다. 그 말은 내 진심이었을 것이다.

그런데 힘겨운 나날이 느닷없이 끝을 맞았다.

지금으로부터 사 년 전, 사토시가 열여섯 살이던 해의 연말.

사토시는 오토바이 사고로 의식불명의 중태에 빠졌다.

집으로 이어지는 긴 내리막길. 사토시는 한밤중에 폭음을 울리며 오토바이로 그 길을 질주해서 돌아오는 습관이 있었다.

사고 당일 제일 속도가 붙는 내리막길 끝 지점에서 넘어지는 바람에 사토시는 이십 미터 가까이 날아가서 주택 담에 크게 부딪쳤다. 쓰러져 있는 사토시를 신문배달원이 발견하고 119에 신고했다. 응급실 의사 말로는 병원에 십 분만 늦게 왔다면 죽었을 거라고

했다.

사토시는 혼수상태에 빠졌다. 나는 임시 휴가를 얻어 중환자실 밖에서 아내와 함께 오로지 기도했다. 하루에 십 분도 안 되는 면회 시간에는 얼굴이 빵빵하게 붓고 몸에 관이 수없이 연결된 사토시에게 계속 말을 걸었다. 골칫덩이였지만 부디 살아나기만 하라고 진심으로 빌었다.

동시에, 무심결이었다고는 해도 쓰보이 선생님 앞에서 "차라리 사토시가 오토바이 사고로 죽으면 좋을 텐데"라고 말한 것을 뼈저리게 뉘우쳤다. 말이 씨가 된다고 하더니만 그때 내가 그런 말을 한 탓에 이런 일이 벌어진 게 아닐까 싶어 후회막급이었다. 부디 죽지 말아다오…….

그 바람이 통했는지 일주일 후 사토시가 드디어 의식을 회복했다.

"사토시! 사토시!"

나와 가즈코는 의사에게 면회를 허락받고 머리맡에서 몇 번이고 이름을 불렀다. 빵빵했던 얼굴에서 붓기가 가셨고, 부자연스럽게 표정이 일그러지기는 했지만 눈도 살짝 떴다.

"살아났구나! 정말 다행이야, 사토시."

나는 계속 말을 걸었다.

하지만 대답은 없었다. 몇 번을 불러도 없었다. 표정에도 변화가 없었다.

그후 몇 종류의 검사를 받고 나서 알았다.

사토시는 이제 의미 있는 말을 못 한다는 것을.

목부터 아래는 움직이지 않고, 얼굴도 마비된 상태다. 이름을 부르는 등 외부에서 자극을 주면 마비된 얼굴 근육을 살짝 움직여서 반응할 때도 있지만, 언어 능력과 지능은 완전히 상실했는지 의사소통은 불가능했다. 히라가나 오십음도가 적힌 문자반을 눈길로 가리켜서 말을 만드는 방법도 시도해보았지만 소용없었다.

노래를 들려주거나 목을 간질이면 마비된 표정이 희미하게 누그러지며 마치 웃는 듯한 반응을 보이고는 했다.

즉 사토시는 태어난 지 얼마 되지 않은 갓난아기처럼 변한 것이다. 보통 아기와 달리 장래에 서지도 걷지도 말하지도 못한다는 것이 결정적인 차이점이지만.

"이 상태로 앞으로 얼마나 더 살 수 있을지는 모르겠습니다. 일 년, 십 년, 아니면 그 이상일지도 모르죠. 다만 입원해 있다고 회복할 가능성은 없으니……."

의사가 에둘러 말했다. 요컨대 이제 병상을 비워달라는 뜻이었다.

사토시는 퇴원하여 평생 집에서 자리보전을 하게 되었다.

그나마 아내 가즈코가 오랜만에 평온한 웃음을 되찾은 것만이 유일한 구원이었다.

가즈코는 지금도 매일 마치 사토시를 낳은 직후처럼 자애로운 어머니의 표정으로, 그 무렵과 신체 기능이 비슷해진 사토시를 돌보고 있다. 얄궂게도 사토시가 장래를 잃은 덕분에 우리 집은 평화를 되찾았다.

가끔 이런 생각이 든다. 만약 사토시가 건강했다면 더 나쁜 길에 빠져들어 우리 집안은 상상을 불허할 만큼 어두운 미래를 맞았을지도 모른다. 사토시가 남을 해쳤을지도 모른다. 자칫하면 죽였을지도 모른다. 어쩌면 내 비밀스러운 성적 취향도 유전되어 욕망이 시키는 대로 성범죄를 일으켰을지도 모른다.

하나뿐인 아들이 그런 짓을 하면 부모에게도 책임을 물을 것이다. 하물며 나는 교사다. 직업을 잃고 사회적으로 말살됐을지도 모른다. 그렇게 보면 오히려 사토시가 사고를 당한 지금이 훨씬 낫지 않을까…….

그런 생각이 들 때마다 나는 허둥지둥 마음을 고쳐먹는다. 하나뿐인 아들이 불구가 되어 다행이라니, 그런 허튼 생각을 하면 못쓴다.

무엇보다 정말로 사고가 맞는지 여태 의문으로 남아 있다.

당초에는 사고가 아니라 사건이 아니냐는 의혹이 제기됐다.

그도 그럴 것이 당시 사토시가 속했던 폭주족 그룹은 적대 그룹과 싸움을 벌이는 중이었고, 오토바이가 넘어진 현장에서 끊어진 로프 토막이 발견됐기 때문이다.

도로에 로프를 쳐서 달리는 오토바이나 자전거를 넘어뜨리는 범죄는 각지에서 발생한다. 대개는 무차별적인 유쾌범*이지만, 사토시가 넘어진 현장은 주택가 가장자리의 외길이다. 지나다니는 사람이 극히 적고, 끝에는 집이 우리 집을 비롯해 몇 채뿐이다. 하물며 사토시가 매일 심야에 오토바이로 그 내리막길을 내려온다는 것은 조금만 조사하면 금방 안다. 즉, 적대 그룹이 사토시를 노리고 계획적으로 범행을 저지른 것 아닐까, 이것이 경찰 견해였다.

"사토시를 그 꼴로 만든 나쁜 놈을 반드시 붙잡겠습니다. 적대 관계에 있는 폭주족 놈들을 하나하나 족치면 분명 꼬리가 드러날 거예요."

담당 형사는 당초 우리 부부에게 호언장담했다.

하지만 얼마 지나지 않아 수사 방침이 흔들리기 시작했다.

적대 관계에 있는 폭주족 멤버들이 사토시가 변을 당한 시간에 수십 킬로미터나 떨어진 가와사키 시내의 편의점 주차장에 무리 지어 있는 모습이 방범카메라에 찍혔다. 화질이 선명하여 얼굴을 하나하나 똑똑히 확인했다고 한다. 그들에게는 알리바이가 있었다.

---

* 사람들의 반응을 즐길 목적으로 개인이나 사회집단을 혼란과 위험에 빠뜨리는 범죄자를 가리킨다.

덧붙여 사토시가 넘어진 현장에서 발견된 로프 토막에 관해서도 의문점이 부각됐다.

경찰에서 감정한 결과, 그 로프는 조아니라는 프랑스 브랜드에서 나온 등산용 로프라고 한다. 하지만 조아니 로프는 수십 년 전까지는 일본에서 구입이 가능했지만, 최근에는 수입되지 않으므로 베테랑 등산 애호가나 소유하고 있을 만한 물건이다. 로프는 균일가 매장에서도 얼마든지 구입할 수 있을 텐데, 왜 굳이 입수하기 힘든 물건을 사용했을까. 폭주족의 수법치고는 희한한 부분이었다. 물론 경찰도 적대 그룹 멤버와 그 주변에, 등산에 정통한 사람이 없는지 조사했지만 해당하는 사람은 없었다고 한다.

때문에 당초는 폭주족의 범행이라 확신했던 경찰도 결국 수사 방침을 전환했다. 그즈음부터 수사가 난항을 겪는 것 같았다.

"저어, 역시 폭주족일 가능성은 낮을 것 같습니다. 그보다는 예를 들면 등산에 해박한 근처 사람이 오토바이의 소음을 견디지 못하고 범행을 저질렀을 가능성이 높을 것 같아요. 등산에 해박하면서 사토시에게 원한을 품을 만한 사람. 네기시 씨, 뭔가 짚이는 게 없으십니까?"

처음과는 달라도 너무 다르게 자신감을 잃은 형사가 그렇게 질문한 적도 있었다. 하지만 나도 가즈코도 이웃 사람의 취미가 등산인지 아닌지까지는 파악하고 있지 않았다.

형사가 그후로도 탐문을 거듭했지만 진전은 없었던 모양이다. 그러다 애당초 사건이 맞기는 하느냐는 의문이 나왔다. 현장 부근에서 로프 토막이 발견되었지만 고작 몇 센티미터에 지나지 않으므로, 사토시의 오토바이가 넘어진 일과는 무관한 쓰레기일 가능성도 염두에 두어야 한다는 것이다. 실제로 현장인 내리막길 아래에서 십 수 미터만 더 가면 쓰레기를 모아두는 곳도 있다. 그런 설을 듣자 내 마음도 흔들렸다.

결국 그 일은 사건이라 단정 지을 만한 증거를 확보하지 못해 사고로 처리됐다.

나도 수사 결과에 백 퍼센트 수긍한 것은 아니지만, 사토시가 엄청난 속력으로 질주한 것은 틀림없는 사실이다. 달리다 넘어졌다고 해도 이상할 것은 없다.

그래도 한때는 근처 주민에게 탐문을 하는 등 독자적으로 조사를 진행할 생각이었다. 하지만 인근에 강한 비난 여론이 형성되어 망설여졌다. 그간 사토시의 오토바이 소리 때문에 스트레스를 받은 데다 사고 후에 경찰이 주변을 들쑤신 탓에 우리 집에 차가운 시선을 던지는 사람이 적지 않았던 것이다.

"댁네 때문에 동네에 범인이 있다는 듯이 경찰이 의심하잖아요. 마음 놓고 살 수가 없다니까."

실제로 옆집 사람이 가즈코에게 대놓고 그런 소리를 했다고 한다.

더이상 진상을 밝히려 들다가는 가즈코가 힘들어질 것이 자명했다.

사토시가 퇴원하고 한 달쯤 지났을 무렵, 가즈코에게 물어보았다.

"가즈코…… 사토시가 넘어진 게 사고였다는 결론, 납득이 가?"

그러자 가즈코는 이렇게 대답했다.

"난 이미 받아들였어."

그래서 마음을 정했다. 나도 받아들이기로. 그리고 앞으로 아기가 된 사토시와 함께 조용히 살아가기로.

이웃들의 차가운 시선을 피하기 위해 이사할까도 생각했지만, 바로 포기했다. 대출금도 아직 다 못 갚았고 사토시를 돌보는 데도 돈이 들어간다. 교사 수입으로는 감당하기 버거웠다.

그후 쓰보이 선생님에게 한동안 연락을 안 했다는 것이 생각나서 사토시가 오토바이 사고로 평생 누워 지내게 됐다는 사실을 전화로 알렸다. 쓰보이 선생님은 놀랐는지 아무 말도 없다가 "이렇게 되기 전에 갱생시켰어야 했는데. ……미안합니다, 내 힘이 모자랐어요" 하고 울음을 터뜨렸다. 나도 눈물이 날 것 같았지만 선생님 탓이 아니라고, 오랫동안 고민을 들어주어 고마웠다고 인사했다.

아아, 내내 덮어두었던 기억까지 되살아나고 말았다.

솔직히 지금도 그게 사고였다고 진심으로 받아들이지는 못했다. 하지만 벌써 사 년이나 지난 일이다. 교통사고를 재수사해주는 민간

기관도 있다지만 이제 와서 의뢰해봤자 늦었으리라.

게다가 지금 우리 집은 평화 그 자체다. 사토시를 간병하는 데도 익숙해졌고, 복지 간병인 제도를 이용하면 사토시를 맡기고 부부가 함께 외출도 할 수 있다.

이 잔잔한 평화에 풍파를 일으키고 싶지는 않다. 그러니까 이걸로 됐다.

무엇보다 작년에도 괴로운 일이 있었다. 그런 심적 고통은 이제 딱 질색이다…….

고무라 히로코

분향대 앞에서 우물쭈물하던 까까머리 청년에게 방법을 가르쳐 준 후, 나도 분향을 마치고 자리로 돌아갔다. 그러고 보니 그 청년은 어째 낯익은 얼굴이었다. 아마도 쓰보이 씨네 연립주택의 세입자겠지.

그건 그렇고 분향을 하려고 잠깐 걸었을 뿐인데 숨이 차다. 역시 살이 너무 쪘어. 그것도 일 년 만에 단숨에 체중이 늘어서 몸이 아직 자기 무게에 적응을 못 한 건지도 모르겠다.

뭐, 무리도 아니지. 요요가 올 법도 해. 작년까지의 생활환경상

빨리 먹는 버릇이 들었으니까. 빨리 먹으면 살찐다는 건 알지만 작년까지는 먹을 수 있을 때 먹어둬야 했거든. 저녁을 못 챙겨 먹은 적도 많았지.

작년까지 실천했던 그 다이어트는 효과가 끝내줬어. '감기만 하면 되는 밴드 다이어트'나 '롱 어쩌구 다이어트'같이 무슨 원리로 살이 빠지는지 잘 모를 방법에 비해 훨씬 단순하고 명쾌하지. 나도 책 내면 잘 팔리려나.

이름하야 '배회 노인 간호 다이어트'. ……안 팔리려나.

내 남편 고무라 마사오는 조금 못 미더웠지만 좋은 사람이었다. 오랜 세월 측량사로 일하며 나와 아들 다쿠로를 먹여 살렸다. 나보다 열 살 연상이라, 나는 2차세계대전 이후 출생이지만 남편은 2차세계대전 이전 출생. 그래서 가치관에 차이가 있었다. 특히 내가 음식과 옷을 버리려고 하면 금세 화를 냈다. 하지만 그런 만큼 남편은 물건은 물론 가족도 소중히 아꼈다.

하지만 오 년 전부터 모든 것이 달라졌다.

우선 나를 부를 때 '히로코'라는 이름이 바로 나오지 않았다. 처음에는 나도 "뭐야, 마누라 이름을 까먹었어? 아니면 애인 이름이랑 헷갈렸어?" 하고 웃었고 남편도 "허튼소리 하지 마" 하며 웃었다.

시간이 흐르면서 내 이름뿐 아니라 텔레비전, 화장실, 난로 같은 간단한 명칭도 잊어버렸고, 방금 식사를 해놓고 "밥 아직 멀었어?" 하고 묻기도 했다. 더 나아가 밥을 먹는 도중에 "밥 아직 멀었어?" 하고 묻질 않나, 결국에는 내게 "너 누구야!" 하고 고함을 지르는 등…… 언덕길을 굴러떨어지는 것처럼 남편은 점점 노망이 심해졌다. 하지만 집 안에서만 그런다면 그나마 견딜 만하다.

배회하는 것이 제일 골치 아팠다.

남편은 느닷없이 밖으로 나가서 아무 말도 없이 성큼성큼 걸어간다. 게다가 걸음이 몹시 빠르다. 측량사 일을 하며 밖을 오래 돌아다닌 까닭에 단련된 모양이다. 내가 죽어라 따라잡아 "어디 가는데?" 하고 물으면 "집에 가" 하고 대답한다. "방금까지 집에 있었잖아" 하고 말해도 모르는 척이다. 끝내는 "너 누구야! 생판 남이 왜 아는 척이야!" 하고 고함을 지른다. 매번 어떻게든 설득하여 집에 데리고 왔지만, 정말로 힘들었다.

외동아들 다쿠로는 규슈에서 일하니까 힘이 못 된다. 관공서에 상담하여 다양한 복지 혜택을 받아보았지만 내 부담은 거의 줄지 않았다.

일단 주간 보호나 단기 보호처럼 남편을 단기간 맡아주는 시설을 몇 군데 이용해보았지만, 남편은 시설 직원들의 빈틈을 노려 금세 탈출했다. 그렇다고 문을 잠그면 화를 내며 난리를 쳤다. 한번은 직원이 다칠 만큼 물어뜯은 탓에 결국 시설 이용을 거절당했다.

다음으로 재택간병인을 불렀지만 역시 소용없었다. 간병인이 집에 발을 들여놓자마자 남편은 고래고래 악을 쓰고 물건을 집어 던지며 무지막지하게 날뛰었다. 진정시키려면 일껏 와준 간병인을 돌려보내야 했는데, 그래서는 간병인을 부르는 의미가 전혀 없다. 집에 남이 들어오면 남편은 엄청난 거부 반응을 보였다. 텔레비전이 지상디지털 방송으로 바뀌었을 때도 전기업체 직원이 공사를 하러 오자 남편은 "웬 놈이 남의 집에 함부로 들어오냐!" 하고 고함을 지르며 난리를 쳤다. 당시 지상디지털 전환 기한이 일 년 남짓 남아서 바쁜 시기였는데 남편 때문에 일에 지장이 생기자 전기업체 직원도 화를 냈다. 나는 그저 죄송하다며 머리 숙여 사과했다.

이렇듯 단기 보호도 글렀고 재택간병인도 글렀고, 노인요양시설도 순번을 기다리는 사람들이 줄을 섰다. 결국 내가 이를 악무는 수밖에 없었다.

그때부터 간병을 하며 지옥 같은 나날을 보냈다. 남편의 허리와 다리가 약해졌다면 솔직히 말해 다행이었겠지만, 오히려 그 반대였다. 남편이 배회하는 범위는 점점 넓어졌다. 나 몰래 밖에 나가는 순간 고생이 시작된다. 경찰의 도움을 받아 수색한 적도 있었다.

그중에서도 남편이 택시를 잡아타고 고향 도치기 현까지 갔을 때 제일 애먹었다. 도쿄에서 택시를 잡아타고 지명과 경로까지 똑똑히 설명해서 운전기사도 아무 의심 없이 도치기까지 갔지만, 목적지에 도착한 후 남편이 무임승차를 했음을 알고 화가 나서 경찰을 불렀다. 나는 나대로 남편이 행방불명됐음을 알아차리고 경찰에 갔으므로 경시청과 도치기 현경이 연계된 대소동이 벌어져서…… 아아, 지금 생각해도 아찔하다. 그날 밤만 해도 순경에게 백 번도 넘게 고개를 조아렸지.

그런 상황에서 도움을 준 사람이 바로 쓰보이 씨였다. 밖에서 마주쳤을 때 남편이 배회가 심해 고생이라고 푸념하자 다음 날 배회에 대처하는 방법을 몇 가지나 알아보고 알려주었다. 정말 착한 사람이었다니까.

그중에서도 남편 옷 가슴팍에 "여기로 연락 바랍니다. 03-××××-××××. 고무라"라고 전화번호를 적은 천을 꿰매는 방법이 가장 유용했다. 이러면 지나가다 배회하는 남편을 본 사람이 연락을 줄 수 있고, 택시에 타더라도 운전기사가 금방 눈치챈다. 그 방법을 배운 덕분에 경찰에 신세를 지는 일도 줄었다. 실제로 남편이 또 택시를 잡아탄 적이 있는데, 출발하기 전에 운전기사가 천에 적힌 연락처를 보고 연락을 주어서 별 탈 없이 마무리됐다.

다만 얼마쯤 지나자 간병에 지친 탓인지 나이 탓인지 이번에는 내 몸이 비명을 지르기 시작했지.

무릎이고 허리고 등이고 안 아픈 곳이 없어서 남편이 밖에 나간 것을 알아차리고도 따라잡기가 점점 힘들어졌다. 그러자 남편이 배회하는 빈도가 점점 늘어나서 많을 때는 이틀에 한 번꼴로 집을 나갔다. 하지만 남편이 입은 옷에 우리 집 전화번호가 적혀 있으니까 금방 연락이 온다. 데리러 가보면 선의로 연락을 준 통행인에게 남편이 폭언을 퍼붓고 있을 때도 있었다.

사정을 이해하고 "힘드시겠네요" 하고 위로해주는 사람도 있었지만, "당신이 부인입니까. 이런 영감님은 침대에 묶어놔요" 하고 화내는 사람도 있었다. 어쨌거나 나는 손이 발이 되도록 빌었다. 그러고는 허리와 다리가 쑤신 걸 참으며 남편을 데리고 돌아오지만, 도중에 남편이 엉뚱한 방향으로 성큼성큼 나아가기도 한다. 겨우 쫓아가서 팔을 붙잡으면 "무슨 짓이야!" 하고 뿌리쳐서 넘어지기도 하고……. 그런 나날이 계속되어 나도 마침내 한계에 다다르기 직전이었다.

그리고 작년 가을. 쓰레기를 내놓으러 갔다 오는 길에 쓰보이 씨와 마주쳐서 이야기를 나누었다. 편해서 그런지 쓰보이 씨한테는 말이 술술 나온다. 남편에 대한 불평을 실컷 늘어놓은 끝에 그만 이런 말이 튀어나왔다. "아아, 남편이 죽으면 얼마나 편할까."

그런 말은 입 밖에 꺼내는 게 아닌데.

그로부터 며칠 후, 작년 10월 12일. 정말로 남편이 죽고 말았다.

그날 남편은 집이 있는 스기나미 구에서 십 킬로미터도 넘게 떨어진 메구로 구까지 갔다. 그리고 밤 9시경, 주택가에 자리한 인기척 없는 신사 계단에서 굴러떨어져 죽었다.

나는 장례식 때 펑펑 울면서 후회했다. 한순간이나마 남편이 죽기를 바라서 이런 일이 벌어진 게 아닌가 싶어서. 하지만 장례식에 참석한 쓰보이 씨에게 그렇게 말하자 쓰보이 씨가 타일렀다.

"자신을 탓하면 안 됩니다. 다정했던 바깥분도 당신이 자책하기를 바라지는 않을 거예요. 당신이 앞으로 행복하게 살기를 바랄 거예요."

과연 초등학교 선생님답다고 할까. 어쩐지 나도 순수한 아이로 돌아간 것처럼 그 말이 마음속에 쏙 들어왔다.

쓰보이 씨. 그 말에 얼마나 큰 힘을 얻었는지 몰라요. 당신은 역시 신과 같은 사람이었어요. ……아아, 그때 생각을 하니까 또 눈물이 핑 도네.

그로부터 일 년도 넘게 지난 현재, 나는 평안한 나날을 보내고 있다. 남편에게는 미안하지만 혼자가 이렇게 편할 줄은 몰랐어. 아픈 것도 많이 나았고.

다만…… 지금도 좀 걸리는 점이 있다.

메구로 구 경찰서에서 남편의 시신을 확인한 직후. 내가 망연자실한 표정으로 시신안치실에서 나오자 서른 살쯤 되어 보이는 곱상한 인상의 형사가 말했다.

"남편분은 사고로 돌아가신 게 아닐지도 모르겠습니다."

형사는 호주머니에서 천 조각이 든 투명한 비닐봉지를 꺼냈다. 바탕은 노란색이고 좌우 가장자리에 검정색과 빨강색이 들어간 휘장이었다.

"이걸 보신 적 있습니까?"

안 그래도 동요했는데 그런 물건을 보여줘서 머릿속이 뒤죽박죽이었지만, 그래도 찬찬히 살펴보았다. 하지만 처음 보는 물건이었다. 애당초 휘장이라는 물건 자체를 다쿠로가 고등학교를 졸업한 뒤로는 못 봤다.

그 휘장에는 영어로 자수가 되어 있었다. 영어는 젬병이지만 'HIKAWA'라는 글자가 포함되어 있다는 건 바로 알았다. 히카와 기요시의 팬이라 그걸 '히카와'라고 읽는다는 건 안다. 나머지 꼬부랑글씨는 하나도 못 알아봤지만.

아유카와 마키

나는 펑펑 울면서 분향을 마쳤다. 어떻게 하는지 점장에게 배웠지만, 생각해낼 수 있는 정신 상태가 아니다 보니 이상한 곳에 절을 하는 등 군데군데 틀렸을 것 같다. 하지만 방법이 좀 틀려도 괜찮다. 쓰보이 선생님을 애도하는 마음은 누구보다 강하니까.

울면서 자리로 돌아왔다. 내 옆줄 바로 뒤편에 이웃집 뚱뚱한 할머니 고무라 씨가 서 있었다. 고무라 씨 집 뒷문이 내가 사는 메종 몽블랑 102호실 정면이라, 외출하거나 집에 돌아오다가 가끔 문 밖에서 마주치면 인사와 잡담을 나누는 정도의 사이다.

고무라 씨도 울고 있었다. 그 밖에도 참석자 대부분이 우는 것 같았다. 역시 선생님은 인망이 아주 두터운 분이었다고 새삼 생각했다.

자리에 앉아 선생님과의 기억을 돌아보았다.

삼 년 전 봄에 방세를 면제받은 후, 겨우 일자리를 찾아 방세를 낼 수 있게 되자 앞으로는 선생님에게 폐를 끼치지 말고 살기로 결심했건만, 얼마 지나지 않아 여름철에 또 선생님에게 폐를 끼쳤다.

내가 자취를 시작해 아르바이트를 전전하던 시기에 성희롱하는 사장이 싫어서 그만뒀던 선술집. 나보다 한 살 많은 신고는 거기 매니저였다.

신고는 긴 갈색머리에 턱수염을 길러 경박한 인상이었지만 일은 열심히 했다. 내게도 일을 꼼꼼히 가르쳐주었고, 짧은 기간이었지만 이야기도 자주 나누었다. 그런데 내가 선술집을 그만둔 지 몇 달 지났을 무렵, 갑자기 신고에게 전화가 왔다.

그때는 이미 현재 직장인 날라리 패션숍에 다니는 중이었는데, 신고가 느닷없이 이렇게 말했다.

"나도 가게 그만뒀어."

매니저인 신고가 그만두다니 의외였다. 내가 이유를 묻자 신고의 대답은 이랬다.

"실은 마키가 사장의 성희롱 때문에 그만둔 걸 어제 처음으로 알았거든. 완전히 열 받아서 사장을 후려갈기고 때려치웠지. ……미안해, 마키가 그만두기 전에 눈치챘어야 했는데."

너무 놀라서 아무 반응도 못 하고 있으니, 신고가 전화 너머로도 알 만큼 크게 심호흡을 하고 나서 말했다.

"실은 나, 마키를 계속 좋아했어. 나랑 사귀어줘!"

갑작스러웠지만 좋아하는 여자를 위해 사장을 때리다니 남자답다고 느꼈다. 하지만 신고에게 연애 감정은 없었으므로 "생각할 시간을 좀 줘"라는 말로 대답을 보류했다. 그리고 잠시 고민했지만 결국 그 남자다움을 높이 사서 신고와 사귀기로 했다.

하지만 잘못된 판단이었다.

신고는 사람을 구속하는 남자였다. 만나지 않는 날도 매일 전화를 걸어 오늘은 몇 시에 아르바이트 끝났고, 몇 시에 집에 와서, 몇 시에 목욕을 하고, 지금은 뭘 하는지 마치 취조하듯 꼬치꼬치 캐물었다. 자세한 시간을 잊어버리거나 전화를 안 받으면 나중에 "다른 남자와 바람피운 거 아니야?" 하고 따졌다.

처음에는 그것도 날 깊이 사랑하는 증거라 여겼지만, 금방 진절머리가 났다. 이쪽이 마지못해 고백을 받아들이자 태도를 확 바꾸어 마치 여자를 자기 소유물처럼 취급하는 남자. 지금까지 그런 쓰레기 같은 남자와 몇 번 사귀어봤는데, 신고는 바로 그 전형이었다.

구속하더라도 사귀면서 즐겁거나, 쓰보이 선생님처럼 많은 걸 가르쳐주는 등 인간적으로 존경할 만한 남자였다면 그나마 낫다. 하지만 신고는 무식했다. 나보다 무식한 남자는 신고가 처음이었다.

신고는 신문도 읽을 줄 몰랐다. 매일 아침 배달되는 신문을 읽느냐 마느냐의 문제가 아니라, '신문'이라는 한자를 몰랐다. "이거 뭐라고 읽어, 신간?" 하고 물었을 때는 정이 뚝 떨어졌다. "신문이라고 읽어" 하고 가르쳐주자 "진짜? 이렇게 쓰는구나" 하고 감탄했다. 내가 남에게 한자를 가르쳐준 건 그때가 처음이자 마지막이었다.

데이트도 어디 놀러 나가는 게 아니라, 우리 집에 와서 옛날에는 폭주족 넘버 투였다는 믿기지도 않고 재미도 없는 자랑을 늘어놓으며 빈둥거리다가 같이 자는 게 전부였다. 요컨대 그냥 하고 싶었던 모양이다. 게다가 여자인 나보다 신음 소리가 더 커서, 근처에 신고의 한심한 목소리가 들리지는 않을까 늘 조마조마했다. 안 그래도 실력이 별로고 몸도 한심하리만큼 빈약한데, 신음 소리까지 거슬리다 보니 나는 기분이 좋고 싶어도 좋을 수가 없었다.

그런 주제에 신고는 나를 안는 것으로 만족하지 못해 윤락업소에도 갔다. 내가 다그치면 기를 쓰고 부정하지만, 신고는 거짓말을 할 때면 안 그래도 높은 목소리가 더 뒤집어지므로 대번에 들통난다. 난 남자친구가 윤락업소에 가는 걸 절대로 용납하지 못하는 성격은 딱히 아니지만, 내가 바람을 피우는 건 용납하지 못하면서 자기는 윤락업소에 가다니 불공평하잖아. 혹시나 병이라도 옮으면 큰일이고.

그런 식이었으므로 싸움도 점점 많아져서 사귄 지 한 달쯤 지나자 헤어질 마음을 굳혔다.

하지만 이별을 고한 다음부터 골치가 아팠다. 신고의 스토킹이 시작됐기 때문이다.

우선은 기다리기 시작했다.

신고는 내 직장 앞에서 기다리고 있다가 내가 일을 마치고 나오면 다시 시작하자고 요구했다. 마치 잡아먹을 것처럼 무서운 눈빛이었다. 갈색으로 염색한 긴 머리와 턱수염에 눈빛까지 무서운 남자가 입구 옆에 서 있는데 가게로 들어오려는 여자는 없다. 손님이 줄어서 피해가 이만저만 아니었다.

"이러면 민폐라는 것도 몰라? 그런 남자하고는 절대로 안 사귀어!"

나는 신고의 요구를 차갑게 거절했다.

그러자 방귀 뀐 놈이 성낸다고 신고는 내 방 우편함에 협박장을 넣기 시작했다. 일부러 컴퓨터로 쳐서 인쇄했는데, "헤어지자니 절대로 용서하지 안겟어", "각오해라, 이 덜 떠러진 년아" 등등 컴퓨터로 짧은 문장을 치는데 잘도 이렇게 틀리는구나 싶을 만큼 많이 틀렸다.

그것도 무시하자 얼마 지나지 않아 협박장 세례는 멈췄다. 그런데 어느 날 퇴근하여 돌아오자 이번에는 문 앞에 편지와 함께 쿠키 상자가 놓여 있었다. 어차피 이상한 게 들었을 테니 상자를 열어보지도, 편지를 읽지도 않고 바로 쓰레기로 내놓았다.

일일이 반응하는 것도 일이므로 그 정도까지는 무시했지만, 현관문에 스프레이로 낙서를 했을 때는 잠자코 있을 수 없었다. 어느 날 일하러 가려고 밖으로 나와서 문을 잠그려는데, 문에 스프레이로 "갈보"라고 큼지막하게 적혀 있었다. 빨간색, 파란색, 녹색 등 다양한 색깔로 참 거창하게도 적어놓았다. 그러고 보니 신고는 폭주족 시절을 자랑하면서 스프레이로 낙서질을 했다는 이야기도 했다.

쓰보이 선생님에게 걱정을 끼치기는 싫었지만, 이건 집주인인 선생님에게 보고해야 했다. 가게에 늦는다고 연락하고 뜰을 가로질러 선생님 댁으로 갔다. 선생님과 함께 내 방까지 와서 문을 보여주었다.

"이거 너무하군……."

선생님은 낙서를 보고 인상을 찌푸렸다.

"이거, 갈보가 무슨 뜻이에요?"

내가 묻자 선생님은 "그게…… 이건 모르는 게 나아" 하고 말을 흐렸다.

결국 문은 선생님이 업자를 불러 교체했다. 비용도 대신 내주어서 정말로 미안했다. 나중에 찾아보고 '갈보'가 무슨 뜻인지 알았다. 뭐, 의미는 찾아보기 전부터 어렴풋이 짐작이 갔다.

그날 아르바이트를 마친 후 신고에게 몇 번이나 전화를 걸었다. 신고는 받지 않았다. 하는 수 없이 자동응답기에 "깝치지 마, 멍청아! 그런 짓을 당했는데 그냥 넘어갈 줄 알아? 확 경찰에 신고해버릴 거야!" 하고 악다구니를 썼지만 연락은 없었다.

그후로 한동안 아무런 접촉도 없었으므로 드디어 신고가 정신을 차린 줄 알았다. 그런데 아르바이트를 쉬는 날, 집에 있자니 점장에게 전화가 왔다. 전화를 받자 점장이 긴박한 목소리로 말했다.

"여보세요, 마키. 지금 인터넷 할 수 있어?"

"네, 휴대전화로 접속할 수 있는데요."

당황스러웠지만 일단 대답했다.

"'아유카와 마키, 캐시팝'으로 검색해봐. 충격받겠지만……."

캐시팝은 내가 일하는 가게 이름이다. 일단 전화를 끊고 점장이 말해준 대로 검색해보고 놀랐다.

캐시팝 점원 아유카와 마키는 엄청 음란해.

캐시팝의 아유카와 마키는 아무하고나 금방 자.

아유카와 마키 이 망할 년, 뒈져라, 뒈져라, 뒈져라!

그런 글이 여러 인터넷 게시판에 무작위하게 올라와 있었다.

"이거, 마키한테 들러붙은 스토커 짓 아니야? 진짜 위험해 보이는데. 빨리 경찰에 신고하는 게 좋겠어."

내가 다시 전화를 걸자 점장은 거듭 신고를 권했다. 알려줘서 고맙다고 점장에게 인사하고 전화를 끊었지만, 신고가 이렇게까지 악독한 짓을 할까 싶어 얼떨떨한 기분으로 한동안 검색 결과를 순서대로 살펴보았다.

그러다 마음에 걸리는 문장을 발견했다.

내일 도쿄 디즈니랜드에 아유카와 마키라고 남자를 완전 밝히는 멍청한 년이 나타납니다. 특징은 키 155센티미터 정도에…….

그 페이지에 들어가 보자 게시판에 내 인상착의와 성격이 더럽다는 둥 남자를 이백 명이나 갈아치웠다는 둥 비방하는 글이 올라와 있었다. 그리고 글이 등록된 날짜는 내가 고등학교 친구와 디즈니랜드에 가기 전날이었다.

다른 게시판에도 "캐시팝의 싸가지 없는 여자 점원 아유카와 마키는 내일 감기에 걸렸다고 꾀병을 부려 일을 쉴 겁니다"라는 글이 올라와 있었다. 역시 사실을 왜곡한 내용이었지만 그 글이 등록된 날짜도 내가 도저히 출근을 못 할 만큼 여름 감기가 심해서 밤에 내일은 아르바이트를 쉬겠다고 연락한 바로 그날이었다.

이상하다. 신고가 어떻게 내 일정을 전날 미리 알아낸 걸까. 설령 감쪽같이 붙어 다녔더라도 그날 뭘 했는지는 알겠지만 다음 날 예정까지는 모를 텐데……. 나는 온몸에 소름이 돋는 걸 느끼며 생각했다.

게다가 디즈니랜드는 원래 그 친구와 함께 가기로 했던 애가 갑자기 남자 친구와 데이트 약속을 잡는 바람에 전날에야 내게 급히 연락이 왔다. 아르바이트를 쉰 날도 전날 내가 점장에게 전화할 때까지는 아무도 내가 쉬는 줄 몰랐을 테고…… 어, 전화?

양쪽 다 이 방에서 통화했다.

만약 통화하는 목소리를 누가 들었다면…….

예전에 저녁 뉴스에서 '도시의 도청 실태'라는 특집을 본 적이 있다. 거기에 콘센트에 꽂아서 전원을 얻는 도청기가 소개됐다. 혹시나 싶어 집 안을 돌아다니며 콘센트를 확인했다.

있었다. 냉장고 뒤편 콘센트에 내가 꽂은 기억이 없는 멀티탭이.

나는 공포와 분노로 부들부들 떨면서 인터넷에서 도청기 탐지업자를 찾아 바로 전화를 걸었다. 삼십 분쯤 후에 업자가 도착했다. 이사 올 때 이삿짐센터 사람들이 들어왔고, 지상디지털 방송으로 바뀔 때 전기업체 사람이 들어왔다. 설마 이 방에 세 번째로 들어오는 업자가 도청기 탐지업자가 될 줄은 몰랐다.

게다가 우연이지만 셋 다 머리가 훌렁 벗어진 아저씨라, 왜 우리 집에 오는 업자는 모두 대머리일까, 세 명 연속으로 대머리라니 엄청난 확률 아닐까 하는 생각이 잠깐 들었다. 하지만 그런 생각이나 할 때냐 싶어 바로 정신을 차리고 업자 아저씨에게 "여기가 수상해요!" 하며 멀티탭을 가리켰다.

아니나 다를까 안테나가 많이 달린 무전기처럼 생긴 도청기 탐지용 기기를 아저씨가 가까이 대자 기이이잉, 하는 소리를 내며 강하게 반응했다. 아저씨는 멀티탭을 뽑아 익숙한 손놀림으로 분해하더니 "이게 도청기입니다" 하고 작은 기계를 보여주었다.

나는 몸서리를 쳤다. 이번에는 백 퍼센트 분노 때문이었다. 신고이 자식, 질투심이 강한 건 알았지만 도청기까지 설치할 줄이야…….

"어, 아직도 약하게 반응이 나오네."

업자 아저씨가 탐지기를 보며 말했지만, 방 안을 샅샅이 조사해 본 결과 도청기는 그것 하나뿐이었다.

"묘하네. 다른 전파가 잡혔을 수도 있지만, 어쩌면 연립주택의 다른 방이나 근처 단독주택에도 도청기가 설치되어 있을지도 모르겠네요. ……어휴, 참 무서운 세상이라니까."

아저씨는 쓴웃음을 지으며 말했다. 그 말도 마음에 걸렸지만, 그보다도 내 머릿속은 신고에 대한 분노로 가득했다. 요금을 내고 업자를 돌려보낸 후 바로 신고에게 전화를 걸었다.

경찰에 넘기기 전에 마지막으로 고래고래 악을 쓰며 성질을 부려야 속이 시원할 것 같았다. 어차피 신고는 지금까지처럼 무시하겠지. 그럼 바로 경찰에 신고해주마. 그런데 뜻밖에도 신고는 오랜만에 전화를 받았다.

"여보세요……."

어쩐지 주눅 든 듯한 목소리였다. 목소리를 듣자 더욱 화가 치밀어 근처에 민폐가 될 줄 알면서도 단숨에 분노를 퍼부었다.

"야 이 새끼야, 내가 그렇게 만만해 보이냐! 감히 도청기를 설치해? 오늘 경찰에 갈 거야. 오늘 안에 쇠고랑 찰 줄 알아라. 각오해!"

하지만 신고는 당황한 목소리로 말했다.

"어, 도청기? 잠깐만, 무슨 소리야……."

"이 새끼가 어디서 잡아떼! 덧붙여 협박장이랑 기분 나쁜 쿠키를 보낸 것도, 낙서질도, 인터넷에 내 험담을 적은 것도 전부 범죄야!"

나는 지금까지 신고에게 당했던 악행을 하나하나 열거했다. 하지만 신고는 여전히 시치미를 뗐다.

"있어봐. ……협박장에 낙서에, 인터넷? 난 정말 모르는 일이야."

"입에 침이나 바르고 말해! 아무 짓도 안 했다면 왜 내 전화 안 받았어? 켕기는 게 없으면 받았겠지!"

"아니, 그건 가게 앞에서 기다렸던 일 때문에 아직도 화가 안 풀렸나 싶어서. 너 열 받아서 자동응답기에 메시지도 남겼잖아. 하지만 내가 아무리 그랬기로서니 너무 심하게 화내는 것 아닌가 해서 오랜만에 전화를 받은 거야. 그런데 대뜸 생뚱맞은 소리를 해서 깜짝 놀랐네."

"생뚱맞기는 뭐가!"

"귀청 떨어지겠네. 생뚱맞으니까 생뚱맞다고 그러지!"

신고는 도리어 자기가 화를 냈다. 그후로는 둘 다 화를 내며 으르렁거렸다.

"스토킹이나 하는 주제에!"

"누가 너 같은 걸 스토킹하냐. 그딴 누명이나 씌우는 년은 나야말로 사절이야!"

"아아, 그러셔. 인정하지 않겠다면 경찰에 말할 거야! 스토킹 어쩌고 하는 죄로 잡아넣어주마!"

"해볼 테면 해봐! 하지만 없는 죄를 꾸며내서 고소했다가 무죄가 증명되면, 오히려 네가 명예 무슨 죄로 체포될걸. 각오해!"

마지막에는 서로 알지도 못하는 법률 용어를 던지며 으름장을 놓다가 전화를 끊었다.

결국 경찰에는 안 갔다. 번거로웠던데다 솔직히 신고가 말한 명예 무슨 죄에 정말로 해당되면 어쩌나 걱정되기도 했다. 다만 그후로 못된 장난질이 딱 멈췄으므로 역시 타이밍으로 보건대 전부 신고 짓이었구나 싶었다.

하지만…… 지금 생각해보니, 정말로 그럴까.

사귄 지 얼마 되지 않았을 무렵에 신고는 컴퓨터도 인터넷도 전혀 할 줄 모른다고 했다. 이별의 이 자도 나오지 않았던 시기이니 거짓말은 아니었을 것이다. 그렇다면 신고는 인터넷으로 날 비방할 수도, 협박장을 만들 수도 없었을 텐데. 그럼 친구에게 부탁한 걸까. 하지만 그런 범죄행위를 도와줄 친구가 있을까.

생각해보면 협박장에 "절대로 용서하지 안겠어"나 "덜 떠러진"이라고 쓴 것도 묘하다. 분명 신고는 이런 실수를 해도 이상하지 않을 정도로 멍청했지만, 휴대전화로 메시지를 보낼 때는 띄어쓰기를 할 생각조차 않았다. 굳이 띄어쓰기까지 하면서 맞춤법을 틀리다니 오히려 신고답지 않았다. 마치 누군가가 신고로 위장하기 위해 일부러 멍청하게 쓴 것 같았다.

그런데다 문에 스프레이로 "갈보"라고 썼다. 그렇게 생소한 말을 신고는 절대로 모를 것이다. 뭐, 그것도 친구가 신고의 부탁을 받고 썼는지도 모르지만.

하지만 무엇보다도 마지막으로 통화할 때 들은 신고의 목소리가 제일 마음에 걸렸다. 사소한 거짓말만 해도 뒤집어지는 신고의 목소리가 그때는 전혀 뒤집어지지 않았다.

신고가 범인이 아니라면 누가 범인이란 말인가. 내 방에 들어와서 몰래 도청기를 설치할 수 있는 사람은 신고를 빼면 쓰보이 선생님 정도다. 하지만 쓰보이 선생님은 교장일 적부터 컴퓨터를 못하는 걸로 유명했다. 워드프로세서 초심자 수준에서 멈췄다고 자학적으로 말하던 게 기억난다. 그런 사람이 협박장은 어떻게 간신히 인쇄한다 치더라도, 인터넷에 비방 글을 올릴 수 있을까.

……내가 지금 무슨 의심을 하는 거람? 쓰보이 선생님이 범인일 리 있나!

하필이면 선생님 경야 자리에서 이런 생각을 하다니 내가 어떻게 됐나 보다. 난 급히 고개를 휘휘 내저어 느닷없이 머릿속에 떠오른 황당한 생각을 떨쳐냈다.

데라시마 유

분향하는 방법도 모르는데 내 차례가 왔다. 나는 옆 사람을 흉내 내어 이 위기에서 빠져나가기로 했다!

오른쪽은 젊은 여자. 날라리 같은 느낌이다. 어째 펑펑 운다. 휘청거릴 만큼 많이 울면서 분향 방법을 모르는 내가 보기에도 묘한 곳에 절을 했다. 으음, 이 사람은 좀 미덥지 못한데. 왼쪽 사람으로 하자.

왼쪽은 나이가 제법 있는 할아버지다. 지팡이 없이 걷기는 하지만 걸음걸이는 불안하다. 하지만 이런 상황에서는 연륜을 무시 못하지. 좋아, 이 사람을 따라 하자.

할아버지는 유족석과 독경하는 스님을 향해 천천히 허리를 숙였다. 아주 느릿느릿한 절이다. 허리를 숙이고 나서 오 초쯤 있다가 몸을 세웠다. 이것도 법도겠지. 그렇다면 날라리 느낌의 오른쪽 아가씨는 법도를 좀 어긴 셈이군. 절이 너무 빨랐어. 나는 할아버지의 동작을 똑같이 따라 했다.

다음으로 할아버지는 느릿느릿 분향대로 향했다. 그대로 분향을 하는가 싶었는데, 분향대 앞에 딱 멈추더니 미동도 없는 자세로 합장을 했다. 위험하다, 위험해. 눈속임 동작이었다. 나도 간신히 할아버지와 동작을 맞추었다.

드디어 최대의 난관, 분향에 돌입한다. 할아버지는 분향대 오른쪽 그릇에 든 가루를 손으로 집었다. 나도 따라 했다. 그다음 할아버지는 손을 바들바들 떨며 가루를 분향대 전체에 뿌렸다. 아하, 분향은 이렇게 하는 거구나. 혼자 고민해본들 절대로 몰랐겠어. 나도 할아버지를 따라 손을 떨며 가루를 분향대에 뿌렸다. 할아버지는 손을 떨며 가루를 뿌리는 행동을 세 번 되풀이했다. 과연, 세 번이나 해야 하는군. 나는 할아버지의 동작을 완전히 베꼈다. 할아버지는 네 번째에야 가루를 집은 손을 떨지 않고 천천히 이마에 댔다. 하지만 다시 손을 부들부들 떨다가 가루가 눈에 들어가서 아파하며…….

어라? 이상한데.

혹시 법도에 따른 게 아니라 나이 때문에 손을 부들부들 떤 건가? 의도한 게 아니라 저절로?

맞아. 잘 생각해보니 내가 분향대 앞에 섰을 때는 분향대가 깨끗했는걸. 지금까지 다들 가루를 뿌렸다면 분향대가 가루 천지겠지. 지금은 더럽지만 이건 내가 뿌린 가루 때문이고……. 아아, 어쩌지. 이 할아버지도 도움이 안 되겠네.

부랴부랴 오른쪽을 보자 아까 전 젊은 여자는 어느 틈에 사라지고 다른 아줌마가 서 있었다. 눈이 마주치자 아줌마는 '뭘 봐?' 하는 눈빛으로 한껏 째려보았다. 허둥지둥 할아버지 쪽으로 고개를 돌리자 어느새 분향을 마쳤는지 느릿느릿 돌아가는 중이었다. 아아, 큰일 났다. 따라 할 사람이 아무도 없어. 어쩌지, 어쩌지. 꾸르륵. 으아, 또 배가 살살 아프네…….

"괜찮아요? 어떻게 하는지 모르겠어?"

갑자기 뒤에서 목소리가 들렸다. 돌아보자 둥글둥글 살진, 어쩐지 낯이 익은 할머니가 나를 보고 있었다.

"봐요, 이렇게 하는 거야."

할머니는 내 대답도 듣지 않고 나를 밀어젖히다시피 분향대 앞으로 나서더니, 가루를 집어 이마에 대고 왼쪽 통에 떨어뜨리는 동작을 두 번 반복했다. 그리고 두 손을 모아 절하고 세 걸음 뒤로 물러나 몸을 돌려 유족석과 스님을 향해 절했다. 마지막으로 나를 힐끔 돌아보고 눈짓했다.

"가, 감사합니다."

나는 배를 움켜쥐고 작게 감사를 표했다. 다행이다, 오지랖 넓은 할머니 덕분에 살았다. 그나저나 분향은 이렇게 간단한 거였나. 고작 이 정도라면 적당히 파바박 해치워도 아무도 모르겠다고 생각하면서도 배운 대로 금방 분향을 마쳤다. 몸을 돌리자 뒤에 줄서 있던 사람들이 빤히 쳐다보았지만 다행히 유족석의 하루미 씨에게는 들키지 않은 것 같았다. 하루미 씨는 키가 큰 남자와 소곤대고 있었다. 유족석과 스님을 향해 급히 절하고 도망치듯이 뒤쪽 자리로 돌아와 앉았다.

휴, 그건 그렇고 쪽팔려죽는 줄 알았네.

뒷자리에서 다시 하루미 씨를 보자 키가 크고 좀 잘생긴 삼십 대 남자와 아직도 이야기를 나누고 있었다. 내가 뭘 어쨌는지는 못 봤겠지. 아아, 다행이다, 살았다…….

하지만 점점 불안해졌다.

하루미 씨는 키 큰 남자와 아주 친근하게 이야기를 나누었다.

뭐, 친근하다고는 해도 경야 자리니까 목소리는 낮추었지만, 이야기에 제법 몰두했다. 아, 드디어 끝났다. 하지만 걱정이다. 혹시 저 녀석이 하루미 씨 남자 친구는 아니겠지?

키 큰 남자가 분향을 기다리는 줄로 돌아간 지 얼마 지나지 않아 그의 차례가 됐다. 멀리서 바라보며 실수해서 하루미 씨 앞에서 창피를 당하라고 몰래 빌었지만, 남자는 실수 없이 무난하게 분향을 마쳤다. 뭐, 그야 그렇겠지.

키 큰 남자가 자리로 돌아오는 모습을 보고 나자 더이상 할 일이 없었다. 지겹도록 계속되는 분향. 거기에다 독경. 무심결에 시선을 옮기는데 앞쪽 자리에 앉은 사람의 뒷모습이 눈에 들어왔다. 아까 나를 구해준 뚱뚱한 할머니다. 어디서 본 적 있는 것 같더니만 메종 몽블랑 옆집에 사는 사람이었다. 전에는 저 정도까지 뚱뚱하지는 않았던 것 같다. 그래서 바로 못 알아봤는지도 모르겠다.

그 뒷모습을 별생각 없이 보고 있자니 할머니가 어깨를 떨며 손수건으로 얼굴을 눌렀다. 제법 오래 그러고 있었다. 아무래도 할머니는 이웃이었던 쓰보이 씨가 생각나서 우는 모양이다. 그것도 훌쩍훌쩍이 아니라 엉엉.

옆집 사람까지 펑펑 울다니 대단한걸. 그것도 이웃 간의 정이 그렇게 끈끈하지 않은 도내에서 말이야. 내 고향은 지바 촌 동네지만, 옆집 사람이 죽어도 우리 부모님은 절대로 안 울겠지. 하긴 우리 집은 옆집과 사이가 별로였으니까. 개 짖는 소리랑 토지 경계선 문제로 대판 싸웠잖아. 그러고 보면 역시 주인아저씨는 그릇이 컸다니까.

개 한 마리가 짖는다고 이웃과 다툰 부모님과 달리 주인아저씨는 꼬맹이들이 단체로 소음을 내도 전혀 골을 내지 않았는걸.

주인아저씨 집에서 도로를 하나 끼고 건너편에 커다란 어린이공원이 있다. 놀이기구가 상당히 충실하여 인기가 많은 곳인데, 평일은 저녁 늦게까지 휴일은 아침부터 수많은 아이들이 시끄럽게 떠들며 노는 소리가 주변에 울려 퍼진다.

야간 아르바이트를 하던 시절에는 저녁에 한숨 자고 싶어도 아이들이 노는 소리 때문에 잠을 설쳐서 스트레스였다. 하지만 거리상 내 방보다 공원에 더 가까운 주인아저씨는 아이들을 성가셔하지 않았다. 주말 아침에는 아이들과 담소를 나누며 운동복 차림으로 공원의 쓰레기를 주웠을 정도다. 주인아저씨 말고는 그런 사람을 못 봤으니까, 당번제가 아니라 솔선수범한 거겠지.

그 공원을 가로지르면 아르바이트하는 가게와 전철역에 더 빨리 갈 수 있지만, 캐치볼을 하던 아이들의 공이 빗나가서 등에 세게 맞은 적도 있고, 철봉에서 떨어진 아이를 돌보다가 아르바이트에 늦을 뻔한 적도 있고, 아이가 뱉은 껌을 밟은 적도 있고, 아무튼 발칙한 꼬맹이들에게 피해를 입은 적이 여러 번이라 나중에는 공원을 피해서 다니게 됐다. 뭐, 나도 어릴 적에는 제법 말썽꾸러기였지만 그래도 화가 난다. 그런 나와 달리 꼬맹이들에게 스트레스를 받지 않다니, 전직 교사라 아이들에게 익숙하다고는 하나 주인아저씨는 참 그릇이 크고 멋진 사람이었다.

……하기야 소음에 관해서는 나도 남에게 뭐라고 할 처지가 못 되는군. 나야말로 엄연히 소음의 근원이니까.

방에서 콩트 연습을 할 때 목소리를 낮추기는 하지만, 집주인이 엄격한 사람이라면 분명 화를 낼 것이다. 실제로 내 방인 203호실 대각선 아래쪽에 위치한 102호실의 아유카와라는 사람은 "너무 시끄럽습니다. 조용히 좀 해주세요! 102호 아유카와"라고 항의하는 쪽지를 우편함에 넣은 적이 있다. 약소하나마 쿠키를 들고 사과하러 갔지만, 갈 때마다 없어서 결국 쿠키 상자와 사죄 편지를 방 앞에 놓아두고 왔다.

하지만 주인아저씨는 우리 콤비가 시끄럽게 굴어도 관대하게 대했다. 뿐만 아니라 연립주택 밖에서 마주치자 "열심히 하는 모양이던데. 나도 개그 공연을 라이브로 한번 보고 싶어" 하고 말을 걸어주었다. 그래서 내가 반 농담 삼아 "이번에 라이브 공연에 출연하는데 티켓 사시겠어요?" 하고 말하자 웬걸 정말로 1200엔짜리 티켓을 사주었다. 보통 젊은 개그맨에게는 공연 티켓이 할당되므로 사주면 정말로 고맙다. 아르바이트 동료가 사준 적은 많지만, 집주인이 사준 적은 그때가 처음이자 마지막이었다.

뭐, 처음이자 마지막이었던 데는 씁쓸한 이유가 있지만.

주인아저씨가 공연을 보러 왔을 때 자신 있게 선보인 새로운 콩트가 완전히 망했다. 콩트를 진행하는 내내 피식거리는 소리조차 단 한 번도 들리지 않았다. 지금까지 개그 콤비 활동을 하면서 세 손가락 안에 들 만큼 완벽하게 말아먹었다. 그 탓인지 주인아저씨는 두 번 다시 '라이브를 보러 가고 싶다'는 말을 꺼내지 않았다.

하지만 주인아저씨는 천사였다. 공연 후에 연립주택 부지에서 처음으로 마주쳤을 때 민망해죽을 것 같았던 우리에게 '요전 콩트, 썰렁했어'라는 소리는 한마디도 않고 "이야, 난 그런 콩트 아주 좋아해" 하고 격려해주었다. 그후에도 몇 번 밖에서 만났을 때 인사 겸 "열심히 하는가 봐"나 "제니가타 경감✤이 울음을 터뜨리는 장면, 최고더라" 하고 말을 붙였다. 딱 한 번 본 콩트의 좋았던 점을 일부러 기억해내서 말해주다니, 개그맨의 마음을 아주 잘 헤아리는 좋은 사람이었다.

……어?

한 가지 묘한 사실을 이제야 알아차렸다.

주인아저씨가 공연을 보러 왔을 때 우리는 〈암 선고〉라는 콩트

✤ 만화 〈루팡 3세〉에 등장하는 형사 캐릭터.

를 선보였다. 여중생이 좋아하는 남학생을 체육관 뒤편으로 불러내 고백하듯이, 여자 의사가 남자 환자를 병동 뒤편으로 불러내 암을 선고한다는 내용이다. "남자에게 고백하는 건 처음인데, 용기 내서 말할게요. ……당신의 여명은 반년이에요!"라는 회심의 개그가 망한 걸 시작으로 그 공연에서는 관객의 반응이 전혀 없었지만.

그런데 주인아저씨가 말한 '제니가타 경감이 울음을 터뜨리는 장면'이 나오는 건 <좀도둑과 경비원>이라는 콩트다. 루팡 3세와 제니가타 경감이 폭삭 늙은 후에 좀도둑과 경비원으로 예상치 못한 재회를 한다는 내용이다. "경단 꼬치를 훔친 죄로 널 붙잡고 싶지는 않았어어어어" 하고 제니가타가 울음을 터뜨리는 장면이 있는데, 주인아저씨에게 그 콩트를 보여준 적은 없을 것이다.

그런데 어떻게 좀도둑과 경비원의 내용을 알고 있었을까.

실은 몰래 우리가 출연한 공연을 보러 왔다든가……. 에이, 그건 아니겠지. 우리에게 티켓을 사기 전에 주인아저씨가 "나도 개그 공연을 라이브로 한번 보고 싶어"라고 했으니 그전에 공연을 본 적은 없었을 것이다. 그리고 티켓을 팔면서 내가 "공연을 뛰는 개그맨에게는 티켓이 할당되거든요. 그걸 직접 사주면 제일 고맙죠. 당일 현장에서 구매하는 것보다 가격도 싸요"라고 말한 기억이 난다. 그런 말을 들었는데도 우리에게 티켓을 사지 않고 공연을 보러 오다니, 배려로 똘똘 뭉친 주인아저씨만은 절대로 그럴 리 없다.

그럼 우리가 방에서 〈좀도둑과 경비원〉 콩트를 연습하는 목소리가 주인아저씨 집까지 똑똑히 들린 걸까……. 아니, 그것도 아니다. 소리가 다소 새어 나가기야 하겠지만, 그렇게 큰 소리로 연습하는 건 아니니까 밖에서 콩트 내용을 확실하게 알아듣기는 불가능하리라. 현관문에 귀를 딱 붙이고 들어도 안 들리지 않을까.

그렇다면 또 다른 가능성은, 그렇지…….

'실은 집주인에게 숨겨진 얼굴이 있어서 연립주택 방에 도청기를 설치해 세입자의 목소리를 들으며 즐겼다'든가.

하하, 주인아저씨가 그럴 리 없지. 경야 자리에서 벼락 맞을 상상을 했네.

그나저나 주인아저씨는 정말 좋은 사람이었다. 아이들이 떠들어도 혼내지 않았다. 세입자가 시끄럽게 굴어도 화내지 않았다. 텃밭에서 키운 채소도 줬다. ……뭐, 채소는 가끔 떫어서 맛이 없을 때도 있었지만. 아무튼 정말로 신세만 졌다.

그런 주인아저씨에게 은혜를 갚은 적이 한 번이라도 있었을까.

아, 딱 한 번 있다. 컴퓨터를 사용하는 법을 가르쳐줬다.

삼 년 전 여름이었던가. 슈퍼에서 장을 보고 오는 길에 주인아저씨와 딱 마주쳐 인사하자 "데라시마, 컴퓨터 다룰 줄 알아?" 하고 물었다. 내가 "어느 정도는 할 줄 알죠" 하고 대답하자 "좀 배우고 싶은데" 하고 말하기에 주인아저씨 집에서 컴퓨터 교실을 열었다. 솔직히 좀 귀찮았지만 대강 가르쳐주었다.

주인아저씨는 정말로 컴퓨터를 전혀 몰랐다. "컴퓨터가 본격적으로 도입된 90년대 후반에 관리직이었거든. 컴퓨터를 못해도 그럭저럭 대처할 수 있었어." 그런 소리를 했다. 워드프로세서는 조금 써본 모양이었지만, 인터넷에 관련된 지식은 절망적이었다. 그리고 마우스도 제대로 다룰 줄 몰라서 우클릭을 보고 놀랐다. "오른쪽 버튼을 누르면 이상한 게 나오니까 안 눌렀는데, 과연 익숙해지니까 편리하네" 하고 감탄했더랬지.

주인아저씨가 열심히 받아 적는 가운데 나는 인터넷 사용법, 계정 만드는 법 등 여러 가지를 가르쳐주었다. 몰라서 그렇지 이해력은 좋았으므로 주인아저씨는 금방 방법을 터득했다. 뭐, 원래 가르치는 데 프로였으니까 배우는 데도 소질이 있었겠지.

한 시간쯤 가르쳐주고 사례로 쌀과 고급 과자를 받았으니, 나쁘지 않은 아르바이트였다. 그러고 보니 주인아저씨가 "인터넷 게시판에 글을 올려보고 싶었어"라는 소리도 했었다. 어떤 게시판에 흥미가 있는지는 안 물어봤지만, 보기와는 다르게 2채널*에서 분탕질을 쳤다면 놀랄 노 자겠네. ……또 벼락 맞을 상상을 했다.

* 일본 최대의 커뮤니티 사이트.

법화·상주 인사

쓰보이 하루미

“언니, 사이키라는 사람 좋아했어?”

동생 도모미의 말에 나는 바로 고개를 젓고 “그만해” 하고 대꾸했다.

하지만 실은 정곡을 찔렸다.

고교 시절, 사교적인 사이키는 남녀를 불문하고 누구와도 친하게 지냈다. 밝고 유쾌하여 나는 몰래 호감을 품었다. 다만 전에 첫사랑 남자애와 잠깐 사귀다가 차여서 상심한 적이 있었으므로 사랑에 겁쟁이였다.

사랑에 겁쟁이였다……. 그렇듯 과거형으로 표현할 일이 아니지. 지금도 겁쟁이니까 여태 독신인 거다.

하지만 사이키도 반지를 안 꼈다. 그도 독신일지 모른다. 뭐, 그렇다고 "아직 결혼 안 했어?" 하고 물어보지는 못했지만. 아버지 경야 자리에서 그러는 건 경거망동이고, 혹시 그가 독신이더라도 그럼 사귀자는 식으로 술술 풀릴 리 없다.

나같이 직업도 없는 삼십 대 후반 여자한테 첫눈에 반할 사람이 어디 있겠어.

나는 대학을 졸업하고 아버지를 뒤쫓듯이 초등학교 교사가 됐다.

첫 번째 부임지는 다마 시에 있는 초등학교였다. 거기서 육 년 근무한 후 우연하게도 모교인 스기나미 구립 아사가야 제2초등학교로 발령이 났다.

하지만 결국 나는 모교에서 교단을 떠나게 됐다.

내가 담임한 5학년 2반에서 교권이 붕괴된 것이 원인이었다.

스가노 다쿠마. 평생 잊지 못할 이름이다. 교원으로 생활하면서 그 녀석만큼 거칠고 난폭한 아이는 못 봤다. 오 년 전 4월에 그가 전학을 오기 전까지 우리 반에는 별다른 문제가 없었다. 하지만 그는 평온한 반에서 금세 맹위를 휘둘렀다.

당연하다는 듯이 수업을 방해한다. 주의를 주면 반성하기는커녕 물건을 던지며 날뛰다가 교실을 뛰쳐나간다. 학교에 게임기와 과자도 가지고 온다. 담배를 들고 와서 방과 후에 교실 발코니에서 피운다는 걸 알고 제일 놀랐다. 그리고 교사에게 아무렇지도 않게 폭력을 휘둘렀다. 5학년쯤 되면 힘이 세서 나는 몇 군데나 멍이 들었다. 그의 영향으로 순식간에 반의 분위기가 어수선해졌다.

다만 내게도 미흡했던 점이 있었다. 좀더 간곡하게 주변에 도움을 요청해야 했다.

동료들은 다들 자기 일만으로도 힘에 부쳤으므로 교무실에서 도움을 청할 수 있는 분위기는 아니었다. 거기에다 십여 년이나 교원으로 생활한 경험이 있는 만큼 나 혼자 힘으로 해결하기로 마음먹었다. 혼자 힘으로 해결하지 못하면 주변에서 무능력하다고 볼 거라는 압박감도 머릿속 한구석에 자리 잡았다. 지금 생각하면 그런 자존심은 처음부터 버렸어야 했다.

5월이 끝나갈 무렵, 스가노는 완전히 악의 화신이 되었다. 하지만 6월부터 가정방문이 시작된다. 스가노의 부모님과 진지하게 상의하면 어떻게든 될 거라고 생각했다.

하지만 너무 물러빠진 생각이었다.

처음 만난 순간부터 감이 왔다. 스가노네는 허름한 셋집이었는데, 스가노 어머니는 방문을 하기로 예정된 시간에 집에 없었다. 전할 말을 남기고 돌아갈까 싶었을 때 어머니가 나타나 웃으면서 말했다.

"댁이 쓰보이 선생님? 미안해, 오늘 파친코가 빵빵 잘 터져서 붙들고 있다 보니 늦었네."

깜짝 놀랐다. 게다가 집에 들어가서 이야기를 들어보자 밤에 아들을 집에다 혼자 놔두고 파친코를 하러 간 적도 있다고 한다. 또한 별거중인 남편에게 애인이 있는 것 같지만 돈은 보내주니까 신경 안 쓴다고 내 앞에서 전혀 부끄러워하는 기색 없이 말했다.

그래도 파친코로 이득이 난 덕분인지 스가노 어머니의 기분이 좋았으므로 말할 거면 지금밖에 없다 싶어 과감하게 말을 꺼냈다. 다쿠마가 수업을 방해한다는 것, 학교에 가지고 오면 안 되는 물건을 소지한다는 것, 폭력을 휘두른다는 것…….

실패였다.

스가노 어머니는 펄펄 뛰며 "우리 애가 잘못했다는 거야! 지랄하고 있네, 꺼져!" 하고 소리를 치며 내게 물건까지 집어 던졌다. 그야말로 모전자전이었다.

쫓겨나다시피 스가노네를 나서자 기분이 침울해졌다. 어머니가 저 모양이니 스가노 다쿠마를 갱생시키기는 아주 어려울지도 모르겠다. 상상한 것보다 혹독한 상황이었지만 이렇게 된 이상, 스가노의 영향으로 반이 난장판이 되지 않도록 다른 학부모와 면담하면서 양호한 관계를 만들어야 한다. 그렇게 마음을 다잡았다.

하지만 예상외의 사태가 발생했다. 그다음 날부터 가정방문을 하러 가면 마치 나 때문에 학급이 엉망이 됐다는 투로 학부모들이 비판했다. 그것도 모자라 내가 스가노네에 가정방문을 가서 길길이 화를 내며 날뛰었다는 소문도 퍼졌다. 아무래도 스가노 어머니가 퍼뜨린 말을 다른 학부모들이 곧이곧대로 받아들인 모양이었다.

"이상한 소문이 돌던데, 그거 거짓말이죠?" 하고 나를 믿어주는 학부모도 있었지만, 그렇지 않은 학부모가 더 많았다. 스가노 어머니는 그래 보여도 이사 온 지 두 달 만에 어머니들 그룹에 잘 녹아들었다. 아들을 방치하고 파친코나 다니는 주제에, 기특한 싱글맘을 연기하며 다른 어머니의 동정을 사는 것 같았다.

나는 점점 궁지에 몰렸다. 그때까지는 교권 붕괴를 강 건너 불 보듯 했다. 제자와도 학부모와도 내내 잘 지냈다. 그런데 스가노 모자가 나타난 것을 계기로 사면초가에 빠졌다.

거기에 본가에서 모교인 초등학교에 출퇴근하는 것도 부정적으로 작용했다. 근처 슈퍼 등에서 우리 반 학생의 학부모와 마주치곤 했기 때문이다. 더구나 스가노네는 우리 집에서 직선거리로 이백 미터밖에 떨어져 있지 않았다. 한번은 스가노 어머니가 길가에서 주부 몇 명에게 "우리 애 담임선생인 쓰보이라는 여자, 완전히 개판이야" 하고 소문을 퍼뜨리는 모습도 직접 보았다. 이렇게 해서 나쁜 소문이 퍼졌구나 싶어 오싹했지만, 대결할 용기가 나지 않아 그들에게 들키지 않도록 달아나듯이 자리를 피했다.

6월 중순, 가정방문 기간이 끝나고 나서 우리 반은 무법 상태로 변했다. 반도 넘는 학생이 수업 시간에 마음대로 돌아다녔다. 교권이 완전히 붕괴됐다.

그쯤 되자 다른 선생님들도 눈치채고 협력해주었지만 그 무렵에는 내 정신 상태도 붕괴됐다.

아침에 잠자리에서 일어날 수가 없었다. 학교에 가기가 싫어서 몸 여기저기에 탈이 났다. 늘 몸이 나른했고 살이 쭉 빠졌다. 그래도 기력을 쥐어짜내 현관을 나서려 하자 구역질이 나서 화장실로 달려가 아침밥을 전부 게운 적도 있었다.

여름방학이 되기 전에 휴직했다. 당장 병원에 갔더니 우울증이라는 진단이 나왔다. 어머니는 "사회인이니까 정신 단단히 차려야지" 하고 꾸중했지만 아버지는 "절대로 서두를 것 없어" 하며 지켜봐주었다. 지금 생각하면 교권이 붕괴되기 전에 아버지에게도 상의해야 했다. 이제 어엿한 교사니까 주변에 폐를 끼치면 안 된다, 그런 마음이 직장에서도 집에서도 너무 강했다.

여름방학이 끝나기 전에 어떻게든 우울증이 호전됐으면 했지만 좀처럼 쉽지 않았고, 그런 내 자신이 한심하게 느껴져 더더욱 우울해졌다. 아버지가 기분 전환 삼아 같이 산책을 가자고 권하기도 했지만, 밖에서 우리 반 학생이나 학부모와 마주칠 가능성이 높았으므로 나갈 엄두가 나지 않았다.

아사가야 제2초등학교로 부임하기로 결정됐을 때는 출퇴근도 편한데다 모교라서 기뻤지만, 기대가 완전히 어긋났다. 나는 그저 집에만 틀어박혀 있었다. 그 탓에 정신 상태가 더욱 악화되어 외출을 꺼리는 악순환이 계속됐다.

오본*이 지났을 무렵, 아침 일찍 교감에게 전화가 왔다.

"쓰보이 선생님, 마음 단단히 먹고 들으세요. ……스가노 다쿠마가 어젯밤 누군가에게 머리를 얻어맞고 의식불명의 중태에 빠졌습니다."

나는 그 소식을 듣고 놀란 나머지 수화기를 떨어뜨렸다.

내가 듣고도 무슨 일인지 이해하지 못하자, 교감은 알기 쉽게 차근차근 설명해주었다. 전날 밤 9시경, 집 근처 어린이공원에 쓰러져 있는 스가노를 지나가던 사람이 발견하고 119에 신고했다고 한다. 스가노네 근처의 그 공원은 당연히 우리 집에서도 가까웠다. 발견 당시 의식이 있었던 스가노는 신고를 해준 사람에게 "모르는 남자가 갑자기 때렸어요"라고 말했다고 한다. 그후 바로 의식을 잃고 병원으로 옮겨졌지만 아직 의식불명 상태다. 사건 직후 몸집이 작은 남자가 자전거를 타고 달려가는 모습을 보았다는 목격 증언도 나왔지만 범인은 아직 체포되지 않았다고 했다.

---

* 우리의 추석과 비슷한 일본의 가장 큰 명절.

교감에게 병원에 가보는 편이 좋겠냐고 물어보자 집에서 대기하라고 했다. 뭐, 그럴 만도 했으리라. 스가노의 담임이라고는 하나 여름방학이 되기 전에 정신적인 문제로 휴직했고, 스가노 어머니에게도 미움을 받았으니까.

전화를 끊자 같은 방에 있던 아버지가 무슨 일이냐고 물었다. 나는 교감에게 들은 이야기를 설명했다. 그러자 아버지는 고개를 숙이고 잠시 생각하다 "남이 들으면 큰일 날 소리일지도 모르겠다만……" 하고 서론을 깔고 나서 천천히 말했다.

"교권 붕괴를 초래한 제일 큰 문제아가 이런 사건에 휘말렸으니 2학기부터는 반 아이들도 기가 죽어 얌전해지지 않으려나. 그러니까 이렇게 말하면 뭣하지만, 하루미가 복귀하기 쉬워질지도 모르겠어. 아니, 물론 서두를 필요는 없지만……."

아버지가 그런 말을 하다니 의외였다. 서론을 깔았듯이 정말 남이 들으면 큰일 날 소리였다. 하지만 일리 있다 싶었다. 이대로 2학기가 되면 반의 분위기는 확 달라질 것이다.

이틀 후 다시 교감에게 전화가 왔다.

스가노가 의식을 되찾았다는 내용이었다.

결국 나는 2학기가 되어도 학교에 못 나갔다.

그후 동료와 통화하며 들었는데, 스가노는 퇴원하여 9월 중순에는 등교할 수 있을 만큼 회복했다고 한다. 다만 자신이 폭행을 당했다는 사실을 전혀 기억하지 못했고, 사건을 계기로 조금 얌전해진 모양이었다. 덧붙여 다른 반 선생님들도 5학년 2반에 신경을 쓴 덕분인지 교권 붕괴가 수습되어 대체 교원이 문제 없이 담임을 맡고 있다고 했다.

또한 스가노 어머니도 아들에게 집을 보게 하고 파친코를 하러 간 사이에 아들이 공원에서 사건에 휘말리자 완전히 의기소침해졌고 파친코도 그만두었다고 한다. 몰인정한 소리지만, 사건을 계기로 전부 원만하게 수습된 상태였다.

동시에 내가 돌아갈 곳이 없음도 의미했다.

대체 교원이 배정돼서 기껏 잘 돌아가고 있는데 내가 복귀하면 교권이 다시 붕괴될 여지를 줄 뿐이다. 학부모들도 담임이 바뀌니까 분위기가 괜찮아졌다고 여기고 있으리라. 동료들은 다시 돌아오라고 말해주었다. 하지만 나는 몹시 고민한 끝에 다음 해 3월에 퇴직을 결심했다.

아버지에게 그 사실을 알리자 "미안하다, 내 힘이 모자랐어" 하며 아버지가 먼저 울음을 터뜨렸다.

"왜 그런 소릴 해, 아빠 탓이 아닌걸. 다 내 잘못이야……."

나도 눈물이 나서 말을 잇지 못했다.

결국 아버지 같은 교사가 된다는 건 헛된 꿈이었다.

아버지라면 분명 스가노 같은 아이에게도 적절하게 대처했으리라. 나는 그런 아버지를 뛰어넘겠다는 생각을 마음속 한구석에 품고 있었다. 그게 분수에 맞지 않는 목표였음을 최악의 사태가 벌어질 때까지 알아차리지 못했다. 정말 바보 같다. 괜한 고집을 부려 아버지와 상의하지 않은 탓에 이런 결과를 초래한 것이다.

교사를 그만둔 후에도 우울한 상태에서 벗어나지 못해 여태 집에 틀어박혀 지낸다.

게다가 극히 일부의 친척과 친구를 제외하고는 아무도 이 사실을 모른다. 옆집 고무라 씨는 아직도 내가 초등학교 선생님인 줄 알 것이다. 그리고 처음 만나는 사람에게 이러한 상황을 설명하기가 창피해서 그만 "초등학교 선생님이에요" 하고 거짓말을 할 때도 있다.

거짓말쟁이에, 전직 삼류 교사, 현재는 무직인 은둔형 외톨이.

못난 딸이라서 미안해, 아빠. 아빠처럼 멋진 선생님이 되고 싶었는데.

"그럼 다음으로 마지막 인사를 부탁드립니다."

상조 회사 직원이 속삭이는 소리에 정신을 차렸다. 어느덧 분향이 끝나고 스님의 법화가 시작됐다.

나는 눈물을 닦았다. 사람들 눈에는 아버지를 애도하는 눈물로 보이겠지만, 이건 내가 너무 한심해서 흘린 눈물이다. 이윽고 법화가 끝나자 나는 상조 회사 직원에게 재촉받아 마이크 앞에 섰다.

못난 딸일지언정 아버지의 경야를 매조지는 상주 인사 정도는 확실히 해야 한다. 나는 더이상 눈물이 나지 않도록 신중하게 입을 열었다.

"여러분, 금일 아버지를 위해 이렇게 참석해주셔서 정말 감사드립니다. 아버지 생전에, 여러분이, 베풀어주신, 후의에, 깊은 감사의 말씀을……."

틀렸다. 이 정도만으로도 눈물이 줄줄 흐르고, 울음소리가 섞였다. 하지만 흐느껴 울면서도 준비해 온 말을 띄엄띄엄 꺼내놓았다.

"사람은, 두 번 죽음을 맞는다. 첫 번째는, 육체가 죽었을 때. 두 번째는, 사람들의, 마음속에서, 사라졌을 때…… 그런 말이 있다고 합니다. 부디, 아버지를, 여러분의, 마음속에, 오래오래, 간직해주세요!"

거기까지 말하고 고개를 숙인 후 손수건으로 얼굴께를 누르며 마이크 앞에서 내려왔다. 마지막에는 절규하듯 부르짖었지만 내 마음만은 모두에게 전해졌으리라. 훌쩍훌쩍 우는 소리가 대번에 높아졌다. 도모미도 "언니, 수고했어" 하고 살짝 말을 걸었다.

하지만 한 가지 깜빡했음을 깨닫고 부랴부랴 마이크 앞으로 돌아갔다.

"아, 그리고 장례식 및 고별식은 내일 오전 11시에 여기서 거행됩니다……."

다시 머리를 숙이고 마이크 앞에서 내려왔다. 인사를 마치고 들어갔다가 다시 돌아와서 말한 탓에 한순간 울음소리가 뚝 끊기고, 빈소 전체에 얼떨떨한 분위기가 퍼져나갔다. 도모미가 "아아……" 하고 탄식하는 목소리도 들렸다.

정말 미안해, 아빠. 마지막까지 글러먹은 딸이라서…….

그후 상조 회사 직원이 나와는 비교도 안 되게 차분한 목소리로 안내 방송을 했다.

"경야 후 음복 음식을 준비해두었습니다. 장소는 중형 홀입니다. 뒤쪽 출입구로 나가셔서 왼쪽으로 꺾으면 끝에 보이는 곳입니다……."

경야 후 음복. 친척들끼리 하면 되지 않겠느냐는 의견도 나왔지만, 결국 일반 참석자에게도 대접하기로 했다. 아버지는 옛날 세대치고는 형제가 적어서 남동생 한 명뿐이라 친척이라고 해봤자 얼마 안 된다. 그런데 친척 말고는 돌아가라고 하기도 뭣해서 전부 대접하기로 했다. 다만 인원수가 너무 많다. 초밥 안 모자라려나…….

방금 전까지만 해도 눈이 퉁퉁 붓도록 울었으면서 이제는 냉정하게 그런 생각이나 하다니, 죄악감이 느껴졌다. 뭐, 상주는 다 그런 법이겠지만.

쓰보이 도모미

“언니, 사이키라는 사람 좋아했어?”

내가 묻자 언니는 허둥지둥 부정했다. 하지만 낌새를 보아하니 정곡을 찌른 것이 분명했다.

언니는 거짓말을 하면 금방 티가 난다. 천성이 정직한 탓에 거짓말을 할 때 망설임이 얼굴을 스친다. 방금도 급히 고개를 젓는 언니 얼굴이 홀의 알루미늄 기둥에 비쳤는데, 안 그래도 동요한 표정이 더더욱 괴상하게 일그러져서 하마터면 웃음이 터질 뻔했다. 언니는 배우 체질은 아니다. 적을 속이려거든 같은 편부터 속이라고 하듯, 남에게 거짓말을 할 때는 자신에게 먼저 거짓말을 해야 한다.

언니의 본심은 손바닥을 들여다보듯이 환히 보인다. 나는 다 안다.

지금도 사이키에게 마음을 품고 있다는 것도,

그리고 나를 미워한다는 것도.

그야 그렇겠지. 나 때문에 아버지가 실의에 빠진 채 돌아가셨으니까.

아버지는 내 배우 생활을 응원해주었다. 어머니는 학창 시절부터 줄곧 내 연극 활동에 반대했지만, 아버지는 그 당시부터 어머니 몰래 공연을 보러 와주었다. 내가 자취를 시작한 뒤로는 텃밭에서 기른 채소를 가끔 보내주기도 했다.

그런데 나를 대하는 아버지의 태도가 최근에 좀 달라졌다. "집에 돌아오는 게 어떻겠니?"라거나 "선 한번 안 볼래?"라는 등 몹시 간섭하고 나섰다.

"배우로 먹고살기는 글렀으니까 시집이나 가라는 거야?"

내가 따져 물으면 아버지는 늘 말끝을 흐렸지만, 실은 그렇게 말하고 싶었으리라. 난 꿈을 포기할 마음이 없었고 아버지에게도 내 뜻을 거듭 전했건만, 옛날 연줄을 통해 입수했는지 독신 남자 교사의 사진을 몇 장이나 보낸 적도 있었다. 그런 일이 계속되자 일찍이 양호했던 부녀지간은 악화됐다. 어느 틈엔가 통화만 하면 말다툼을 벌이게 됐다.

그러다 지금으로부터 불과 이 주일 전. 아버지에게 오랜만에 전화가 왔다.

"집에, 한번, 안 올래?"

오랜만에 듣는 아버지 목소리. 숨쉬기가 아주 괴로운 것 같았다. 그전에 통화했을 때도 몸 상태가 별로라고 푸념했었는데, 이때는 특히 더 심한 듯했다.

하지만 설마 진짜로 임종이 다가왔을 줄은 생각도 못 하고, 오랜만에 전화했으면서 또 채근이나 한다 싶어 퉁명스럽게 받아치고 말왔다.

"싫어. 꿈을 포기할 마음 없다고 몇 번이나 말해?"

몸이 안 좋은 것 같은데 괜찮으세요. 왜 그런 위로의 말도 건네지 않았을까. 이제 아무리 후회해도 돌이킬 길이 없다.

"한번, 터놓고…… 의논하고 싶구나. 장래나, 뭐, 이것저것……."

아버지는 더욱 힘겨운 목소리로 말했지만, 나는 딱 잘라 거절했다.

"의논은 무슨. 어차피 맞선을 보라고 할 거잖아? 아빠는 날 전혀 이해 못 해!"

"아니야. ……아빠는 너에 대해…… 뭐든지 다 안단다."

아버지는 콜록콜록 기침을 하고 서글프게 말했다.

"얘야, 이대로…… 독……거하다 죽으면 어쩔래?"

그 한마디에 나는 폭발했다.

"아, 짜증 나. 계속 평행선이잖아! 내가 바라는 행복은 눈 씻고 찾아봐도 결혼에는 없어. 아빠, 진짜 싫어. 두 번 다시 전화하지 마!"

나는 내뱉듯이 그렇게 말하고 전화를 끊었다.

지금 생각해도 너무 심하게 굴었다. 그때 아버지는 죽을 날이 가까워졌음을 깨달았던 것이다. 그래서 마지막으로 내게 연락하여 장래를 잘 생각하라고 전하고 싶었겠지. 그런데 정말 돌이킬 수 없는 짓을 하고 말았다.

내가 그렇게 발끈한 건 장래에 느끼는 불안감을 아버지가 정통으로 건드렸기 때문이다. 배우로서 한번 떠보지도 못하고 평생 혼자 살면 어쩌느냐는 불안감이 마음속 한구석에 분명 있었다. 아버지에게 낸 짜증은 전부 나 자신을 향해야 마땅했다.

그로부터 며칠 후, 아버지가 텃밭에서 수확한 채소를 보내왔다. 반항기에 접어든 청소년처럼 철없는 나를 아버지는 마지막까지 염려한 것이다.

다만 식료품 등을 박스에 담아 보낼 때 늘 함께 들어 있던 편지가 그때는 없었다. 화가 났음을 아버지 나름대로 표현한 건가 생각하며 채소를 먹어보자 어쩐지 떫은맛이 났다.

그다음 주에 아버지는 집에서 쓰러졌고, 실려 간 병원에서 눈을 감았다.

나는 무대에서 공연하던 도중에 연락을 받았다. 공연이 끝나고 서둘러 병원으로 달려갔지만 한발 늦어서 임종을 지키지 못했다.

결과론일지도 모르지만 아버지가 시키는 대로 잠깐 집에 돌아와서 한동안 머무를 수도 있었다. 그랬으면 언니와 함께 아버지를 간병할 수 있었을지도 모른다.

하지만 내 꿈을 우선한 결과 아버지의 임종을 지키지 못했다. 그렇게 다정했던 아버지였지만 마지막 순간에는 날 원망했으리라. 그리고 언니도 날 미워할 게 뻔하다.

하지만 이제부터는 언니가 단 하나뿐인 가족이다. 뭉쳐서 서로 힘이 되어야 한다. 더구나 언니는 우울증으로 힘든 상황이다. 나도 이제 내 생각만 하면 안 된다. 언니의 삶도 고려해야 한다. 어른이 되어야 한다.

이윽고 스님의 독경과 틀에 박힌 법화가 끝났다. 마지막으로 경야를 매조지는 상주의 인사가 남았다.

언니는 울면서 '사람은 두 번 죽는다. 첫 번째는 육체가 죽었을 때, 두 번째는 사람들의 마음속에서 사라졌을 때'라는 내용의 이야기를 했다. 참석자들은 귀를 기울였고, 눈물을 흘리는 사람도 있었다.

좀 각색하기는 했지만 실은 아버지의 말을 베낀 것이다. 하기야 아버지도 이 말을 처음으로 한 사람은 아니겠지. 분명 옛날부터 있었던 명언이 틀림없다. 그래도 인사가 끝나자 "언니, 수고했어" 하고 칭찬해주었다.

그런데 언니가 다시 마이크 앞으로 돌아가서 내일 장례식 일정을 설명하는 바람에 분위기가 좀 싸해졌다. 그런 건 깜빡해도 나중에 상조 회사 직원이 말해줄 텐데……. 그리고 상조 회사 직원이 마지막으로 음복 음식을 준비해두었다고 안내했다.

아아, 또 친척들과 자리를 같이해야 한다. 솔직히 마음이 무겁다.

하지만 오늘 언니는 병이 완치되지 않은 몸으로 상주를 맡아 상당히 기력이 부칠 것이다. 언니에게 휴식을 주려면 나라도 나서서 거북한 친척과 이야기를 나누어야겠지. 이제부터는 그렇게 조금이라도 언니에게 힘이 되어야 한다.

그게 실의 속에서 세상을 떠난 아버지에게 속죄하기 위해 내가 할 수 있는 유일한 일이다.

사이키 나오미쓰

경야의 마지막 순서로 상주 하루미가 나와서 인사를 했다. 하루미는 흐느끼면서 그 말을 소개했다.

"사람은 두 번 죽는다. 첫 번째는 육체가 죽었을 때, 두 번째는 사람들의 마음속에서 사라졌을 때".

쓰보이 선생님이 미조구치의 장례식 때 말씀하셨던 격언이다.

다시금 맹세한다. 쓰보이 선생님, 제가 죽기 전까지 선생님이 두 번째 죽음을 맞을 일은 없을 겁니다. 저는 선생님과의 추억을 하나도 빠짐없이 기억할 거예요.

지금도 어제 일처럼 생각난다. 입시 공부를 격려해주던 말씀. 수업에서 가르쳐준 지식. 현장감 넘치는 말투로 들려준 멋진 산의 일화.

생각해보면 쓰보이 선생님은 중학교 3학년 때 딱 일 년만 담임이었는데도, 훨씬 오랜 시간을 공유한 것처럼 느껴진다. 그리고 중학교 동창회에서 마지막으로 뵌 지 십 년도 넘게 지났는데, 마치 최근까지 만났던 것 같은 기분도 든다. 도대체 왜일까…….

엇, 아니다.

쓰보이 선생님을 뵌 지 십 년도 넘은 줄 알았는데, 아니었다.

쓰보이 선생님을 뵈었다. 작년 여름에.

그래, 날짜까지 기억난다. 작년 바다의 날*. 장소는 지바 현 시라코 해안이었다. 바다가 깨끗한 데 비해 많이 알려지지 않아서 참 좋은 곳이다.

그날 나는 당시 다섯 살이던 딸 미유와 둘이서 해수욕을 하러 갔다. 오전부터 신나게 놀다가 점심으로 미유가 아주 좋아하는 회전초밥을 먹기로 했다.

그래서 회전초밥집에 가려고 해안도로를 따라 주차장으로 향하다가 쓰보이 선생님과 우연히 마주쳤다.

밀짚모자를 쓴 낯익은 영감님이 바다를 가만히 보고 있었다. 약간 나이가 들었지만 잘못 볼 리 없었다.

---

* 일본의 경축일 중 하나. 7월 셋째 주 월요일이다.

"어, 쓰보이 선생님!"

내가 말을 걸자 선생님은 움찔하며 이쪽을 돌아보았다. 그리고 내 얼굴을 잠깐 쳐다보다가 말했다.

"아, 사이키로구나!"

"기억하시겠어요?"

고작 몇 초 만에 알아보다니 몹시 기뻤다.

"딸도 데리고 나왔네. 안녕."

쓰보이 선생님은 나와 손을 잡은 미유에게 인사했다. 미유가 우물쭈물하면서도 "안녕하세요" 하고 대답하자 선생님은 "인사도 잘하고, 참 착하구나" 하며 빙긋 웃었다.

우리는 서서 잠깐 이야기를 나누었다. 쓰보이 선생님은 정년퇴직 후에 NPO에 가입해 불우한 아이들에게 공부를 가르치고 체험학습의 기회를 제공하는 활동을 하고 있었다. 오늘도 그 활동의 일환으로 왔다고 한다. 선생님이 가만히 쳐다보던 방향에 시선을 주자 초등학생으로 보이는 아이들이 해안에서 놀고 있었다.

"저렇게 많은 아이들을 돌보려면 힘드시겠어요."

"뭐, 나이도 나이고, 몸도 여기저기 고장 나서 힘들지만 보람이 있어."

선생님이 그렇게 말했을 때 미유가 "아빠, 더워" 하고 투정을 부렸다. 실은 좀더 이야기하고 싶었지만 "그럼 선생님, 건강하세요. 나중에 또 뵈어요" 하고 조금 황망하게 자리를 떴다.

주차장에 가서 미유를 어린이 카시트에 앉히고 출발했다. 마침 그때 텔레비전에서 〈와랏테이이토모〉*가 시작되는 걸 보고 미유의 기분이 풀렸더랬지. 그러고 보니 요전에 〈이이토모〉가 내년 봄에 종영된다고 발표됐는데, 그때만 해도 그런 생각은 꿈에도 못 했지. 뭐, 그건 제쳐놓고 차를 출발시킨 후 아직 쓰보이 선생님이 계시나 싶어 해안도로를 달리며 잠깐 살펴보았지만, 결국 선생님은 못 찾았다.

그것이 선생님과의 마지막 만남이었다.

그로부터 일 년 사 개월쯤 지나 선생님은 돌아가셨다.

쓰보이 선생님. 저어, 아까 마음속으로 선생님과의 추억을 하나도 빠짐없이 기억하겠다고 했는데요……. 죄송합니다. 선생님과의 마지막 추억, 완전히 까먹고 있었어요.

하지만 잊어버리는 것도 무리는 아닌가.

그후에 충격적인 일을 겪어서 그전의 기억이 날아가버린 것이리라.

놀다 지쳐 푹 잠든 미유를 저녁에 요코의 친정집에 데려다주었

---

* 1982년에서 2014년까지 방송된 일본 후지TV의 최장수 예능 프로그램. 줄여서 '이이토모'라고도 부른다.

다. 그러자 요코가 현관 앞에서 미유를 안은 채 말했다.

"저기, 긴히 할 말이 있어."

나는 "응? 뭔데?" 하고 태연한 척 대답했지만 심박수는 급상승했다.

혹시 재출발하자는 이야기일까?

마음이 두둥실 떠올랐다. 한마디도 놓치지 않으려고 귀를 쫑긋 세운 채 다음 말을 기다렸다. 요코는 고개를 약간 숙이며 입을 열었다.

"미안하지만 미유랑 이제 그만 만나. 나, 재혼을 생각하는 사람이 있어. 미유도 아빠가 두 명이면 혼란스럽지 않겠어?"

두둥실 떠오른 마음이 단숨에 땅으로 추락해 박살 났다.

맞다, 그날은 쓰보이 선생님을 마지막으로 만난 날이자, 미유가 "아빠"라고 마지막으로 불러준 날이기도 했다.

슬픈 추억을 돌이켜보고 있자니 어느새 음복을 하러 가는 사람들의 행렬이 생겼다. 조금 망설였지만 나도 먹기로 했다. 집에 가도 따뜻한 음식은 없다. 여기서 뭔가 좀 먹고, 술도 마시고, 후딱 집에 가서 자자.

하루미와도 좀더 이야기를 하고 싶다. 잘만 하면…… 불순한 의도라는 건 잘 안다. 하지만 요코도 나랑 이혼하고 천연덕스럽게 다른 남자로 갈아타는데, 나도 고교 동급생과 사랑의 불장난 정도는 기대해도 되잖은가.

나는 선생님을 애도하는 마음과 약간의 흑심을 품고 음복 음식이 준비된 중형 홀로 향했다.

네기시 요시노리

"사람은 두 번 죽는다. 첫 번째는 육체가 죽었을 때, 두 번째는 사람들의 마음속에서 사라졌을 때".

마지막으로 상주가 인사를 할 때 하루미는 울먹이며 그런 이야기를 했다.

그 말을 듣고 생각났다. 그러고 보니 조후 시립 시바사키 중학교 옥상에서 투신자살한 미조구치 다쓰야라는 졸업생의 장례식 때 쓰보이 선생님이 읽은 애도사도 그런 내용이었다.

……아아, 그 쓰라린 경험이 다시 선명하게 기억났다.

제자가 사고나 자살로 세상을 떠나는 건 교사에게 아주 가혹한 일이다. 아무도 그런 경험은 하고 싶지 않을 테고, 실제로 많은 교사들이 운 좋게도 그런 경험 없이 경력을 마감한다.

하지만 나는 당치않게도 두 번이나 그런 경험을 했다.

그리고 둘 다 내 인생을 비틀어버렸다.

첫 번째는 이십여 년 전 가을에 미조구치가 자살한 일이다. 밤에 중학교에 침입해 투신자살한 그의 시체를 당시 누구보다 일찍 학교에 가서 운동을 하던 내가 발견하고 신고했다. 목이 부자연스러운 각도로 꺾이고, 피로 지면을 검붉게 물들인 그 시체. 그후로 몇 번이나 꿈에 나왔다.

그리고 두 번째는 작년 여름에 있었던 사건이다.

그렇구나, 아직 일 년 하고 조금밖에 지나지 않았다.

사 년 전, 아들 사토시가 전신불수가 되고 나서 내 교직 인생에는 큰 변화가 생겼다.

이제는 익숙해졌지만 처음에는 덩치가 큰 사토시를 가즈코 혼자 간병하기 버거웠다. 또한 지금이야 사토시가 평생 자리보전해야 한다는 현실을 받아들였지만, 처음에는 나도 가즈코도 완전히 동요했다. 솔직히 내가 학교에 있는 사이에 가즈코가 사토시와 동반 자살을 하는 것 아닐까 걱정스럽기도 했다. 그래서 일이 끝나면 최대한 빨리 퇴근하고 싶었고, 간병도 가능한 한 돕고 싶었다.

따라서 유도부를 지도하는 데 예전만큼 열정을 불태우기는 불가능했다. 마침 그해에 유도 경험이 있는 신임 교사가 부담당으로 들어왔으므로 그에게 후임을 맡기기로 했다. 유도부원들이 아쉬워하며 만류할 줄 알았지만, 연습이 편해지겠다며 안도하는 쪽이 더 많왔다. 방과 후에 "고생 많으셨습니다"라거나 "지금까지 가르쳐주셔서 고맙습니다" 등 무난한 말이 적힌 롤링페이퍼를 들고 유도장에서 작별 인사를 했다.

한편 그 무렵 대학교 유도부 일 년 후배 중에 교육컨설턴트로 일하는 녀석이 사립 초중등 일관교의 중학교 교감 자리를 소개해주었다. 공부는 썩 잘하지 못하지만 체육 교육에 특별히 주력하는 곳인데, 이사장이 내 실적을 높이 평가한다고 했다.

마침 나도 교사로서 목적을 상실한 시기였다. 게다가 금전적인 면에서도, 언젠가 전신불수가 된 사토시를 남겨놓고 죽을지도 모른다고 생각하자 관리직이 되어 조금이라도 연봉을 많이 받고 싶었다. 나는 후배 소개로 이사장과 만났다.

면담을 해보고 내가 마음에 쏙 들었는지 이사장이 직접 교감으로 취임해달라는 의사를 타진했다. 옛날에 유도가로 이름을 날렸다는 고령의 이사장에게는 완고한 기성세대의 면모가 남아 있었다.

"자네처럼 아이들에게 알랑거리지 않는 교사를 기다리고 있었어."

이사장은 내게 그렇게 말했다. 또한 요즘 학교 풍기가 문란해졌으므로 엄격한 생활지도도 부탁하고 싶다고 했다. 내가 아들이 병석에 누워 있다고 하자 이사장은 "최대한 빨리 퇴근시켜주겠네" 하고 편의를 봐주었다. 그야말로 내게 안성맞춤인 직장이었다.

사토시가 전신불수가 된 것이 사 년 전 연말. 그 이듬해 봄에 나는 하치오지 시의 중학교를 퇴직하고 그 사립 중학교의 교감으로 정식 채용됐다.

교감이면서 유도부 특별 담당이자 생활지도주임. 나는 공립고교에서는 생각지도 못할 직무를 겸임했다. 이사장이 경영권을 틀어쥔 사립이기에 가능한 일이었다.

관리직 일이 손에 익지 않아 애먹었지만 눈동냥으로 어찌어찌 해치웠다. 한편 유도부는 가끔 연습을 보러 가서 지시만 내렸다. 특별 담당이라는 자리가 만들어지고 교감이 거기 앉았으니, 담당 교사는 영 거북했겠지만 나는 편해서 좋았다.

그리고 생활지도. 확실히 학교 풍기가 다소 문란하기는 했다. 하나 옛날 공립학교에 비하면 귀여운 편이었다. 사회 풍조상 체벌로 다스릴 수는 없었지만, 동시에 체벌을 해야만 다스려질 만큼 뻣뻣한 학생도 없었다. 복장 규정을 약간 어기는 학생들에게 진심으로 체제에 맞서려는 마음은 없다. 조금 위압하자 바로 순종했다.

물론 관리직이므로 야근을 아예 하지 않을 수는 없었지만, 그래도 유도부 지도에 생활을 대부분 바쳤던 시절에 비하면 훨씬 빨리 퇴근했다.

교감으로 취임한 지 이 년이 지나 일에도 익숙해진 작년 6월경. 이사장이 제안했다.

"내년도부터 초등학교 교장을 맡아보지 않겠나?"

그 초중등 일관교*의 중학교는 이사장의 사위가 교장을 맡았고, 초등학교는 이사장이 교장을 겸임했다. 다만 나이가 많다 보니 다른 사람에게 넘길 생각이었는데, 자네만 한 적임자가 없다며 이사장이 추천했다. 이야기가 척척 진행되어 내가 교장으로 취임하기로 결정됐다.

설마 내가 초등학교 교장이 되는 날이 올 줄은 몰랐다. 일단 이 일을 소개해준 대학 후배에게 전화를 걸어 고맙다고 인사했다. 그 후에 쓰보이 선생님에게도 전화로 보고했다. 사토시 일로 몹시 걱정을 끼쳤으므로 좋은 소식도 전하고 싶었다.

이 년도 넘게 격조하다가 오랜만에 통화했다. 나는 감격에 겨워 "내년 4월에 사립 초등학교 교장으로 취임하기로 결정됐습니다" 하고 알렸다.

"설마 제가 교장이 될 줄은 꿈에도 몰랐습니다. 드디어 위대한 쓰보이 선생님을 따라잡은 기분이네요."

지금 돌이켜보면 직함만 가지고 쓰보이 선생님을 따라잡았다고 설치다니 너무 건방졌다 싶지만, 감격한 나머지 그만 경솔한 발언

* 하나의 학교로서 일체적으로 일관 교육을 실시하거나, 재학생이 일정 기준을 충족하면 별도의 입학 선발을 거치지 않고 그대로 상급 학교에 진학할 수 있도록 하는 제도.

을 하고 말았다.

"오, 잘됐군. 축하해."

쓰보이 선생님은 축복해주었다. 다만 기분 탓인지 어째 목소리에 기운이 없는 것처럼도 들렸다. 지금 생각해보건대 그 무렵부터 몸 상태가 좋지 않았는지도 모르겠다.

정말로 순조로웠다. 그때까지 몹시 고생했던 보답으로 신이 은총을 내려 교직 생활 끝자락에 나를 인정해주는 이사장을 만나게 해준 것 같았다.

그렇다. 올해 4월부터 나는 초등학교 교장이 될 예정이었다.

그런데 교장 취임이 결정된 지 고작 한 달 남짓 지났을 무렵. 작년 여름방학 직전에 비극이 발생했다.

아직 중학교 교감이지만 다음 해부터 초등학교 교장이 될 예정이었으므로, 종래 업무에 더해 초등학교 행사에도 참가하게 되었다. 첫 번째 행사는 임해학교였다. 해마다 6학년이 1박 2일 일정으로 지바 현 시라코 해안이라는 곳에 있는 학교 소유의 숙박 시설에 머무는 행사다. 나는 인솔 교사진의 최고 책임자라는 형태로 참가했다. 다음 해부터 부하가 될 교사들에게 얼굴도장을 찍는다는 의미도 겸했다.

작년 임해학교는 7월 바다의 날에 개최됐다. 일기예보는 이틀 다

맑음. 6학년들에게 아주 즐거운 행사로 기억될 터였다.

하지만 일정이 크게 틀어졌다. 1박 2일 예정이 고작 한나절 만에 중지됐다.

하야시 유키라는 남학생이 행방불명된 것이다.

그날은 오전에 숙박 시설에 도착하여 점심때까지 학생들에게 해수욕을 시켰다. 원래는 그후에 도시락을 먹고, 오후에는 워크랠리*, 저녁에는 카레 만들기 등 다양한 행사를 치를 예정이었다.

그런데 해수욕을 하던 도중에 여러 학생이 하야시가 보이지 않는다고 담임선생님에게 알렸다. 바닷가 주변을 찾고, 아이들을 전부 모아 인원 점검을 실시했지만 하야시는 눈에 띄지 않았다. 하는 수 없이 해수욕을 중지하고 아이들을 숙박 시설에 대기시킨 후 경찰을 불렀다. 이윽고 경찰차가 속속 도착했고, 앞바다에 수색용 보트까지 띄워 대규모 수색을 벌였다.

처음에는 하야시가 물에 빠진 것 아닐까 추정됐지만, 수색이 시작된 지 몇 시간이 지나자 다른 가능성도 제기됐다. 하야시는 수영 교실에 다녀서 헤엄이 특기였으므로 물에 빠질 만한 아이가 아니었다는 것이다. 또한 되바라진 구석이 있는 하야시가 행방불명되기

---

* 일정한 인원이 함께 지정된 코스를 나아가며 지시 사항에 따라 과제를 해결해 득점을 겨루는 야외 스포츠. 1973년에 일본에서 만들어졌다.

전에 다른 해수욕객과 이 지역 어부 같은 밀짚모자를 쓴 노인에게 말을 거는 모습을 친구가 목격했다. 따라서 변태에게 유괴됐을 수도 있다는 견해가 힘을 얻어 다양한 방향으로 수색이 진행됐다.

하지만 해 질 녘이 되어도 하야시는 발견되지 않았다.

임해학교는 중지. 학생들은 모두 버스를 타고 귀가했다.

나를 포함해 몇몇 교사가 숙박 시설에 남았다. 수색 상황을 지켜보며 전화로 학부모들에게 사정을 설명했다. 학부모들은 불의의 사태에 놀란 후, 선생님들이 감독을 소홀히 한 탓이라고 책망했다. 우리는 전화에 대고 오로지 사과를 거듭하면서 하야시가 무사하기만을 빌었다.

하지만 기도한 보람도 없이 다음 날, 해안에서 일 킬로미터쯤 떨어진 바다에 하야시의 시체가 떠올랐다.

외상은 없었으며, 결국 익사로 판명됐다.

그후의 일은 생각만 해도 괴롭다. 사죄를 하러 하야시네에 찾아가자 울부짖던 유족, 기자회견에서 사정없이 퍼부어진 질문, 학부모를 대상으로 한 설명회에서 날아든 욕설……. 온 세상을 적으로 돌린 듯한 분위기 속에서 나는 오로지 머리를 조아렸다. 폭풍 같은 나날이 간신히 일단락되자 이사장이 날 불러서 말했다.

"자네를 높이 샀지만, 우리 학교를 살리려면 자네를 내치는 수밖에 없어."

당연한 판단이었다고 생각한다.

내가 책임을 지고 자리에서 물러나고 이사장이 유족에게 배상금을 조속히 지급하여 사태는 수습되었다. 하지만 뉴스에서도 그 사고를 다룬 탓에, 내가 책임을 지고 사직했다는 사실이 예전 동료들에게 알려지고 말았다. 출세를 노려 사립으로 옮긴 끝에 사망 사고를 일으켜 목이 날아갔으니 틀림없이 입방아에 오르내렸으리라. 실제로 오늘 경야 자리에서 시바사키 중학교에 재직하던 시절의 동료도 몇 명 보았는데, 눈이 마주칠 때마다 황급히 외면하며 나를 피했다. 뭐, 나도 반대 입장이었다면 뭐라 할 말이 없었겠지만…….

현재 나는 중학교에서 체육 비상근강사로 일하고 있다. 두 달 전에 겨우 얻은 일자리다. 아들이 전신불수라는 것도 직장에 설명해두었으므로, 현재는 지금까지 교직 생활을 하면서 제일 이른 시간에 퇴근한다. 동시에 연봉도 대졸 신입으로 채용되었을 때보다 낮아졌지만.

자랑거리도 신념도 없이 교직에 머물러 있지만, 몸이 움직이는 동안은 비상근으로 일하며 최대한 벌어놓을 생각이다. 사토시와 가즈코를 위해 한 푼이라도 많이 저축하는 것이 내 사명이다.

상조 회사 직원이 음복 음식이 준비되어 있다고 알렸다. 갈까 말까 망설이며 문득 주변을 둘러보자, 시바사키 중학교 시절 동료들이 모여서 출구로 향하는 모습이 보였다. 그들을 슬금슬금 피하다가 반대편의, 음복을 하러 가는 사람들의 행렬에 끼었다.

중형 홀에는 초밥과 맥주가 준비되어 있었다.

솔직히 말해 이제 살림살이가 어려워서 이런 곳이 아니면 초밥은 입에도 못 댄다. 남사스럽지만 그런 생각도 머리를 스쳐서 결국 맛있게 먹기로 했다.

고무라 히로코

분향이 끝나고 스님의 법화가 시작됐지만 나는 여전히 작년 가을 남편이 죽은 직후의 일을 생각했다.

남편이 죽은 지 몇 시간 지나지 않았을 때. 경찰서 시신안치실에서 나오자 곱상한 얼굴의 형사가 노란 바탕에 검은색과 빨간색 무늬가 들어간 휘장을 보여주며 남편이 사고로 죽은 것이 아닐지도 모르겠다고 말했다. 안 그래도 동요했는데 그런 소리를 해서 머릿속이 뒤죽박죽이었지만, 형사가 찬찬히 설명해주었다.

메구로 구 주택가의 인기척 없는 신사 계단 밑에서 시체로 발견된 남편이 그 휘장을 움켜쥐고 있었다고 한다. 어쩌면 밀려 떨어질 때 범인의 옷에 달린 휘장을 잡아 뜯은 것이 아니겠느냐는 것이 형사의 견해였다.

"이 휘장에는 'HIKAWADAI J.H.S.'라고 자수되어 있습니다. 지금 조사중인데 저는 이 'J.H.S'가 주니어 하이스쿨, 즉 중학교라고 예상합니다. 그렇다면 범인은 중학생이에요!"

젊은 형사는 마치 두 시간짜리 드라마의 주인공처럼 똑 부러지게 말했다.

"범인이 중학생……."

나는 상상했다. 남편이 중학생에게 떠밀리는 광경을.

배회하는 노인을 보고 반쯤 장난삼아 계단에서 떠민다. 그렇게 못된 중학생이 있다면 절대로 용서할 수 없다. 빨리 붙잡아서 엄벌에 처해야 한다고 생각했다.

하지만 바로 생각이 바뀌었다. 정말로 그럴까…….

정반대의 상상이 떠올랐다. 어쩌면 중학생은 배회하는 남편을 보고 걱정되어 말을 건 것이 아닐까. "할아버지, 괜찮으세요?" 하고.

남편은 염려해주는 통행인에게 덤벼들어 민폐를 끼친 적이 한두 번이 아니다. 어쩌면 신사 계단에서 중학생이 친절한 마음씨를 발휘해 말을 걸었는데 남편이 덤벼들자 무서워서 확 떠밀었다든가, 그런 상황도 있을 수 있지 않을까. 아니, 오히려 그런 상상이 좀더 현실감 있게 다가온다.

그렇다면 남편 때문에 불행해지는 아이가 생기는 걸까…….

"마사오 씨를 죽인 녀석을 당장 잡아낼게요."

형사가 기염을 토했지만 나는 복잡한 기분이었다.

하지만 내 상상은 전혀 무의미했다. 그 추리 자체가 기우에 그쳤기 때문이다.

남편이 죽은 지 한 달쯤 지났을 무렵. 곱상하게 생긴 형사가 상사로 보이는 중년 형사와 함께 우리 집을 찾아왔다. 영락없이 범인이 잡힌 줄 알았는데, 젊은 형사가 머쓱한 표정을 지어서 기분이 찜찜했다.

그러자 중년 형사가 미안하다는 듯이 말을 꺼냈다.

"고무라 씨. 남편인 마사오 씨가 돌아가신 일에 대해, 일전에 이 녀석이 타살이니 뭐니 떠들었을 텐데요. ……실은 조사해보니 역시 사고였던 모양입니다."

"엥?"

나도 모르게 괴상한 목소리가 나왔다. 중년 형사의 설명을 들어보니 이랬다.

죽은 남편이 쥐고 있던 휘장은 젊은 형사가 추리한 대로 히카와다이 중학교라는 곳의 운동복에 달린 물건이었다고 한다. 하지만 히카와다이 중학교는 남편이 죽은 현장에서 직선으로 십 킬로미터도 넘게 떨어진 네리마 구에 있다.

현장은 메구로 구. 제도상 메구로 구에 사는 중학생은 네리마 구립 중학교에 못 다닌다. 만약을 위해 현장 근처에 히카와다이 중학교에 재직중인 교직원이 살지 않는지, 히카와다이 중학교에서 전학 간 학생이 살지 않는지, 히카와다이 중학교에 다니는 학생의 친구가 없는지…… 등등 조금이라도 연관이 있을 법한 사람이 없는지 철저하게 조사했지만, 찾지 못했다고 한다.

남편이 사망한 신사 계단은 동네 사람들도 잘 모를 만큼 주택가에서 깊숙이 들어간 곳에 있으므로, 네리마 구의 중학생이 들를 가능성은 극히 낮다. 따라서 네리마 구립 히카와다이 중학교 학생이 남편이 죽였다고 보기는 힘들다고 했다.

"즉, 그 교표는 마사오 씨를 떠민 사람의 옷에서 잡아뗀 것이 아니라, 예를 들면 도로에 떨어진 걸 주웠을 가능성이 크다고 보입니다. 다시 말해 마사오 씨의 사인과 교표는 아무 관계도 없는 거죠."

"휴, 그런가요……."

남편이 살해당한 게 아니라서 안도하는 기분과 범인에 대해 멋대로 상상했던 만큼 헛물을 켰다는 기분이 똑같이 들었다.

"그런데 고무라 씨, 마사오 씨가 치매 때문에 배회하게 됐다고 하셨잖아요. 돌아다니시다 길에 떨어진 물건을 줍는 버릇은 없으셨습니까?"

중년 형사가 물었다.

"아아, 있었어요." 나는 대답했다. "뭐, 돌이나 목장갑같이 아무 쓸모도 없는 물건뿐이었지만, 분명 자주 주웠죠."

"역시 그랬군요."

중년 형사는 그렇게 말하고 젊은 형사를 힐끗 보았다. 젊은 형사는 노골적으로 불만스러운 표정을 지었다.

"그럼 교표는 마사오 씨가 계단에서 떨어지기 전에 우연히 주웠을 것으로 추측됩니다. 따라서 이번 일은 사고로 처리하겠습니다."

중년 형사가 결론을 내리고 머리를 숙였다.

"네, 저어, 고생 많으셨어요."

나도 머리를 숙였다.

그러자 중년 형사가 젊은 형사에게 뭐라고 속삭였다. 젊은 형사는 고개를 떨구며 한 발짝 앞으로 나서더니 내게 머리를 푹 숙였다.

"마사오 씨가 중학생에게 살해당했다는 경솔한 발언으로 부인께 혼란을 드렸습니다. 많이 언짢으실 텐데 사과드리겠습니다. 정말 죄송합니다."

"아니요, 무슨 그런 말씀을……."

나는 몸 둘 바를 모르고 머리를 숙였다. 언짢은 건 아니었다. 당황스럽기는 했지만 열심히 수사를 했다는 성의가 전해졌으므로 오히려 고마울 정도였다.

"그럼 실례하겠습니다. 진심으로 마사오 씨의 명복을 빕니다."

중년 형사가 마지막으로 한 번 더 고개를 숙인 후 두 형사는 현관을 나섰다.

나는 한숨을 쉬었다. 아아, 이제 끝났구나…….

그런데 잠시 후에 밖에서 말다툼하는 듯한 소리가 들렸다.

나는 무슨 일인지 궁금하여 현관문을 살짝 열고 귀를 기울였다. 아무래도 밖에서 두 형사가 언쟁을 벌이는 것 같았다.

"……라는 게 아닙니다. 아직 그 가능성도 완전히 버릴 수는 없다는 거예요."

"너도 참 끈질기다."

"이 집을 나서서 남동쪽 메구로 구로 향하는 사이에 훨씬 북쪽의 네리마 구를 통과할 것 같지는 않습니다. 게다가 네리마 구 바깥에 네리마 구립 중학교 교표가 떨어져 있을 가능성도 결코 높지는 않고요. 설령 교표를 주웠더라도 마사오 씨가 줄곧 그걸 든 채 걷다가 계단에서 떨어진 후에도 움켜쥐고 있었다는 건 부자연스러운 행동 유형이에요."

"노망난 영감님한테 행동 유형이고 나발이고 어디 있어. 무슨 짓을 해도 이상할 것 없다고."

"확실히 그렇습니다. 하지만 아무리 부자연스러워도 가능성은 제로가 아니에요. 그러니까 마사오 씨가 범인의 옷에 달린 교표를 떼어냈을 가능성도 무시해서는 안 되겠죠. 역시 히카와다이 중학교 졸업생이나 전직 교사 등도 포함해서 광범위에 걸쳐 새로운 시각으로 다시 탐문을…….”

“그랬다가는 한도 끝도 없다고 했잖아. 잔말 말고 빨리 출발해. 앗, 거기 창문 열렸잖아. 이런 이야기가 귀에 들어갔다간…….”

윙, 하고 창문 닫히는 소리가 나더니 엔진 소리와 함께 차가 출발했다. 아무래도 두 사람은 우리 집 앞에 세워둔 차 안에서 이야기를 나눈 모양이었다.

젊은 형사는 남편이 살해당했을 가능성에 여전히 집착하는 듯했다.

하지만 그로부터 벌써 일 년이 지났다. 아무리 그래도 이제는 사고로 확정됐겠지.

솔직히 내 입장에서도 그게 마음 편하다. 남편을 죽인 진범이 어디 숨어 있다니 생각만 해도 끔찍한걸.

그렇다고 완전히 수긍한 건 아니지만.

중년 형사에게 증언한 대로, 남편은 배회하는 도중에 돌이나 목장갑 등 묘한 물건을 줍는 버릇이 있었다. 하지만 잘 생각해보면 주운 물건은 언제나 바로 호주머니에 넣었다. 손에 들고 걷는 모습은 본 적이 없다. 그러니까 젊은 형사 말마따나 교표를 쥔 채 죽은 건 부자연스럽다고 할 수도 있다. 하기야 그 중년 형사 말처럼 노망난 노인의 행동 유형을 어떻게 단정하겠냐마는. 남편이 그날만 변덕이

나서 교표를 쥔 채 걸었을지도 모르잖아.

생각에 잠긴 사이에 어느덧 상조 회사 직원이 음복 음식을 준비해놓았다고 안내하고 있었다.

난 제법 돈독하게 지낸 이웃이니까 먹어도 되겠지. 부조금도 오천 엔이나 냈고. 지금 집에 돌아가서 혼자 저녁을 지어 먹기도 귀찮고.

뭐가 나오려나. 역시 초밥일까. 초밥은 정말 좋아하지만 장소도 장소고, 몸무게도 걱정되니까 과식하지 않도록 조심해야겠어.

아유카와 마키

선생님 따님인 하루미 씨가 마지막으로 나와서 인사를 했다.

'사람은 두 번 죽는다. 첫 번째는 육체가 죽었을 때, 두 번째는 사람들의 마음속에서 사라졌을 때'.

그런 내용이었다. 처음으로 들었지만 좋은 말이다 싶었다.

선생님은 절대로 두 번째 죽음을 맞지 않는다. 내가 선생님을 절대로 잊지 않을 테니까. 쓰보이 선생님은 내게 최고의 선생님이자, 최고의 집주인이자, 최고의 아버지, 그리고 최고의 남성이었다.

그게, 지금까지 육체관계를 가진 후에도 다정했던 남자는 쓰보이 선생님 한 명뿐이었거든.

삼 년 전 봄이었다.

그전 해 연말에 메종 몽블랑에 이사 왔지만, 아르바이트하던 편의점이 망하고 변변한 아르바이트를 구하지 못해 방세도 못 낼 지경이 되자 반쯤 울먹이며 선생님에게 사과하러 갔다.

선생님은 나를 거실로 맞아들여 이야기를 듣더니 "사정이 그렇다면 어쩔 수 없지" 하고 방세를 면제해주었다. "네 적성에 맞는 직장을 천천히 찾아보렴" 하고 중학교 때와 다름없이 따뜻하게 말해주었다.

하지만 지금껏 선생님에게 보살핌을 받은 것으로도 모자라 달마다 사만 팔천 엔을 면제받다니 너무 죄송했다.

그래서 내가 먼저 말을 꺼냈다. "선생님, 대신에 자드릴게요" 하고.

처음에 선생님은 "사람을 놀리면 못써" 하고 웃었지만 나는 진심이었다. 그동안 계속 사모해왔다. 나이에 비해 정정하여 아직 남자로서 끝나지 않았을 것 같았다. 하지만 부인과 사별했다. 그렇다면 내가 할 수 있는 일은 하나뿐이라고 생각했다.

"저 진심이에요, 선생님."

그렇게 말하고 소파에 앉은 선생님 품을 파고들어 가슴을 누르며 입을 맞추고 혀를 밀어 넣었다. 처음에 선생님은 놀라서 저항했지만, 내 넓적다리에 닿은 선생님의 그곳은 정직하게도 금방 딱딱해졌다. 나는 그곳을 손으로 살짝 만지며 부탁이니 사례를 하게 해달라고 몇 번이고 말했다. 그러자 선생님은 망설인 끝에 마침내 허락했다.

"저어…… 딸아이가 언제 돌아올지 모르니까 네 방으로 가자."

켕기는 기분은 전혀 없었다. 달마다 지불해야 할 돈을 면제받고 아무 사례도 안 하는 편이 이상하다. 그렇게 해야 내 마음이 편했다. 선생님은 도중에 몇 번이나 갈등하는 것 같았지만, 그때마다 내가 잘 설득해서 마지막까지 할 일을 했다. 그후로 한 달에 서너 번, 내 방에서 선생님과 잠자리를 가졌다.

성매매는 위법이지만 정말 눈 가리기식 방침이라고 생각한다. 생활을 위해 몸을 내놓는 걸로 치자면 돈을 보고 결혼하는 사람과 다를 것도 없잖아. 더구나 나는 내가 원해서 자청했는걸. 정말 좋아하는 선생님의 전부를 알 수 있어서 기뻤다. 뜻밖에 힘차게 밀고 들어오는 점이라든가 입으로 해주면 실눈을 뜨고 기뻐하는 점이라든가, 연애 감정과는 조금 달랐지만 존경하는 사람을 만족시켜줄 수 있어서 기뻤다.

하지만 역시 나이 탓인지 몸 상태가 좋지 않으면 잘 안 되기도 했다. 그리고 한번은 도중에 선생님이 빈혈을 일으킨 것처럼 어지러움을 호소하며 쓰러진 적도 있었다. 잠시 누워 있으니 괜찮아졌지만 역시 무리하는 건가, 나이 차가 있으면 어려운 건가 싶었다. 사례하기 위해 시작한 일인데 만에 하나 복상사라도 하면 큰일이다. 은혜를 원수로 갚는 꼴이다. 선생님과 그런 관계를 유지하는 게 조금 망설여지기 시작했다.

그런 상황에서 신고가 전화로 고백했다. 신고가 진심으로 날 좋아해준다니 기뻤지만 생각할 시간을 좀 달라며 대답을 보류했다. 신고와 사귀면 선생님과의 관계는 끝내야 한다.

더불어 날라리 패션숍 아르바이트도 계속 다닐 수 있을 분위기였다. 일자리가 안정되어 방세를 낼 수 있게 되면 애초에 선생님과 육체관계를 가진 이유가 사라진다.

그리하여 나는 점점 선생님과 그런 관계를 유지하기가 망설여졌다. 그렇다고 일방적으로 끝내자고 하기도 애매했다. 내가 먼저 제안해놓고 그냥 끝내버리면 너무 제멋대로 아닌가 싶었다. 결국 결론을 내리지 못하고 망설이는 사이에 두 번쯤 선생님과 더 잤는데, 선생님도 내 태도에 변화가 생겼음을 눈치챘다.

어느 날, 평소 콘돔만 호주머니에 챙겨 오는 선생님이 종이봉투를 들고 왔다. 내가 옷을 벗는 동안 선생님은 팬티 한 장 차림으로 종이봉투에서 검은 바탕에 분홍색 글씨로 "엘레킹"이라고 적힌 비닐봉지를 꺼내 입구를 벌렸다.

바이브레이터가 겹겹이 싸여 있었다.

나는 그걸 보고 깜짝 놀란 표정을 지었다.

그러자 선생님은 쑥스러운 듯 고개를 숙이고 머뭇머뭇 말했다.

"그게, 최근에 마키가 별로 못 느낀다고 할까 내키지 않는 것 같더라고. 만족시켜주지 못하고 있나 싶어서 이런 걸 사봤는데……."

그 말에 나는 무심코 웃었다.

"선생님…… 그런 거 아니에요."

나는 솔직히 털어놓았다. 또래 남자에게 고백받았다는 것, 그리고 괜찮은 아르바이트를 구해서 방세를 낼 수 있을 듯하다는 것.

그래서 선생님과 이런 관계를 유지하는 게 망설여진다고 말하려던 차에 선생님이 내 마음을 헤아려주었다.

"그랬구나."

선생님은 서둘러 바이브레이터를 '엘레킹'이라고 적힌 검정색 비닐봉지에 넣고 옷을 입기 시작했다.

"그럼 명분도 없어진 셈이니 이제 이런 일은 그만두자꾸나."

"죄송해요."

나는 머리를 숙였다.

"네가 사과할 일이 아니야. 오히려 나야말로 지금까지 미안했다. 그리고…… 고마워."

선생님은 부리나케 바지를 입으며 말했다. 하지만 급히 서두르다

오른쪽에 두 다리를 다 집어넣는 바람에 허둥지둥 다시 입으려고 했다.

"그럼 선생님, 오늘로 마지막을 장식해요."

나는 바지를 든 선생님의 손목을 잡았다.

"엇, 아냐. 괜찮아."

선생님은 당황한 표정으로 말했다.

"하지만 벌써 이만큼 벗었는걸요. 선생님도 그만큼밖에 안 입었고."

나는 속옷 차림이었다. 선생님도 바지를 못 입어 팬티 한 장 차림이었다.

나는 선생님 손에서 바지를 빼앗았다. 그리고 오랜 시간을 들여 정성껏 해주었다.

일을 마치자 선생님은 울었다.

"왜 우세요?"

"내 인생 마지막 봄도 끝났구나 싶어서."

울면서 바지를 입는 선생님이 어쩐지 귀여워서 나는 무심코 알몸으로 끌어안았다. 울상을 짓는 선생님 뺨에 입을 맞추며 바닥에 놓아둔 휴대전화로 셀카를 찍었다.

"앗, 잠깐."

선생님은 당황했다.

"이거 배경화면으로 해야지."

"안 돼, 그러지 마."

"농담이에요. 하지만 소중한 추억으로 간직할게요. 걱정 마세요, 남에게 안 들키게 조심할 테니까."

나는 그 사진을 저장했다. 어깨까지밖에 안 나왔지만 둘 다 알몸임이 명백하여 유출되면 절대로 안 되는 기념사진을.

"어때요?"

나는 휴대전화 화면을 선생님에게 보여주었다.

"창피하니까 얼른 지워."

선생님이 내 휴대전화를 빼앗으려고 했다.

"싫어요, 안 지울 거야."

나는 선생님 손을 피해 달아났다.

그게 선생님과 보낸 마지막 밤이었다. 뭐, 시간상 밤이라기보다 저녁이었지.

결국 그후에 사귄 신고가 완전히 쓰레기라 이별을 고하자 스토킹을 하는 것도 모자라 도청기까지 설치했다는 엔딩이지만.

응? 그러고 보니…….

시기상 내가 신고로 갈아탄 것에 내심 화가 난 선생님이 못된 장난질로 화풀이를 했다고 봐도 딱 들어맞는다. 헤어진 여자의 집에 도청기를 설치하는 범죄는 저녁 뉴스에서도 본 적이 있다.

……또 이런 어처구니없는 생각에 빠지다니! 선생님이 그런 짓을 할 리가 없잖아! 하필 선생님 경야 자리에서 그딴 생각을 하다니, 안 돼. 절대로 안 돼. 선생님이 도청을 하거나 인터넷에 비방하는 글을 올릴 리가 없잖아! 애당초 선생님은 컴퓨터를 다룰 줄도 몰랐는데, 인터넷 게시판에 글을 어떻게 올린다는 거야. 아아, 나 오늘 정말 어떻게 된 모양이네. 선생님을 잃은 충격으로 정신이 이상해졌는지도 모르겠어.

이렇게 망상을 부정하는 사이에 어느덧 경야는 끝났다. 사람들이 빈소를 나가는 가운데 상조 회사 직원이 어쩌고 음식을 중형 홀에 준비해두었다고 알렸다. 잘 모르지만 선생님에게 신세를 진 사람은 그 어쩌고 음식을 먹으러 가는 편이 나을까?

일단 가보기로 했다.

데라시마 유

지루하게 이어지던 분향과 독경이 드디어 끝났다. 그리고 스님이 사람들에게 뭔가 고마운 말씀을 해주는 것 같았지만, 내 자리에서는 무슨 내용인지 잘 안 들렸다. 스님의 말씀이 끝나자 상주 하루미 씨가 경야를 매듭짓는 인사를 하러 나왔다. 좀더 다양한 행사가 있을 줄 알았는데 경야는 의외로 단조롭구나. 두드러지는 건 독경과 분향뿐인가.

하루미 씨는 눈물로 몇 번이나 목이 메어가면서 '사람은 두 번 죽는다. 첫 번째는 육체가 죽었을 때, 두 번째는 사람들의 마음속에서 사라졌을 때. 그러니 부디 모두 아버지를 잊지 말아달라'라는 취지의 이야기를 했다. 뭐, 솔직히 어디서 들어본 말이었지만 하루미 씨가 말하면 뭐든지 좋은 소리로 들린다.

아무렴, 고인을 잊지 않는 게 중요하지. 주인아저씨는 멋진 인격자였다. 언제까지나 기억하자. ……하기야 언제까지나 기억할 만큼 인상적인 일화가 나랑 주인아저씨 사이에 있었느냐고 하면, 그런 건 아니지만.

뭐, 공연에 와준 거랑 컴퓨터를 가르쳐준 거랑 그리고…… 아아, 하나 더 생각났다.

하지만 주인아저씨 입장에서는 잊어주기를 바랄지도 모르겠네. 반대로 주인아저씨의 다른 추억은 전부 잊고 그 일만 기억한다면 주인아저씨는 그저 밝히는 늙다리라는 인상으로 남겠지.

삼 년 전 여름이었나. 분명 내가 주인아저씨에게 컴퓨터를 가르쳐준 것과 비슷한 시기였다. 아키하바라에서 아이돌 그룹의 이벤트가 열리기에 앞서 우리 콤비가 바람잡이로 나섰다. 아쉽게도 좋은 반응을 이끌어내지 못해 우리가 우울한 기분으로 아키하바라 역까지 걸어왔을 때였다. 옆쪽 전자 제품 판매점에서 튀어나온 영감님과 부딪칠 뻔했다.

일을 망친 화풀이로 영감님에게 툭 쏘아붙이려고 했는데, 무슨 우연의 장난인지 그 사람은 주인아저씨였다.

"어어, 안녕하세요."

매섭게 노려보던 시선을 거두고 나는 바로 웃음을 지으며 인사했다.

"아아, 그래. 이런 데서 다 마주치네."

주인아저씨는 겨드랑이에 검정색 비닐봉지를 끼고 있었다. 어쩐지 서두른다고 할까, 허둥지둥하는 낌새였으므로 이야기도 나누는 둥 마는 둥 "그럼 살펴 가세요" 하고 다시 인사하고 헤어졌다. 주인아저씨가 멀어진 후 파트너가 물었다.

"저 사람 누구야?"

"집주인이야. 왜, 요전에 공연도 보러 왔잖아."

"아아, 그 사람이 집주인이었구나. ……그쪽도 제법 팔팔한 모양이네."

파트너가 그렇게 말하고 주인아저씨가 나온 가게의 간판을 가리켰다.

'엘레킹'이라는 전자 제품 판매점 1층에는 평범하게 텔레비전과 컴퓨터 등이 진열되어 있었지만, 아무래도 좀더 야릇한 상품들을 취급하는 것 같았다. 간판에는 검정색 바탕에 분홍색 글씨로 이렇게 적혀 있었다.

2층 전문기기, 중고품, 마니아 코너

3층 성인용 DVD, 성인용품, 성인 장난감

그러고 보니 주인아저씨가 겨드랑이에 낀 비닐봉지는 DVD가 몇 장 든 것처럼 도톰했다. 하지만 어쩌면 DVD 말고 더 망측한 물건을 샀을지도 모른다고 나랑 파트너는 우스갯소리를 하며 낄낄댔다. 아아, 자꾸 이런 생각을 하면 주인아저씨가 눈을 편히 못 감겠지.

옛날 일을 떠올리는 사이에 경야가 끝나 모두 돌아가기 시작했다.

그때 상조 회사 직원이 마이크를 잡고 뭐라고 안내했다. 귀를 기울이자 "야후음복이 어쩌고 저쩌고" 같은 말소리가 들렸다.

야후음복, 야한 후음복, 야한 흐음벅, 야한 흠뻑…… 뭐지, 그 선정적인 이름의 행사는.

뭐, '야'가 아니라 '경야'겠지만, 그래도 '후음복' 부분은 수수께끼다. 으음, 흥미진진한데. 빈소를 떠나는 사람들을 보니 아무래도 그냥 돌아가는 사람과 야후음복에 참석하는 사람들로 나뉘는 것 같다.

과연 나는 후음복에 참석해도 될까.

어쩌면 후음복은 고인과 친했던 사람만 참석하는 행사일지도 모른다. 하지만 콩트 소재를 건지기 위해 경야에 참석한 이상, 행사를 하나라도 더 많이 경험해보고 싶다. 솔직히 독경과 분향만으로는 좀 모자란다. 그렇다고 내일 장례식에 부조금을 한 번 더 내고 참석하기에는 주머니 사정이 여의치 않다. 그러니 꼭 후음복을 견학하고 싶다. 어쩌면 하루미 씨와 이야기할 기회가 돌아올지도 모르고.

뭐, 내가 있기에는 너무 어색하다 싶으면 쫓겨나기 전에 냅다 튀기로 하자. 나는 그렇게 생각하고 수수께끼의 행사 '야후음복'을 살펴보기로 했다.

경야 후 음복

데라시마 유

아싸! 초밥이다, 초밥! 그 밖에도 맛있는 음식이 가득하네!

하늘로 날아갈 것 같은 기분이었다.

이건 예상을 초월하는 멋진 행사였다. 아무래도 야후음복의 정체는 '경야 후 음복'이었던 모양이다. 말을 제멋대로 자르고 이어 붙여서 듣는 바람에 희한한 부산물이 탄생한 유형이랄까. '아버지가 방에 들어가신다'의 '가'가 '방'에 붙어 '아버지 가방에 들어가신다'는 어처구니없는 상황이 만들어지는 것과 같은 이치다.

그러고 보니 드라마와 영화에서 장례식 후에 모두가 모여 음식을 먹는 장면을 본 것 같다. 예전에 BS에서 잠깐 봤던 이타미 주조 감독의, 어, 제목은 기억이 안 나지만 아무튼 장례식을 그려낸 영화. 거기에도 분명 그런 장면이 나왔다. 바로 이거였구나.

그건 그렇고 이 방은 중형 홀이라는데, '중형'치고는 제법 널찍하다. 널찍한 방 한가운데 백 명이 넘는 사람이 모여 있다. 참석자 모두에게 이런 요리를 대접하는 거니까 돈이 엄청 깨졌으리라.

초밥 외에 튀김과 찜까지 있다. 게다가 다 맛있다. 평소 변변히 못 챙겨 먹는 내게는 진수성찬이다. 맥주도 있지만 술은 못 마시니까, 오로지 진수성찬 위주로 공격이다.

물론 어디까지나 경야의 연장선상이다. 때와 장소를 분별해 너무 걸신들린 듯이 먹지는 않는다……. 그럴 작정이었지만 젓가락이 자꾸 나간다. 사인용 테이블에 종류별로 네 개씩 준비된 초밥 중 내 몫은 전부 먹어치웠다. 한 사람당 두 개인 새우튀김도 마찬가지. 지금은 다른 사람의 초밥을 하나쯤 몰래 먹어도 되지 않을까 싶어 빈틈을 노리는 형편이다.

내 맞은편에는 칠십 대로 보이는 노부부가, 내 오른쪽에는 날라리 느낌의 젊은 여자가 앉아 있다. 그러고 보니 이 여자는 분향할 때도 내 오른쪽에 있었던 것 같은데, 그렇게 자세히 보지는 않았으니까 확신은 없다.

노부부는 어느 집 아들인 누가 어땠다는 둥, 아무개 씨의 수술이 언제라는 둥, 제삼자가 들으면 전혀 모를 고유명사로 가득한 대화에 열중하느라 요리에는 젓가락을 거의 대지 않았다. 한편 젊은 여자도 고개를 푹 숙인 채 가끔 요리에 젓가락을 대는 정도다. 여자는 어째서인지 때때로 휴대전화를 보면서 눈물지었다. 혹시 생전에 주인아저씨와 주고받은 메일이라도 꺼내 보는 건가. 이렇게 젊은 여자와 메일을 주고받는 사이였다니 주인아저씨도 발이 어지간히 넓었나 보다.

뭐, 하여간 셋 다 요리는 거들떠보지도 않는다. 그렇다면 초밥 한 개쯤 슬쩍 집어 먹어도 무사히 넘어가지 않을까. 그러다 나중에 눈치채고 화내면 싫은데……. 나는 망설이면서 찜을 계속 먹었다. 찜 역시 맛있어서 젓가락질이 멈추지 않는다. 이건 한 사람당 개수가 정해진 게 아니므로 원래 내 몫은 4분의 1이겠지만, 3분의 1쯤 먹는다고 눈치를 주지는 않겠지.

"저기……."

갑자기 노부부 중 할머니가 말을 걸었다. 아차, 너무 게걸스럽게 먹는다고 야단치려나?

"괜찮으면 우리 것도 들어요."

"……정말요?"

웬걸, 할머니는 야단치기는커녕 천사 같은 제안을 했다.

"암요. 잘 먹는 사람이 많이 먹는 게 낫죠. 음식이 남으면 쓰보이 씨 유족에게도 미안하니."

"그렇군요. ……그럼 감사히 잘 먹겠습니다."

나는 사양 않고 먹기로 했다. 일단 새우튀김을 하나.

"젊은이는 쓰보이 씨랑 어떤 관계예요? 제자?"

할머니가 고소한 튀김을 우물거리는 내게 물었다.

"아니요, 저는 쓰보이 씨 연립주택에 세 들어 사는 사람입니다."

내 대답에 이번에는 할아버지가 점잖게 말했다.

"아아, 셋방 사람이로구먼. 우리는 쓰보이 씨랑 함께 주민회 임원을 맡은 적이 있어. 정말 좋은 사람이었지."

"그러게요, 참 아까운 분이 돌아가셨어요."

나는 적당히 맞장구를 치면서 이번에는 초밥을 노렸다.

그후 노부부가 자신들만 아는 이야기로 되돌아간 틈을 노려 계란초밥을 먹었다. 아무래도 성게나 연어알 같은 고급품은 손대기가 꺼려지지만, 이어서 오징어초밥도 먹었다.

그때 오른쪽에서 찌르는 듯한 시선이 느껴졌다.

날라리 같은 젊은 여자가 분노에 찬 눈으로 나를 빤히 노려보았다.

눈이 살짝 마주쳤지만 여자는 눈길을 돌릴 마음이 없는 모양이었다. 내가 당황하여 먼저 돌렸다. 이거 야단났네. 노부부가 야단치지 않아서 안심했더니만, 생각지도 못한 복병이 숨어 있었다.

그건 그렇고 여자가 계속 나를 노려본다. 무서워서 여자 쪽은 쳐다보지도 못하지만, 오른뺨이 얼얼하게 느껴질 만큼 시선이 따갑다. 왜 그렇게 화를 내? 아까 할머니가 음식이 남으면 미안하다고 한 거 못 들었어? 아니면 이 여자도 여태 참았지만 실은 먹보라서 내가 전부 먹어치울까 봐 위기감을 느낀 건가?

어쨌거나 여자의 시선을 감당하며 덥석덥석 먹을 용기는 없었으므로 일단 젓가락을 내려놓기로 했다. 잠시 후 여자가 드디어 그물같이 나를 옭아매던 시선을 거둔 것 같았다. 힐끔하자 여자는 또 휴대전화를 보며 울고 있었다. 도대체 뭐야. 노려봤다가 울다가, 정서가 불안정하네. 그건 그렇고 이 여자, 주인아저씨랑 무슨 관계였던 거지.

섣불리 젓가락을 들면 안 될 것 같아서 무료하게 주변을 둘러보았다. 우리 테이블은 중형 홀의 출구에 제일 가깝다. 유족석은 제일 안쪽이므로 하루미 씨와는 아주 거리가 멀다. 저쪽에는 아직 침울한 분위기가 감돌지만, 이쪽은 슬픈 분위기가 많이 옅어졌다. 보아하니 고인과 가까운 사이일수록 홀 안쪽에 앉은 모양이다.

"내일은 세쓰코 언니를 병문안하러 가야 돼."

"오후에 갈까?"

노부부도 변함없이 고인과는 무관한 대화를 나누는 듯했다.

"내일 오후에 비 온다고 하지 않았나?"

"일기예보를 한번 볼까. 스구루가 그러는데, 이 휴대전화로 일기예보를 볼 수 있대."

할아버지가 호주머니에서 휴대전화를 꺼내 조작했다. 피처폰이지만 비교적 신품 같았다.

그런데 휴대전화에서 갑자기 커다란 음량으로 목소리가 흘러나왔다.

"두 명이 경상을 입었습니다. 한편 사고의 영향으로 현장 근처 주택 약 이백 가구가 한때 정전되었습니다만……."

아무래도 할아버지가 DMB 기능으로 뉴스를 튼 모양이다.

"어머, 텔레비전이 켜졌네."

할머니가 놀랐지만 할아버지는 의외로 태연한 표정이었다.

"뭐, 뉴스를 틀어놓으면 조만간 일기예보가 나오겠지."

"안 돼, 소리가 크잖아. 빨리 꺼."

그도 그럴 것이 주변 사람들이 이쪽을 힐끔거렸다. 그걸 눈치챘는지 할머니는 더욱 안달을 냈다.

"어휴, 여보. 빨리 좀 끄라니까."

할머니는 할아버지를 야단치고 죄송하다며 주변에 머리를 숙였다. 그 모습을 보고 할아버지도 마지못해 휴대전화를 만지작거렸지만, 뭘 잘못 눌렀는지 음량이 더 커졌다. 그제야 할아버지도 안절부절못했다.

"이보게, 미안하지만 이것 좀 봐주겠나?"

혼란에 빠진 할아버지가 내게 휴대전화를 건넸다.

"엇, 아, 예."

나는 하는 수 없이 휴대전화를 받아 들었다. 그때 마침 휴대전화에서 흘러나오던 뉴스가 바뀌었다.

"다음 뉴스입니다. 경시청은 몰래카메라로 촬영한 외설 영상 DVD를 불법 판매한, 도쿄 도 아키하바라 역 근처 전자 제품 판매점 엘레킹의 점장 마키무라 야스히코 용의자를 외설 도화 판매 목적 소지 혐의로 체포했습니다. 마키무라 용의자는 십여 년 전부터 몰래카메라와 도청기를 매장에서 판매해왔으며, 고객이 촬영한 영상과 도청한 음성을 매입해 DVD와 CD에 담아 인터넷에서 판매한 의혹이……."

나도 모르게 그 뉴스에 빠져들었다.

휴대전화 화면에 추레한 아저씨가 수사원에게 양팔을 붙들려 연행되는 영상이 흘러나왔다. 그다음에 비친 전자 제품 판매점의 외관과 검은 바탕에 분홍색 글씨로 "엘레킹"이라고 적힌 간판이 어쩐지 눈에 익었다.

예전에 아키하바라에 있는 이 가게 앞에서 주인아저씨와 우연히 마주쳤다. 뉴스에 따르면 그 가게가 도청기 및 몰래카메라를 판매하고, 도청 음성 및 도촬 영상을 디스크에 담아 판매한 혐의로 적발됐다고 한다.

주인아저씨와 도청.

그러고 보니 아까 경야가 한창일 때 그런 벼락 맞을 상상을 했었다.

보여주지도 않은 콩트를 주인아저씨가 칭찬했으므로 혹시 내 방을 도청한 게 아닌가 생각했다. 물론 엉뚱하고 당치도 않은 망상으로 치부했다. 하지만 뉴스 내용과 내 기억을 결부시켜 판단한다면 꼭 망상이라 단정할 수는 없지 않을까. 도청기와 몰래카메라를 판매한 전자 제품 판매점 엘레킹. 엘레킹에서 나온 주인 아저씨와 우연히 마주친 나…….

"이봐, 그거 안 꺼지나?"

할아버지가 불안한 듯한 표정으로 물었다.

"아아, 죄송해요."

내가 생각에 잠긴 사이에 뉴스는 다른 소식으로 넘어갔다. 나는 휴대전화의 이전 버튼을 눌러 DMB 방송을 껐다. 큰 소리가 드디어 사라졌다.

"아아, 정말 고맙네."

할아버지는 안도하여 휴대전화를 받아 들었다. 그후로도 할아버지는 휴대전화를 잠시 만지작거리다가 "아, 일기예보는 이쪽 버튼이었지. 봐, 역시 내일은 비가 오네" 하고 할머니에게 휴대전화 화면을 보여주었다.

……그건 그렇고 방금 전 뉴스다. 나는 다시 생각에 잠겼다.

나는 몰래카메라와 도청기를 판매하는 가게에서 나온 주인아저씨와 우연히 마주쳤다. 그때 주인아저씨는 조금 허둥대는 것처럼 보였다. 그리고 주인아저씨가 나를 도청 혹은 도촬했다는 심증이 없지는 않다. 그렇다면 역시 주인아저씨가 정말로 내 방을 도청 혹은 도촬한 것 아니냐는 의혹이 부각된다. 게다가 뉴스의 내용으로 판단컨대 어쩌면 주인아저씨는 도청 음성 혹은 도촬 영상을 판매한 것 아닐까…….

얼씨구.

그럴 리가 있나. 무명 개그맨이 집에서 콩트를 연습하는 영상을 사는 사람이 누가 있다고. 무엇보다 다른 사람이면 모를까 주인아저씨에게 그런 이면이 있을 리 없다.

"주인아저씨가 그런 짓을 할 리 없지."

나도 모르게 소리 내어 중얼거렸다.

그것도 집에 혼자 있을 때처럼 무심코 목소리를 높이고 말았다.

"응, 뭐라고?"

할아버지가 물었다.

"앗, 아니요, 아무것도 아닙니다."

나는 당황하여 고개를 저었다. 휴, 십년감수했네. 이런 망상은 남에게 들키면 안 된다.

그때 옆에서 시선이 느껴졌다. 여자가 또 날카로운 눈으로 노려보았다.

야야, 이번에는 뭐냐. 게걸스럽게 먹은 건 내가 잘못했지만, 지금은 할아버지가 일으킨 문제를 해결해줬으니까 나이스 플레이잖아. 아니면 혼잣말이 커서 화가 났나?

어라, 점점 내게 다가오는 건가? 무서워서 눈은 못 마주치지만 여자의 윤곽이 시야 가장자리에서 커진다. 야야, 진짜 왜 그래…….

아유카와 마키

경야가 진행된 대형 홀에서 중형 홀로 이동했다. 중형 홀에서는 경야 후 음복이라는 자리를 가졌다. 이름과 달리 제법 커다란 홀 가운데 죽 늘어놓은 테이블에 초밥과 튀김, 찜 등 호화로운 요리가 준비되어 있었다.

이렇게 호화로운 요리를 대접받다니 어쩐지 미안했다. 게다가 나는 선생님을 잃은 슬픔으로 입맛도 없었다. 아무리 맛있는 음식을 입에 대도 선생님은 이제 이걸 못 드시는구나 하고 생각하면 눈물이 앞을 가렸다.

경야 후 음복에는 오지 않는 편이 나았을지도 모른다. 하지만 이미 자리에 앉았고, 선생님 따님인 하루미 씨가 "천천히 많이들 드세요" 하고 인사하는 말도 들은데다, 주변을 둘러봐도 바로 돌아가는 사람은 없는 듯했다. 하는 수 없이 조금 먹었다. 맛있었지만 역시 입맛은 돌지 않았다.

젓가락을 놓고 가방에서 휴대전화를 꺼내 선생님과 마지막으로 함께 찍은 사진을 보았다. 찡그린 얼굴로 내게 입맞춤을 당하는 선생님. 우는 것처럼은 보이지 않아서 모르는 사람이 보면 선생님이 장난으로 이상한 표정을 지은 줄 알겠지. 사진을 보고 있자니 또 눈물이 났다.

그런데 주변에서는 선생님의 죽음을 애도하던 사람들이 언제 그랬냐는 듯이 호화로운 식사를 즐기고 있다. 그 모습을 보자 이번에는 화가 치밀었다.

특히 내 옆에 앉은 왜소한 몸집의 까까머리 청년. 처음부터 음식을 걸신들린 듯이 먹어서 불쾌했는데, 같은 테이블에 앉은 노부부가 "우리 것도 들어요"라고 말하자 기다렸다는 듯이 노부부의 초밥에 손을 댔다. 야, 보통은 먹으라고 해도 사양하는 법이라고!

남자와 노부부의 이야기를 듣다가 녀석도 메종 몽블랑의 세입자임을 알았다. 그럼 선생님의 죽음을 좀더 애도해야지. 그렇게 좋은 방을 그렇게 싼 값에 빌려주는 집주인, 그것도 때때로 텃밭에서 수확한 채소도 나누어주는 집주인이었는데 고마운 줄도 몰라? 뭐, 채소는 맛없을 때도 있었지만.

화가 나서 그 남자를 빤히 노려보았다. 남자는 내 얼굴을 흘끗 보더니 바로 눈을 돌리고 젓가락을 내려놓았다. 자신이 얼마나 철없이 굴었는지 깨달은 모양이다.

그러고 나서 잠시 선생님과 찍은 사진을 보며 추억에 잠겨 있었는데 이번에는 노부부 중 할아버지가 휴대전화를 잘못 조작해서 DMB 방송을 큰 소리로 틀어버리는 사고를 저질렀다. 아아, 진짜 이놈이고 저놈이고 다 뭐 하는 짓이야!

주변 사람들이 이쪽을 힐끔거렸다. 그제야 깨달았는데 우리 테이블은 할아버지 할머니와 손자 손녀의 조합으로 보이기도 했다. 혹시 사람들이 그렇게 본다면 우리 테이블 전체가 창피한 줄도 모르는 가족으로 오해받는다. 할아버지, 빨리 좀 꺼요! 마음속으로 외쳤지만 할아버지는 안절부절못하던 끝에 청년에게 휴대전화를 넘겨주었다.

그때였다. 방금까지 사고 소식을 전하던 뉴스가 다음 소식으로 넘어갔다.

"경시청은 몰래카메라로 촬영한 외설 영상 DVD를 불법 판매한, 도쿄 도 아키하바라 역 근처 전자 제품 판매점 엘레킹의 점장 마키무라 야스히코 용의자를 외설 도화 판매 목적 소지 혐의로 체포했습니다. 마키무라 용의자는 십여 년 전부터 몰래카메라와 도청기를 매장에서 판매해왔으며, 고객이 촬영한 영상과 도청한 음성을 매입해 DVD와 CD에 담아 인터넷에서 판매한 의혹이…….”

엘레킹…… 지금 그렇게 말했지?

바로 그 기억이 떠올랐다. 선생님이 내 방에 바이브레이터를 가지고 왔을 때, 그걸 담아 온 비닐봉지에 적힌 글자. 분명 ‘엘레킹’이었다.

할아버지가 청년에게 넘긴 휴대전화를 옆에서 엿보자 검정색 바탕에 분홍색 글씨로 “엘레킹”이라고 적힌 간판이 뉴스 화면에 나왔다. 검정색 바탕에 분홍색 글씨라면 그 비닐봉지와 똑같은 디자인이다. 뉴스 영상에는 “3층 성인용 DVD, 성인용품, 성인 장난감”이라는 글씨도 잠깐 비쳤다.

그렇다면.

선생님은 몰래카메라와 도청기를 판매하는 가게에서 바이브레이터를 구입한 셈이다. 이건 틀림없다.

상상의 나래를 좀더 펼쳐보았다.

선생님은 처음에 엘레킹이라는 가게에서 바이브레이터만 샀는지도 모른다. 하지만 그후 나는 선생님과 육체관계를 그만두고 신고와 사귀었다. 화가 난 선생님은 엘레킹에서 도청기도 판매한다는 사실을 떠올리고 도청기를 사서 내 방에 설치한 게 아닐까. 더 나아가 다양한 장난질을 한 게 아닐까…….

지금까지 선생님이 도청기를 설치했을 가능성은 전혀 고려하지 않았다, 하지만 오늘 경야 도중에 갑자기 그 가능성에 생각이 미쳤고, 방금 엘레킹이라는 가게에서 도청기를 판매했다는 뉴스를 우연히 보고 말았다. 이거 무슨 계시 같은 거 아닌가?

거기까지 생각하다 또 허둥지둥 부정했다.

어휴, 참, 내가 미쳤나. 왜 그런 망상을 하는 거야? 안 돼, 그럼 못써. 선생님이 어떤 분이신데. 절대로 아니야. 선생님이 그런 짓을 할 리 없지…….

"주인아저씨가 그런 짓을 할 리 없지."

옆에 앉은 까까머리 남자가 갑자기 중얼거렸다.

엇…… 어떻게?

남자는 나와 완전히 똑같은 순간에 똑같은 말을 입에 담았다.

혹시 이 남자 독심술을 쓸 줄 아나?

앗, 그러고 보니 이 남자도 메종 몽블랑의 세입자다. 그런데 아까 그 뉴스를 보고 주인아저씨가 그런 짓을 할 리 없지, 라고 중얼거렸다.

그렇다면…… 이 남자도 나처럼 선생님이 '그런 짓'을 한 게 아닐까 짚이는 구석이 있는지도 모른다.

마음에 걸린다. 이 남자의 혼잣말이 진짜 마음에 걸린다!

어쩌면 완전히 생뚱맞은 착각일지도 모른다. 하지만 확인하고 싶어서 못 배기겠다. 지금 확인하지 않으면 반드시 후회할 것 같다.

나는 남자를 빤히 쳐다보며 천천히 다가앉아 용기를 내어 말을 걸었다.

"저기…… 방금 뭐라고 했어요?"

데라시마 유

으아, 이 여자, 결국 시비를 거네. 귀찮아죽겠다.

"어…… 뭐가요?"

나는 여자를 자극하지 않게끔 되물었다.

"방금 '주인아저씨가 그런 짓을 할 리 없지'라고 하지 않았어요?"

여자가 몸을 앞으로 기울여 물었다. 나는 쓴웃음을 지으며 대답했다.

"어, 그게, 그냥 혼잣말이니까 맘에 둘 것 없어요."

"그렇게는 안 돼요!"

여자가 느닷없이 소리쳤다.

으으, 잘못 걸렸네, 분명 위험한 사람이야. 노부부도 무슨 일인가 하는 놀란 표정으로 대화를 중단하고 이쪽을 보았다. 주변 테이블에서도 시선이 느껴졌다.

"아…… 언성을 높여서 죄송해요."

여자는 사과했다.

얼레, 주변 상황을 파악하고 사과하는 걸 보니 그렇게까지 막 나가는 사람은 아닌가……. 나는 판단을 조금 수정했다. 하지만 방심은 금물이다.

"아까 '주인아저씨가 그런 짓을 할 리 없지'라고 했죠?"

여자가 내게 다시 확인했다. 나는 마지못해 대답했다.

"아, 예, 그랬는데요."

그러자 여자는 내게 얼굴을 더 가까이 대고 목소리를 죽여 물었다.

"'그런 짓'은 혹시…… 도청 아닌가요?"

"엇?"

나는 놀란 나머지 말문이 막혔다.

분명 그렇다. 그런데 어떻게 알았지?

혹시 이 여자, 독심술을 쓸 줄 아나?

"맞죠?"

여자가 또 다그쳤다. 그 기세에 눌려 엉겁결에 고개를 끄덕였다.

"잠깐 이리 와봐요."

여자는 내 팔을 끌어당기며 일어서서 홀 구석으로 이끌었다. 나는 하는 수 없이 여자를 따라갔다. 남이 들으면 안 되니까 주변 테이블에서 조금이라도 멀어지려는 여자의 의도는 이해가 가지만, 일어서서 이야기하는 사람은 우리밖에 없으니까 도리어 눈에 띈다. 몇 명이 이쪽을 힐끔거리는 게 보였다.

"당신, 메종 몽블랑에 살죠? 아까 할머니랑 이야기하는 거 들었어요."

"예, 맞습니다."

나는 주변을 의식하면서 대답했다.

"그럼 당신 방에도 도청기가 설치되어 있었던 거군요."

"엇…… '당신 방에도'라니 무슨 뜻입니까?"

나는 머뭇머뭇 되물었다.

여자는 한순간 망설이는 표정을 짓더니 결심한 듯 입을 열었다.

"나도 메종 몽블랑에 사는데, 방에 멀티탭 모양의 도청기가 설치되어 있었어요. 전문 업자를 불러 제거했죠."

"진짜요……?"

놀랐다. 설마 같은 연립주택에 정말로 도청기를 설치당한 사람이 있었을 줄이야.

"아, 그러고 보니!"

여자가 갑자기 뭔가 생각난 것처럼 목소리를 높였다.

"업자 아저씨가 도청기를 제거한 다음에 도청기 탐지기를 들고 방 안을 돌아다니더니 아직도 약하게 반응이 나온다, 어쩌면 연립 주택의 다른 방이나 근처 단독주택에도 도청기가 설치되어 있을지도 모르겠다고 했어요. ……그게 당신 방이었을지도 모르겠네요. 아니, 분명 그럴 거예요!"

처음에는 머리가 이상한 사람인가 싶었지만, 어조가 분명하고 내용도 구체적이라 신빙성 있게 들렸다.

하지만 동시에 이 여자의 이야기만 듣고서 내 방에도 도청기가 설치됐다고 단정할 수는 없겠다 싶기도 했다.

"음, 하지만 저는 업자를 불러 확인한 것도 아니고, 무엇보다 정말로 제 방이 도청을 당했는지도 긴가민가해서……."

나는 단어를 골라가며 말했다. 하지만 여자가 바로 받아쳤다.

"하지만 선생…… 아니, 주인아저씨에게 도청당한 게 아닐까 짚이는 구석이 있는 거죠? 그래서 아까 그 뉴스를 보고 그런 혼잣말을 한 거잖아요."

"아아, 뭐, 그렇습니다만……."

"왜 주인아저씨가 도청했다고 생각했는지 말해주지 않겠어요?"

"아아…… 예."

설마 그런 이야기를 남에게 들려주게 될 줄은 몰랐다.

"잘 설명할 수 있을지는 모르겠지만……."

그렇게 양해를 구하고 나서 이야기했다.

내가 개그맨이라는 것.

주인아저씨가 딱 한 번 공연을 보러 왔다는 것.

하지만 공연에서 선보이지 않은 콩트를 칭찬받은 걸 떠올리고는 혹시 도청당하고 있는 게 아닐까 생각했다는 것.

그리고 아까 뉴스에 방송된 엘레킹이라는 가게에서 나온 주인아저씨와 우연히 마주쳤다는 것…….

아유카와 마키

개그맨이라는 그의 이야기를 들으며 생각에 잠겼다.

솔직히 증거로서는 조금 약하다.

선보인 적 없는 콩트를 선생님에게 칭찬받았으므로 도청을 의심했다는데, 신인 개그맨의 공연 영상은 유튜브 같은 데도 많이 올라온다. 선생님은 그런 영상을 보았는지도 모른다. 또한 선생님이 엘레킹이라는 가게에서 물건을 구입한 건 맞지만, 그렇다고 도청기를 구입했다고 단정할 수는 없다.

"……그렇게 된 건데요, 어떤가요?"

이런, 그가 감상을 요구했다. 내가 여기까지 데려와서 꼬치꼬치 캐물어놓고, 증거로서는 조금 약하지 않느냐고 대꾸하려니 미안했다. 그래서 방금 떠오른 의문점만 제시해보기로 했다.

"저어, 개그맨의 공연 영상은 유튜브 같은 데도 올라오잖아요. 주인아저씨가 그런 영상을 봤을 가능성도 있지 않을까요……."

거기까지 말하다가 생각났다.

"……아, 그건 아니구나. 선생님은 컴퓨터를 다룰 줄 모르니까."

나는 내가 꺼낸 말을 스스로 부정했다.

그런데 그가 즉시 반박했다.

"아니요, 유튜브를 보는 것 정도는 식은 죽 먹기죠. 제가 예전에 주인아저씨 부탁으로 컴퓨터를 가르쳐드렸거든요. 주인아저씨 댁에서 철저하게요."

"예?"

놀랐다. 그가 선생님에게 컴퓨터를 가르쳐줬다?

하지만 그는 내가 놀란 줄도 모르고 "그렇구나, 유튜브로 봤나 보네. 그럼 전부 착각이었을지도 모르겠어" 하고 중얼거렸다. 나는 그의 팔을 잡고 물었다.

"저기, 그 이야기를 좀더 자세하게 해줄래요? 당신이 선생님에게 컴퓨터를 가르쳐줬다는 이야기."

"예? 아, 예……."

그는 내 서슬에 뜨악한 표정이었다. 하지만 나는 개의치 않고 물었다.

"그거, 언제였나요?"

"으음…… 삼 년 전 여름철이었나."

삼 년 전 여름. 내가 선생님과 육체관계를 그만두고 못된 장난질이 시작된 시기다.

"구체적으로 뭘 가르쳐줬어요?"

"주인아저씨가 진짜 아무것도 몰라서 기초부터 가르쳐드렸죠. 특히 인터넷에 관련해서요. 주인아저씨가 인터넷 게시판에 글을 올려보고 싶었다고 한 게 기억나네요."

인터넷 게시판에 글을 올려보고 싶었다. 그 말을 듣자 소름이 돋았다.

시기상으로도, 배운 내용상으로도, 선생님이 인터넷 게시판에서 나를 비방하기 위해 일부러 그에게 컴퓨터를 배운 것처럼 느껴졌다.

"역시 그것도 선생님이었나……."

나는 무심코 중얼거렸다.

"'그것'이 뭔데요? ……그리고 아까부터 주인아저씨를 '선생님'이라고 부르는데, 주인아저씨의 제자라도 돼요?"

이번에는 그가 연거푸 질문을 퍼부었다. 그의 입장에서는 내 신원부터 시작해 모르는 것 천지겠지.

나는 조금 망설이다가 전부 털어놓기로 했다. 안 그러면 그도 뭐가 뭔지 종잡을 수 없을 테고, 그러면 그에게서 정보를 더 끌어내기가 힘들 것 같았기 때문이다.

"좀 길어지겠지만 저랑 쓰보이 선생님의 관계에 대해 설명할게요."

그렇게 서론을 깔고 나서 순서대로 이야기했다.

내가 일찍이 쓰보이 선생님이 교장으로 있던 나가노 구립 누마부쿠로 중학교에 다녔고, 열린 교장실에서 공부를 배웠다는 것. 당시 쓰보이 선생님에게 도움을 참 많이 받았다는 것. 스무 살이 되어 자취를 시작한 연립주택이 우연하게도 쓰보이 선생님의 메종 몽블랑이었다는 것.

그리고…… 방세 대신에 같이 잤다는 건 밝힐 수 없었기에 그 부분은 '쓰보이 선생님과 한때 교제했다'는 식으로 둘러댔다.

그리고 나이 차도 있고 하여 얼마 지나지 않아 헤어졌고, 신고라는 또래 남자와 사귀었다는 것.

하지만 신고와도 바로 헤어졌다는 것, 그즈음부터 우편함에 협박장을 넣고, 문에 스프레이로 낙서를 하고, 도청기를 설치하고, 인터넷에 비방 글을 올리는 등 다양한 장난질이 시작되었다는 것. 처음에는 신고의 범행이라 단정했지만 나중에 의문점도 떠올랐다는 것.

그리고 오늘 혹시 선생님이 일련의 장난질을 친 범인 아닐까 하는 생각에 다다랐다는 것. 선생님과 원만하게 헤어졌다고 믿었지만, 선생님은 나를 원망한 게 아닐까 싶었다는 것.

"……선생님이 그 시기에 컴퓨터를 배웠다면 앞뒤가 맞아요. 인터넷 게시판에 아유카와 마키는 아무하고나 금방 잔다는 둥 실명과 함께 악담이 올라왔지만, 선생님은 컴퓨터를 다룰 줄 모르니까 범인일 리 없다고 생각했어요. 하지만 컴퓨터를 배웠다면, 역시 그것도 선생님 짓이었을까……."

아주 긴 이야기를 단숨에 끝냈다.

그는 정보가 너무 많아서 혼란스러운 것 같았지만, 잠시 후에 조심조심 말했다.

"저기…… 그쪽 이름, 아유카와죠?"

"아, 죄송해요. 자기소개도 제대로 안 했네요."

"아니요, 오히려 제가 사과해야죠. 저는 203호실에 사는 데라시마라고 하는데요. 콩트를 연습하다 너무 시끄럽게 굴어서 아유카와 씨에게 항의 쪽지를 한 번 받은 적이 있어요. 그때는 정말 죄송했습니다."

데라시마 씨는 미안한 듯 머리를 숙였다.

하지만 난 항의 쪽지를 보낸 기억이 없었다.

"저는 그런 거 안 보냈는데요."

"예?"

데라시마 씨는 놀란 것 같았다.

"어, 하지만 쪽지에 아유카와 씨 방 호수랑 이름이 적혀 있어서 쿠키를 가지고 사과하러 갔었어요. 그런데 안 계셔서 방 앞에 사죄 편지와 함께 놔두고 돌아왔는데……."

"앗!"

나는 또 소리를 쳤다. 맞다, 그런 일이 있었다!

"그럼 항의도 선생님이 한 거구나……. 저는 정말로 그런 쪽지 안 보냈어요!"

무심결에 목소리가 높아지자 또 주변 테이블에서 시선이 모이는 것이 느껴졌다. 개중에서도 키가 큰 삼십 대 남자가 가까운 테이블에서 이쪽을 빤히 쳐다보았다. 하지만 이제 와서 이야기를 그만둘 수는 없다.

"그 쿠키는 기억나요……. 또 장난질인가 싶어서 쿠키랑 편지를 확인도 안 하고 바로 버렸어요. 죄송해요."

데라시마 유

놀랐다. 진짜 깜짝 놀랐다.

아유카와 씨와 전직 교장선생님이었던 주인아저씨가 한때 사귀었다는 것만으로도 놀라자빠질 지경이었다. 그런데 그다음이 더 굉장했다. 아유카와 씨 방에서 도청기가 발견됐을 뿐 아니라, 야비한 스토킹에 시달렸다.

게다가 아유카와 씨 이름으로 내 방 우편함에 들어 있던 항의 쪽지도 본인은 보낸 적이 없다고 한다. 즉, 범인은 내가 아유카와 씨에게 원한을 품도록 일부러 그런 쪽지를 내 방 우편함에 넣었다는 건가. 그렇다면 실로 악질이다.

다만 문제는 정말로 주인아저씨가 범인이냐는 거다.

가령 주인아저씨가 정말로 스토킹을 했다면, 내 방을 도청했다는 건 착각이었을 가능성이 높다. 그럴 경우 주인아저씨는 분명 아유카와 씨에게 개인적인 원한을 품고 도청했을 테니, 내 방까지 도청할 필요는 없다. 그렇다면 주인아저씨가 공연 때 보지 못한 우리 콤비의 콩트 내용을 알고 있었던 건 유튜브에서 보았기 때문이라는 설이 유력해진다.

나는 내 생각을 아유카와 씨에게 설명했다.

"다만 그렇다면 저를 도청했다는 건 착각이었던 모양이네요. 처음에는 주인아저씨가 메종 몽블랑 전체를 도청했을지도 모른다 싶었는데, 아마도 아유카와 씨만 노렸겠죠. 뭐, 주인아저씨가 정말로 범인이라면 말이지만."

아유카와 씨는 잠시 생각하고는 말했다.

"하지만…… 제 방에 온 업자 아저씨가 탐지기로 확인하고 메종 몽블랑의 다른 방에도 도청기가 설치되어 있을지도 모르겠다고 했어요. 업자의 짐작대로라면 선생님이 메종 몽블랑 전체를 도청했을 가능성도 있겠죠."

"하지만 메종 몽블랑 전체를 도청한들 주인아저씨에게 무슨 이득이 있었을까요?"

당초 내가 망상했던 대로 주인아저씨는 스토커이자 도청을 하는 취미도 있었다는 건가……. 내가 잠시 생각에 잠겼을 때였다.

"몽블랑을 도청한 이야기야?"

갑자기 뒤에서 누가 말을 걸었다.

돌아보자 키가 큰 남자가 불그레한 얼굴로 싱글싱글 웃으며 서 있었다. 자세히 보니 그는 분향할 때 하루미 씨와 친근하게 이야기를 나누었던 남자였다.

"아, 죄송해요. 들렸나요……."

아유카와 씨가 무안한 듯 말하자 남자는 상냥하게 답했다.

"아니, 미안하기는. 듣다 보니 반가워서 말이야. ……두 사람도 쓰보이 선생님께 들었구나. 몽블랑을 도청한 이야기."

"예?"

내 귀를 의심했다.

아유카와 씨도 놀랐는지 우리는 무심결에 얼굴을 마주 보았다.

"저기…… 그쪽도 아십니까? 쓰보이 씨가 도청했다는 걸."

나는 남자에게 물었다.

"물론이지. 두 사람보다 훨씬 예전에 쓰보이 선생님한테 들었는 걸."

"뭐라고요!"

엉겁결에 아유카와 씨와 함께 소리쳤다.

이 남자 도대체 뭐야…….

사이키 나오미쓰

자리를 떠나 흥분한 기색으로 이야기를 나누는 젊은 남녀가 아까부터 신경 쓰였다.

경야 후 음복이 시작되면 하루미의 자리에 갈 생각이었지만, 제법 멀리 떨어진데다 친척 같아 보이는 사람들에게 둘러싸여 있어 바로 이야기를 하러 갈 만한 분위기가 아니었다. 그래서 음식과 술을 먹으며 심심풀이 삼아 젊은 남녀의 대화에 귀를 기울였는데, '몽블랑'이 어쩌고 '등정*'이 저쩌고 하는 말이 들렸다.

아하, 그들도 쓰보이 선생님에게 들은 등산 이야기로 의기투합했

* 일본어로 '도청'과 '등정'은 발음이 같다.

구나. 산을 화제로 삼을 수 있는 상대는 오랜만이다. 술도 들어갔겠다, 나는 기쁜 마음으로 그들의 대화에 불쑥 끼어들었다.

"뭐, 나도 처음 들었을 때는 놀랐어. 세상에 몽블랑을 등정했다잖아. 선생님도 자랑스러운 표정이셨지."

"자랑스러운?"

"뭐, 쓰보이 선생님은 그 밖에도 세계 각지의 난관을 몇 군데나 등정하는 데 성공하셨대."

"세계 각지의 난관을 등정…… 그렇게 세계적으로 하신 겁니까?"

그나저나 이 두 사람은 반응을 참 잘해준다. 이야기하는 나도 기분이 좋다. 다만 반응이 너무 좋아서 그런지 주변 조문객들이 힐끔거린다. 두 사람도 눈치챈 듯 바로 목소리를 낮추었지만.

"저기, 쓰보이 씨가 등정했다는 걸 어떻게 그렇게 잘 아시죠?"

남자가 흥미진진하다는 표정으로 물었다.

"그야, 선생님께 다양한 일화를 들었으니까. 나도 그 영향으로 시작했어."

"억! 그쪽도 등정을 했다고요?"

또 격한 반응이 나왔다. 이야, 이야기할 맛 나네.

다만 어째선지 여자가 내게 무서운 눈빛을 쏘기 시작했는데…… 얘는 들뜨면 눈빛이 이렇게 변하나?

"저기, 실례지만 무슨 일을 하십니까?"

남자가 묻기에 내 소개를 했다.

"아아, 난 슈퍼에 점장으로 있는 사이키라고 해."

"아아…… 일단 직업은 멀쩡하네요."

남자가 의외라는 듯이 말했다. 무례하다 싶기도 했지만, 뭐 됐다. 그냥 흘려 넘겼다.

"사이키 씨, 그…… 슈퍼 일을 하면서 지금도 등정을 하시는 겁니까?"

"으음, 최근에는 못 한 지 오래됐어. 젊었을 때는 전국 방방곡곡을 돌며 등정했지만."

"아, 예, 그러시군요. ……그런데 지금까지 경찰 신세를 진 적은 없으세요?"

"경찰 신세?"

한순간 무슨 소린가 싶었지만 바로 알았다. 아아, 경찰 산악구조대 말이구나.

요즘 등산 붐을 타고 안이하게도 가벼운 복장으로 산에 오르다 산악구조대 신세를 지는 사람들이 늘었다고 들었다. 하지만 난 그런 아마추어들과는 다르므로 가슴을 쭉 펴고 대답했다.

"에이, 날 뭐로 보고! 난 매번 단단히 준비해서 임하거든. 그런 실수는 안 해."

"허, 그것참…… 그렇게 자랑스럽게 말씀하셔도 난감합니다만."

어라? 남자가 갑자기 떨떠름한 표정을 지었다.

"저질."

응? 이 여자, 지금 저질이라고 했나? 아냐, 설마, 잘못 들었겠지…….

뭐, 됐다. 자잘한 건 넘어가고 나는 그리운 추억을 돌아보았다.

"내가 중학생 때, 쉬는 시간에 선생님이 세계 각지의 다양한 곳을 등정한 무용담을 들려주셨지."

"헉! 쉬는 시간에 중학생을 상대로 그런 이야기를 했다고요?"

"그럼. 수업중에도 들려주셨어. 모두들 앞에서."

"수업중에 모두들 앞에서!"

남자가 또 목소리를 높이며 놀랐다.

"거짓말! 믿을 수 없어, 선생님이 그런……."

여자는 놀란 나머지 양손에 얼굴을 묻었다.

어라? 그렇게까지 놀랄 일인가? 나는 의문스러워서 물어보았다.

"두 사람은 그런 이야기 못 들었어? 쓰보이 선생님의 제자가 아니야?"

"아, 저는 아니지만 이쪽…… 아유카와 씨는 제자였답니다."

남자가 손바닥을 내밀어 여자를 가리켰다. 여자도 묵묵히 고개를 끄덕였다.

“뭐, 유토리 교육*이니 뭐니 해서 쓰보이 선생님도 너희 세대에게는 그런 이야기를 할 여유가 없었겠지. 사회 과목은 수업 시간이 꽤 많이 줄었다고 하니까.”

내 나름대로 해석하여 말했지만, 남자는 “그런 문제려나……” 하고 고개를 갸웃했다.

“하지만 우리 때는 세계 지리 시간에 자주 이야기해주셨어. 유럽 알프스가 나오면 몽블랑에 등정했을 때의 일화를, 아프리카 대륙이 나오면 킬리만자로에 등정했던 때의 일화를 들려주시는 식으로 말이야. 도중에 고산병에 걸렸던 이야기도 참 재미있었지.”

“……엥?”

남자가 갑자기 어리둥절한 표정을 지었다.

“그런 이야기를 듣다 보니 등산은 참 좋구나 싶더라고. 그래서 나도 고등학교 때 등산부에 가입했어.”

“……뭐라고요?”

여자도 미간에 주름을 잡고 남자와 얼굴을 마주 보았다.

응?

내가 뭐 잘못했나?

---

* 일본에서 실시된 교육 방침으로서 ‘여유 있는 교육’을 뜻한다. 과도한 주입식 교육을 지양하고 창의성과 자율성 존중을 표방하며 학교 수업 시간을 줄이는 방식으로 진행되었다.

혹시 선불리 남의 대화에 끼어들어 엉뚱한 소리를 늘어놓는 실수를 또 저질렀나.

그렇게 생각했을 때 뒤에서 누가 불렀다.

"이봐, 사이키."

돌아본 나는 무심결에 몸을 도사렸다.

학창 시절 천적이었던 체벌 교사, 네기시가 서 있었다.

"날 기억하나?"

네기시는 험악한 표정으로 내게 물었다.

"당연하죠. 네기시 씨를 어떻게 잊겠습니까?"

나는 웃음을 지우고 네기시를 노려보았다. 절대로 네기시 선생님이라고는 부르지 않을 작정이었다.

"지금 이야기, 정말이야? 쓰보이 선생님이 등산에 해박했다는 거."

"예, 왜 거짓말을 하겠어요?"

갑자기 끼어들다니, 무슨 꿍꿍이속이지? 네기시의 속내를 짐작하기 힘들었다. 뭐, 지금까지 이 녀석의 머릿속이 짐작 갔던 적은 한 번도 없었고, 알고 싶지도 않지만.

네기시 요시노리

경야 후 음복을 하는 시간임에도 젊은 남녀 한 쌍이 홀 출입구 근처에 서서 이야기를 나누고 있었다. 홀 가운데쯤에 위치한 내 자리에서도 그 모습이 눈에 들어왔다.

더구나 두 사람은 가끔 목소리를 높였고, 그때마다 주변 사람들이 눈총을 주는데도 전혀 아랑곳하지 않았다. 보고 있자니 생활지도 교사의 피가 끓었다. 맥주를 한잔 걸쳐서 담이 좀 커진 탓인지도 모르지만, 따끔하게 주의를 주려고 자리에서 일어났다.

그런데 내가 수많은 조문객들 사이를 빠져나와 두 남녀에게 도착하기 전에 키 큰 남자가 그들에게 다가가서 말을 걸었다.

사이키였다.

그들에게 주의를 주려고 그러는 걸까. 아아, 녀석도 어른이 되었군. 그렇게 생각하고 일단 자리로 돌아갔지만, 잠시 상황을 살펴보니 사이키도 두 사람과 즐겁게 이야기를 나누는 게 아닌가. 게다가 사이키가 끼는 바람에 젊은 남녀의 목소리가 지금까지보다 더 커졌다.

정말이지, 저 녀석 뭐 하는 거야. 나는 다시 일어서서 그들에게 향했다. 좁은 좌석 사이를 빠져나와 사이키 뒤로 다가갔다.

그런데 세 사람의 이야기가 귀에 똑똑히 들어온 순간, 나도 모르게 우뚝 멈춰 섰다.

쓰보이 선생님은 등산에 정통했다는 것이다. 해외의 산에도 올랐는지 몽블랑에 등정했다는 말도 들렸다. 몽블랑이라면 분명 유럽의 최고봉 아니었던가.

즉, 쓰보이 선생님은 등산 전문가였다는 뜻이다.

나는 오늘에서야 그 사실을 알았다.

바로 머릿속에 사토시가 사고를 당한 후 형사에게 받은 질문이 되살아났다.

—등산에 해박하면서 사토시에게 원한을 품을 만한 사람. 네기시 씨, 뭔가 짚이는 게 없으십니까?

당시는 등산에 해박한 사람이라고는 짚이는 구석이 없었지만, 그야말로 등잔 밑이 어두웠다. 쓰보이 선생님이 바로 그런 사람이었다.

다음으로 내가 쓰보이 선생님 앞에서 "차라리 사토시가 오토바이 사고로 죽으면 좋을 텐데" 하고 말한 기억이 되살아났다. 불량해진 사토시를 어떻게든 해보려고 빈번히 상의했지만 해결책이 나오지 않아 신경이 날카로워진 나머지 불쑥 내뱉은 말. 나중에 그 말이 실현되기 직전까지 갔다.

나도 모르게 상상했다. 과연 지나친 비약일까.

쓰보이 선생님이 사토시를 죽이려 했다는 건.

어처구니가 없어서 헛웃음이 나올 만한 망상이다. 은인인 쓰보이 선생님 경야 자리에서 무슨 천벌 받을 생각을 하는 거람. 필사적으로 내 상상에 저항하려고 했다.

하지만 충동을 억누를 수 없었다.

"이봐, 사이키."

나는 사이키를 불렀다.

사이키는 나를 돌아보자마자 얼굴에서 웃음을 지우고 경계심과 적의를 고스란히 드러냈다.

"날 기억하나?"

"당연하죠. 네기시 씨를 어떻게 잊겠습니까?"

웃으면서 말해주었다면 참으로 기쁠 대답이었지만, 사이키는 나를 노려보면서 말했다.

"지금 이야기, 정말이야? 쓰보이 선생님이 등산에 해박했다는 거."

"예, 왜 거짓말을 하겠어요?"

사이키는 즐겁게 이야기하던 아까와는 달리 퉁명스럽게 대답했다. 뭐, 제자들이 대부분 날 싫어했다는 건 잘 알고, 동창회에 초대받은 적도 거의 없지만, 이렇게까지 냉담하게 대하니 서글펐다.

하지만 지금은 그보다 중요한 사실을 알아내야 한다. 나는 함께 있는 젊은 남녀가 곤혹스러운 표정으로 마주 보는데도 아랑곳없이 사이키에게 핵심을 찌르는 질문을 던졌다.

“그럼 쓰보이 선생님은…… 예를 들어 프랑스 브랜드인 조아니의 등산용 로프도 가지고 있었나?”

“아아…… 그리운 이름이네요, 조아니.”

사이키의 표정이 조금 밝아졌다.

“쓰보이 선생님은 조아니 로프를 가지고 계셨습니다. 제가 고등학교에 입학하면 등산부에 들어가고 싶다고 했더니, 조아니 로프를 학교에 가져와서 사용법을 가르쳐주기도 하셨죠. 그거, 이제 국내에서는 못 구하나 보던데요.”

“그렇군…….”

나는 건성으로 대답했다. 적어도 상황증거는 갖추어졌다.

경찰은 범인을 잡는 데 실패했다. 그렇다기보다 사토시는 사고를 당했으니 범인은 따로 없다는 결론을 내렸고, 나도 마지못해 그 결론을 받아들였다. 그런데 지금 유력한 용의자가 급부상했다.

쓰보이 선생님은 범행에 사용된, 이제는 국내에서 입수가 불가능한 등산용 로프를 가지고 있었다.

쓰보이 선생님은 매번 상담에 응했고, 사토시가 오토바이 사고를 당해 죽었으면 좋겠다는 내 푸념을 들었다.

어쩌면 쓰보이 선생님은 가정에 얽힌 고민에서 나를 해방시켜주려고 사토시를 죽이려 한 것 아닐까. 집에 있던 등산용 로프를 사용해 사고로 위장하려 했지만, 오토바이가 지나가는 순간 로프가 짤

막하게 끊어져 로프 토막을 전부 회수하지 못한 것 아닐까…….

말도 안 되는 생각 좀 작작 해!

우연히 현장에 떨어진 것과 같은 브랜드의 로프를 가지고 있었을 뿐이다. 우연히 사토시가 죽으면 좋겠다는 내 실언을 들었을 뿐이다. 고작 그 정도 가지고 신이나 다름없이 인격이 훌륭했던 쓰보이 선생님을 범인 취급하다니 이 무슨 망발인가. 지금까지 많은 도움을 주었던 은인 중의 은인을 하필이면 경야에서 애도한 후에 의심하다니 이 무슨 망발인가. 큰 잘못을 저질렀다. 내가 어떻게 된 거다…….

"그런데 조아니를 알다니, 네기시 씨도 등산을 했습니까?"

사이키의 물음에 퍼뜩 정신이 들었다.

"아니…… 난 등산에는 문외한이야."

내 대답에 사이키가 의아한 표정을 지었다.

"그럼 왜 그런 걸 물어요?"

"아니, 그게…… 쓰보이 선생님의 취미가 등산인 줄 몰랐거든. 갑자기 궁금해져서. 조아니는 뭐, 우연히 알고 있었어."

나는 두서없이 대답했다. 쓰보이 선생님이 내 아들을 죽이려고 한 게 아닐까 의심스러워서 물어보았다고 말할 수는 없었다.

그러자 사이키는 더욱 의아한 표정으로 나를 바라보다가 흥, 코웃음을 치고 말했다.

"하기야 쓰보이 선생님의 취미를 네기시 씨가 어떻게 알겠어. 당신과 쓰보이 선생님은 견원지간이었잖아요."

사이키는 나를 깔보듯이 웃었다. 그만 울컥해서 날카로운 말투로 쏘아붙였다.

"그런 거 아니니까 함부로 말하지 마!"

"잡아떼기는. 당시 시바사키 중학교에서는 모르는 사람이 없었다고요."

"아니야. 그건 오해야. 나랑 쓰보이 선생님은 교육 이념이 정반대였으니 학생들 눈에는 사이가 나빠 보였겠지. 하지만 쓰보이 선생님은 자신과 생각이 다른 사람도 품어줄 줄 아는 분이었어. 그래서 나랑도 사이가 좋았다고. 진짜야."

나는 스스로도 놀랄 만큼 정색하며 반박했다. 어쩐지 기분이 묘했다. 아까 속으로 쓰보이 선생님을 의심했던 것을 속죄라도 하듯, 쓰보이 선생님이 얼마나 멋진 인격자였는지를 사이키에게 주장했다. 그래야 쓰보이 선생님에게 품은 죄책감이 지워질 것 같았다.

나와 쓰보이 선생님이 견원지간이었다고 생각하다니, 도리어 쓰보이 선생님에게 실례다. 쓰보이 선생님은 가치관과 신념이 다른 사람도 결코 싫어하지 않았고, 여차할 때는 진심으로 도와주었다. 쓰보이 선생님의 그런 면을 상징할 만한 일화가 뭐 없나……. 그래, 여자 유도부를 자진해서 담당했던 이야기를 하자. 나는 즉시 말을 꺼냈다.

“이건 사이키가 졸업하고 고등학교에 입학한 해 여름에 있었던 일이니까, 사이키는 모를 거야…….”

데라시마 유

도대체 어떻게 돌아가는 거야? 이게 다 뭔 상황이람? 이야기를 전혀 못 따라가겠는걸.

일단은 키가 큰 이 남자, 사이키 씨다.

경야 때는 하루미 씨와 친근하게 이야기를 나누더니만, 이번에는 나와 아유카와 씨의 이야기에 갑자기 끼어들어 쓰보이 씨의 도청 취미에 대해 안다는 둥, 자기도 도청을 했다는 둥 충격적인 커밍아웃을 했다. 그런데 가만히 듣다 보니 어째선지 갑자기 등산 이야기로 바뀌었다. 얼굴도 좀 불그레한 것이 술에 취했는지도 모르겠다. 뭐가 뭔지 얼떨떨해서 아유카와 씨와 ‘이 사람 지금 무슨 소리죠?’ 하고 묻는 표정으로 서로 얼굴을 마주 보는데, 이번에는 퉁퉁하게 살지고 고릴라처럼 생긴 초로의 아저씨, 네기시 씨가 끼어들었다.

네기시 씨는 사이키 씨에게 무슨 브랜드의 등산용 로프를 쓰보이 씨가 가지고 있지 않았느냐며 등산 경험에 대해 소상하게 물었다. 어찌된 영문인지 이 두 사람은 처음부터 분위기가 험악했다.

"이 두 사람, 누굽니까?"

"모르겠어요. 게다가 어쩐지 사이도 안 좋아 보이고……."

나랑 아유카와 씨는 곤혹스러운 기분으로 소곤거렸다.

이야기를 계속 들어보니 아무래도 두 사람은 교사와 제자 사이인 듯했다. 그 학교에서 쓰보이 씨도 교사로 일한 모양이다. 그런데 쓰보이 씨와 네기시 씨의 사이가 좋았는지 나빴는지를 두고 두 사람의 분위기가 더욱 험악해졌다. 네기시 씨는 자기와 쓰보이 씨가 견원지간이었다는 사이키 씨 말에 몹시 속이 상했는지, 두 사람의 사이가 좋았음을 증명할 일화를 소개했다.

"이건 사이키가 졸업하고 고등학교에 입학한 해 여름에 있었던 일이니까, 사이키는 모를 거야. 여자 유도부를 담당한 이토 선생님이 사고로 장기간 입원하게 됐어. 난 남자 유도부를 지도하는 것만으로도 벅차서 임시로 담당을 맡아줄 사람을 찾았지만 다들 거절하더라고. 그런데 쓰보이 선생님이 자진해서 여자 유도부를 임시로 담당해주셨지."

그런 일화를 말해본들 나와 아유카와 씨에게는 전혀 와닿지 않는다.

"뭐 어쩌라는 거죠?"

"우리, 계속 듣고 있어야 해요?"

나랑 아유카와 씨가 소곤거리는데도 아랑곳없이 네기시 씨는 이야기를 이어나갔다.

"나중에 여자 유도부를 보름이나 맡아주셨으니 사례로 술을 사겠다고 했더니 쓰보이 선생님은 술은 됐다며 대신에 어깨로 메치기를 가르쳐달라고 하셨어."

"어깨로 메치기?"

갑자기 사이키 씨의 안색이 변한 것처럼 보였다.

"그래, 상대를 어깨에 짊어진 후 메다꽂는 유도 기술이야. 뭐, 쓰보이 선생님이 왜 갑자기 어깨로 메치기를 배우고 싶었는지는 모르겠지만, 내 지도 아래 쓰보이 선생님은 나도 거뜬히 내던질 만큼 기술을 완벽히 습득했지……."

네기시 씨는 그리운 옛 추억에 빠졌는지 주절주절 이야기를 늘어놓았다.

그러자 사이키 씨가 갑자기 말허리를 잘랐다.

"잠깐만요!"

사이키 씨는 어째선지 몸을 바들바들 떨었다. 그리고 묘하게 살기등등한 눈으로, 숨까지 헐떡거리며 네기시 씨에게 물었다.

"제가 고등학교 1학년 때, 네기시 씨가 쓰보이 선생님께 어깨로 메치기를 가르쳐줬다고요? ……그때가 확실합니까?"

이봐요, 사이키 씨, 이번에는 또 왜 그래? 나는 난감하여 어찌할 바를 모를 지경이었다.

하지만 옆을 확인하자 아유카와 씨는 냉정한 눈으로 사이키 씨를 쳐다보고 있었다.

사이키 나오미쓰

"제가 고등학교 1학년 때, 네기시 씨가 쓰보이 선생님께 어깨로 메치기를 가르쳐줬다고요? ……그때가 확실합니까?"

나는 네기시에게 물었다. 목소리만 떨리는 줄 알았더니 몸 전체가 떨렸다.

네기시는 그런 나를 보고 당황한 표정을 지으면서도 대답했다.

"암, 틀림없어. 그해는 이래저래 말썽이 많았으니까 기억하고 있지. 가을에는 졸업생이 학교 옥상에서 투신자살하는 사건도 있었고……."

맞다, 바로 그해다!

네기시가 기억하기로도 그렇다니 내 착각은 아니리라. 즉, 쓰보이 선생님은 미조구치가 자살하기 고작 몇 달 전에 어깨로 메치기라는 유도 기술을 습득한 것이다.

어깨로 메치기. 나도 유도 경기 중계방송에서 본 적이 있다. 상대 선수의 옷깃과 다리를 잽싸게 붙들고 휙 들어 올려 어깨에 짊어지는 모습을 보고 참 대단한 기술이라고 감탄한 기억이 난다. 쓰보이 선생님이 네기시도 내던질 수 있을 만큼 그 기술을 완벽하게 습득했다면, 미조구치 정도는 가뿐히 집어 던졌을 것이다. 미조구치는 마른데다, 복싱 실력은 좋았다지만 유도는 체육 시간에 잠깐 배웠을 뿐이고, 그것도 자주 땡땡이를 쳤다. 복서는 던지기 기술에는 약하다. 그러므로 프로복싱 세계 타이틀전에서 가메다 다이키가 나이토 다이스케를 들어 올려 내동댕이쳤을 때 그렇게 난리가 난 것이다. 미조구치도 들어 올려 내던지면 아무 저항도 못 했으리라.

미조구치를 투신자살로 위장해 살해했다는 설을 한때 반쯤 진심으로 믿었다. 미조구치가 자살할 리 없다고 생각했기 때문이다. 다만 미조구치와 대립하던 불량한 패거리들의 소행이리라 여겼다. 일대일로 맞서서 상대를 짊어지다니, 그런 건 생각도 못 했다.

하지만 어깨로 메치기를 갈고닦으면 일대일로도 충분히 가능하지 않을까.

쓰보이 선생님이 미조구치를 옥상에서 내던져서 죽였다. 지금까지 그럴 가능성은 염두에도 두지 않았지만 동기는 충분했으리라. 반 아이들 중에서 미조구치 혼자 자신을 따르지 않고 노골적으로 반항했으니 아무리 쓰보이 선생님이라도 화가 나지 않을 리 없다.

더구나 지금 생각하면 쓰보이 선생님을 대하는 미조구치의 태도는 이상하리만큼 반항적이었다. 미조구치가 쓰보이 선생님을 어떻게 평가했는지 떠올랐다.

—그 자식, 착한 척하지만 속에는 무슨 능구렁이가 들었는지 모르잖아? 착한 선생입네, 하는 위선적인 눈빛이 엄청 싫어.

고등학교에 입학한 후, 자전거를 타고 시바사키 중학교로 향하던 미조구치를 보고 말을 걸었을 때도 이렇게 말했다.

—쓰보이를 두드려 패러 간다.

그건 진담 아니었을까.

예를 들어 미조구치가 중학교 시절부터 아무도 모르게 쓰보이 선생님의 약점을 쥐고 협박했다고 볼 수는 없을까.

실은 과거에 쓰보이 선생님이 악행에 손을 댔다. 그 정보를 입수한 미조구치는 쓰보이 선생님을 멸시했고, 이윽고 폭력까지 동원해 돈을 뜯어내기 시작했다. 선생님도 미조구치가 학교에 다니는 동안에는 비밀을 폭로할까 봐 두려워서 시키는 대로 했다. 하지만 졸업 후에도 공갈이 끊이지 않자 결국 미조구치를 죽이기로 결심했다. 계획을 실행하기 위해 선생님은 네기시에게 어깨로 메치기를 배웠고, 거사 당일 드디어 미조구치를 시바사키 중학교 옥상으로 불러내…….

그런 되도 않은 이야기가 어디 있어.

이게 무슨 망상이람. 쓰보이 선생님이 미조구치를 죽였다니 그럴 리 없다. 그렇다면 미조구치의 장례식에서 쓰보이 선생님이 오열하던 모습은 전부 연기였다는 건가? 그게 연기였다면 아카데미 남우주연상감이다. 쓰보이 선생님은 교사가 아니라 배우가 됐겠지. 쓰보이 선생님이 죽인 게 아니다. 절대로 아니다. 미조구치는 자살한 게 분명하다. 그럼 왜 쓰보이 선생님은 미조구치가 자살하기 얼마 전에 네기시에게 어깨로 메치기를 배웠을까……. 뭐, 그건 잘 모르겠지만, 남자는 다 그런 법이다. 어쩐지 갑자기 격투기가 멋져 보여서 기술을 배우고 싶어지곤 하잖아. 나도 한때 쌍절곤을 열심히 연습한 적이 있다. 결국 잘 안 돼서 그만뒀지만…….

"이봐, 사이키, 왜 그래?"

말없이 생각에 잠겨 있자 이상하다 싶었는지 네기시가 물었다.

"아니…… 아무것도 아닙니다."

나는 대충 얼버무렸다.

내 속마음이 딱히 궁금하지는 않다는 듯 네기시는 또 자기 할 말만 늘어놓았다. 쓰보이 선생님과 견원지간이었다고 내가 비꼰 것이 몹시 거슬렸는지 네기시는 실은 사이가 좋았다는 티를 엄청 내다가 이번에는 서로의 교육론을 운운하기 시작했다.

"……뭐, 교육 방침은 달랐지만 나랑 쓰보이 선생님은 서로를 인정했어. 시바사키 중학교에서 다른 곳으로 발령이 난 뒤에도 관계를 이어나갔지. 쓰보이 선생님이 네리마 구 히카와다이 중학교 교감이 되신 후에도 몇 번 만나 술을 마셨고, 연수를 받다 마주치면 이야기꽃을 피웠어. 쓰보이 선생님은 훗날 나가노 구 누마부쿠로 중학교 교장이 되셨지. 거기서 열린 교장실이라는 제도를 실시해 이러쿵저러쿵 어쩌고저쩌고……."

아아, 교사는 나이를 먹으면 지루한 이야기를 한도 끝도 없이 늘어놓는 능력이 생기나 보다. 젊은 남녀도 분명 내 생각과 같아 보였다. 그때였다.

"저기, 실례합니다."

우리 근처에 앉아 있던 뚱뚱한 할머니가 갑자기 일어서서 말을 걸었다.

영락없이 조용히 하라고 주의를 줄 줄 알았는데, 뜻밖에도 할머니는 네기시에게 질문했다.

"저어…… 쓰보이 씨가 히카와다이 중학교에 근무했다는 거, 정말인가요?"

네기시는 갑작스러운 질문에 놀란 모양이었지만 "예" 하며 고개를 끄덕였다.

할머니는 고개를 숙이고 잠시 생각하다가 다시 물었다.

"어, 그런데 복장 말이에요. ……학교 선생님이 중학교 교표가 달린 운동복을 입고 돌아다니지는 않죠?"

뭐가 알고 싶은 건지, 애당초 이 할머니가 누구인지도 모르겠지만, 나는 바로 대답했다.

"아니요, 쓰보이 선생님이라면 그러실 수도 있어요. 털털해서 옷차림에는 별로 신경 안 쓰시던 분이었으니까요."

이어서 네기시도 말했다.

"저도 쓰보이 선생님이 히카와다이 중학교 교표가 달린 운동복을 입은 걸 본 적이 있습니다. 학생들이 쓰고 남은 운동복을 평소에 즐겨 입으신 것 같던데요."

젊은 여자도 거들었다.

"선생님은 교장선생님이었을 때도 남은 운동복을 얻어서 입었어요."

사람들의 말에 할머니는 몹시 놀란 듯 눈이 휘둥그레졌다.

"그런가요……."

그 말을 마지막으로 가만히 서서 뭔가 생각에 잠겼다.

옆에 있던 할머니가 "고무라 씨, 왜 그래?" 하고 작은 목소리로 물었지만 뚱뚱한 할머니는 미동도 없이 허공만 바라보았다.

데라시마 유

앗, 또 사람이 늘었네. 뭐가 어떻게 되려고 이러지.

이 뚱뚱한 할머니는 우리 연립주택 옆집에 살고, 분향할 때 나를 도와준 사람이잖아. 왜 쓰보이 씨가 옛날에 중학교에 근무했다는 이야기에, 옆집 할머니가 갑자기 끼어들었을까. 그리고 운동복을 입었는지 말았는지는 왜 궁금한 건데?

아까부터 계속 이런 식이다.

이야기를 하고 있는데 느닷없이 이야기 속의 묘한 부분을 물고 늘어지는 사람이 나타나고, 그때마다 뒤죽박죽되니까 이제는 누가 무슨 이야기를 하는지도 통 모르겠다.

뿐만 아니라 도중에 끼어든 사람들은 갑자기 고심하는 표정으로 골똘히 생각에 잠긴다. 다들 무슨 생각을 하는지 당최 모르겠다. 그나마 처음에 이야기를 나눈 아유카와 씨하고만 생각이 좀 통한다.

……그런 줄 알았지만, 그것도 이제는 긴가민가한걸.

나는 이 상황이 당황스러워 어쩔 줄을 모르겠는데, 아유카와 씨는 몹시 냉정하다. 아니, 냉정하달까 어쩌면 아유카와 씨도 뭔가 깊이 생각하고 있는지도 모르겠다. 지금은 날카로운 눈으로 할머니를 가만히 관찰하는 중이다.

고무라 히로코

경야 후 음복을 하러 왔더니 비스듬히 맞은편 집에 사는 야마구치 씨가 있었다. 야마구치 씨는 나와 동년배고, 남편과 사별하여 동병상련하는 처지이므로 사이가 좋다. 야마구치 씨와 나란히 앉아 초밥을 먹으며 쓰보이 씨가 생전에 얼마나 좋은 사람이었는지 이야기했다. 결국은 쓰보이 씨와 전혀 관계없는 잡담으로 넘어갔는데, 갑자기 젊은 남녀가 일어서서 우리 테이블 가까이로 오더니 긴박한 분위기로 대화를 나누기 시작했다.

자세히 보니 둘 다 쓰보이 씨네 연립주택에 셋방살이하는 사람이었다. 몸집이 왜소한 까까머리 남자는 아까 경야 때 분향하는 법을 가르쳐준 사람. 여자는 우리 집 뒷문과 마주 보는 방에 사는 사람이었다. 여자와는 방 앞에서 마주치면 이야기를 나누는 사이고, 여자 방에 검침하러 온 수도 검침원, 가스 검침원, 긴 머리를 갈색으로 염색한 전기업체 사람과도 얼굴을 마주친 적이 있다.

처음에는 남녀 둘이서만 이야기를 나누었는데, 어찌된 일인지 한 명, 두 명 끼어들더니 분위기가 더 심각해졌다. 궁금해진 나머지 야마구치 씨와 잡담을 나누는 틈틈이 귀를 활짝 열고 이야기를 엿들었다.

덕분에 예상치 못한 사실을 알게 됐다.

쓰보이 씨는 네리마 구립 히카와다이 중학교에 교감선생님으로 있었다고 한다.

그 말을 듣고 나도 모르게 이야기에 끼어들어 "쓰보이 씨가 히카와다이 중학교에 근무했다는 거, 정말인가요?" 하고 대뜸 물었다. 그러자 나보다 열 살쯤 어려 보이는 고릴라 같은 인상의 남자가 "예" 하며 고개를 끄덕였다.

히카와다이 중학교라면 죽은 남편이 움켜쥐고 있던 휘장을 교표로 사용하는 학교다.

지금까지 쓰보이 씨가 초등학교 선생님이었던 줄만 알았는데 내가 오해한 모양이다. 아아, 그러고 보니 초등학교 선생님은 딸 하루미였던가.

아무튼 그런 오해 때문에 쓰보이 씨가 히카와다이 중학교와 관련이 있을 줄은 지금까지 상상도 못 했다.

하지만 생각해보면 선생님이 학교 운동복을 입고 돌아다닐 일은 없나, 그건 학생이 입는 거니까. ……그렇게 판단하고 "학교 선생님이 중학교 교표가 달린 운동복을 입고 돌아다니지는 않죠?" 하고 확인하자 또 새로운 사실이 판명됐다.

쓰보이 씨는 학생이 입는 중학교 운동복을 평소에 입고 다녔다고 한다.

아아, 듣고 보니 쓰보이 씨가 운동복을 입은 모습은 봤다. 하지만 거기에 학교 이름이 적혀 있는지는 신경도 안 썼다.

이렇게 되자 작년 가을에 있었던 일을 돌이켜보지 않을 수 없었다.

쓰레기를 내놓고 돌아오는 길에 쓰보이 씨와 마주쳐 이야기를 나누다가 "아아, 남편이 죽으면 얼마나 편할까"라는 말이 튀어나왔다. 그리고 며칠 지나지 않아 남편이 정말로 죽었다. 그건 정말 우연이었을까…….

그만 무서운 상상을 하고 말았다.

쓰보이 씨는 내 말에서 절실함을 느끼고 남편을 죽이기로 결심했다. 배회하는 남편을 따라갔다, 아니, 아무래도 그건 품이 많이 드니까 근처에서 배회하던 남편을 잘 구슬려서 차에 태웠다.

그리고 자신이 범인이라고 절대로 의심받지 않을 장소를 찾아 메구로 구 주택가의 인기척 없는 신사로 남편을 데려가서 죽였다. 그런데 신사 계단에서 떨어뜨리려 하자 남편이 저항하여 쓰보이 씨 운동복에 달린 교표를 잡아 뜯었다. 쓰보이 씨는 그 사실을 몰랐거나, 아니면 알았지만 지나가는 사람에게 목격당할까 봐 달아났거나, 그런 사정으로 회수하지 못했다. 에이, 설마 쓰보이 씨가 살인을—.

저질렀을 수도 있다.

전부터 생각했다. 쓰보이 씨는 신 같은 사람이라고.

좋은 의미에서도 나쁜 의미에서도.

이웃으로 쓰보이 씨와 몇십 년이나 알고 지내는 동안 몇 번이나 그런 생각이 들었다. 쓰보이 씨의 눈은 가끔 인간의 지혜를 초월하여 모든 것을 꿰뚫어 보듯 정체 모를 무서운 빛을 띠곤 했다. 어쩌면 그 눈으로 인간이 숨긴 악한 부분과 더러운 부분도 모조리 들여다보는 것 아닐까. 그리고 자신의 의사에 반하는 자에게는 그야말로 신처럼 보통 사람의 힘으로는 절대로 피할 수 없는 벌을 내리는 것 아닐까…….

물론 단지 내 감일 뿐 구체적인 근거는 없었다. 실제로 내가 쓰보이 씨에게 무서운 일을 당한 적은 한 번도 없었고, 결국 쓰보이 씨는 그대로 세상을 떠났으니 그저 정말로 신같이 좋은 사람이었다고 생각했다. 일 분 전까지는…….

"저어, 죄송합니다만."

잠자코 생각에 잠겨 있다가 키가 큰 삼십 대 남자의 말에 퍼뜩 정신이 들었다. 옆에서 야마구치 씨도 나를 걱정해주었다.

"쓰보이 선생님이 운동복을 입고 다니셨는지가 왜 그렇게 궁금하세요?"

키 큰 남자가 물었다.

"아니요……. 아무것도 아니에요."

나는 말을 얼버무렸다. 말 못 한다. 입이 찢어져도 그런 말은 못

꺼낸다.

"어…… 실례 많았습니다."

나는 고개를 푹 숙인 채 자리에 앉았다. 갑자기 이야기에 끼어들었다가 바로 물러나다니 수상한 할머니라고 여겼을지도 모르겠다. 하지만 어쩔 수 없지. 어떻게 말하겠어.

쓰보이 씨가 내 남편을 죽인 게 아니겠느냐고—.

옆에 앉은 야마구치 씨에게 "미안해" 하고 작게 말했다. 어쩐지 식은땀이 나서 가방에서 손수건을 꺼내려 했을 때였다.

"저기, 잠깐 괜찮으실까요?"

우리 집 뒷문과 마주 보는 방에 사는 여자가 내 앞으로 다가왔다.

"어, 고무라 씨…… 맞으시죠?"

"응, 그런데."

내 성씨를 어렴풋하게나마 기억하고 있었던 모양이다. 여자가 진지한 얼굴로 뜻밖의 제안을 했다.

"죄송해요, 혹시 시간 괜찮으시면 잠깐 밖으로 나가시지 않겠어요."

"응?"

내가 당황하자 여자는 "사이키 씨, 네기시 씨, 그리고 데라시마 씨도요. 부탁드려요" 하고 아까 같이 이야기를 나누었던 세 남자에게 말하더니 대답도 나오기 전에 음복이 한창인 홀 문을 열고 밖으로 나갔다.

"어쩌지……."

"갈까요?"

세 남자는 당황한 표정으로 서로 마주 보면서도 문을 열고 여자를 따라갔다.

왜 나한테도 갑자기 밖으로 나가자고 제안했는지는 모르겠지만, 그렇다고 거절할 이유도 없다. 저 여자하고는 아는 사이니까 거절하면 껄끄러워질 테고.

"야마구치 씨, 잠깐 나갔다 올게."

"어, 아, 그래……."

무슨 상황인지 전혀 파악하지 못해 얼떨떨한 표정의 야마구치 씨를 테이블에 남겨놓고, 야마구치 씨 못지않게 무슨 상황인지 감이 오지 않는 나도 자리에서 일어섰다.

까까머리 남자가 복도로 통하는 문을 열고 나를 기다려주었다. 그에게 눈인사를 하고 복도로 나섰다. 문이 닫혔다. 홀에서 몇 명이 이쪽을 살폈지만, 그 시선도 웅성거림도 전부 문에 막혔다. 조용한 복도에는 우리 다섯 명뿐이었다.

"일단 좀더 이동할까요. 남이 들으면 안 되니까."

여자가 걸음을 옮기자 나머지도 주르르 따라갔다. 경야가 치러진 홀의 반대쪽으로 가다가 모퉁이를 돌았다. 어스름하니 좁은 통로를 똑바로 나아가자 녹색 비상구 램프 밑에 "관계자 외 출입 금지"라고 적힌 철문이 나왔다. 여자는 그 앞에서 멈추더니 "여기라면 아무도 안 오겠지" 하고 중얼거리고 우리를 향해 돌아서서 입을 열었다.

"안녕하세요, 저는 아유카와라고 해요. 쓰보이 선생님이 교장선생님으로 계실 때 제자였고, 현재는 선생님 연립주택에 세 들어 살고 있어요. 많은 사람들 앞에서는 하기 힘든 이야기를 하고 싶어서 나오시라고 했어요……."

아유카와 씨는 그렇게 설명하고 한 번 숨을 고른 후 고릴라를 닮은 남자, 키 큰 남자, 그리고 나를 차례차례 손바닥으로 가리키며 말했다.

"네기시 씨, 사이키 씨, 그리고 고무라 씨. ……세 분 모두 돌아가신 쓰보이 선생님에게 뭔가 커다란 의혹을 품고 있지 않으세요?"

"엇?"

셋이서 동시에 소리쳤다.

"그것도 쓰보이 선생님의 평소 면모에서는 상상도 못 할 만큼 무시무시한 사건에 관련된 게 아닐까, 그런 의혹을요."

아유카와 씨의 말에 나는 돌처럼 굳어버렸다.

어떻게 내 마음을 알았지?

아유카와 마키

내 감이 분명 맞으리라.

다들 나랑 비슷하게, 아니면 내 생각보다 훨씬 심각하게, 선생님의 이면에 관해 짚이는 구석이 있는 것이다.

도중에 이야기에 끼어든 세 명은 제각각 갑자기 놀란 표정을 짓거나, 묵묵히 생각에 잠겼다. 그때 얼굴을 보고 직감했다. 저건 뭔가 엄청난 사실을 깨달은 표정이라고. "주인아저씨가 그런 짓을 할 리 없지" 하고 데라시마 씨가 혼잣말을 했을 때 분명 나도 저런 표정이었겠지.

나는 차례대로 질문했다.

"네기시 씨는 쓰보이 선생님의 취미가 등산이라는 걸 듣고 놀란 기색으로 갑자기 이야기에 끼어들었죠. 그리고 조아니라는 등산용 로프에 대해 듣고 나서 갑자기 묵묵히 생각에 잠겼고요. ……혹시 예전에 등산용 로프가 사용된 사건에 쓰보이 선생님이 관련된 것 아닐까 의심한 것 아닌가요?"

"아니, 난, 딱히 그런 건……."

네기시 씨는 부정했지만 내 말을 듣고 분명히 눈동자가 흔들렸다. 정곡을 푹 찌른 모양이다. 다음으로 사이키 씨에게 고개를 돌렸다.

"사이키 씨는 쓰보이 선생님이 어깨로 메치기라는 유도 기술을 네기시 씨에게 배웠다는 말을 듣고 갑자기 동요하여 생각에 잠겼어요. 사이키 씨도 쓰보이 선생님이 어깨로 메치기라는 기술로 뭔가 저지른 것 아닐까 의심한 것 아닌가요?"

"아니, 나도 딱히……."

사이키 씨는 네기시 씨와 사이가 나빠 보였지만, 네기시 씨와 똑같이 눈동자가 흔들렸다. 역시 제대로 짚었다. 나는 바로 고무라 씨 쪽으로 돌아섰다.

"고무라 씨도 쓰보이 선생님이 옛날에 일했던 중학교 이름과 평상시에 운동복을 입었는지에 몹시 관심을 보였어요. 쓰보이 선생님이 그 중학교 운동복을 입고 무슨 사건을 일으켰다고 의심한 것 아닌가요?"

"……."

고무라 씨는 고개를 숙인 채 아무 말도 없었다. 내 말을 인정한 셈이나 마찬가지다.

역시 선생님은 내게 못된 장난질을 한 것을 포함해 적어도 사건 네 건을 내밀하게 저질렀다.

몹시 궁금하다. 쓰보이 선생님은 어떤 얼굴을 숨기고 있었을까. 알아본들 별 소득은 없겠지만, 이대로 아무것도 모른 채 넘어갈 수는 없다.

하지만 세 명에게 이야기를 들으려면 데라시마 씨 때처럼 일단 나부터 이야기하는 게 순서겠지. 나는 그렇게 생각하고 입을 열었다.

"우선 제가 무슨 피해를 당했는지부터 말씀드릴게요. ……쓰보이 선생님은 제 방에 도청기를 설치했어요."

"도청기?"

네기시 씨와 고무라 씨의 눈이 휘둥그레졌다. 사이키 씨는 "앗, 그쪽이었구나" 하고 잘 모를 소리를 중얼거렸지만, 흘려듣고 말을 이었다.

"덧붙여 쓰보이 선생님에게 여러모로 불쾌한 일을 당했죠. 우편함에 협박장을 넣거나, 현관문에 스프레이로 '갈보'라고 낙서하는 등……."

"자, 잠깐만 있어봐."

네기시 씨가 황급히 내 말을 막았다.

"믿기지 않는군. 쓰보이 선생님이 그쪽한테 그런 짓을 할 이유가 어디 있어?"

확실히 나랑 선생님의 관계를 모르면 의문을 가질 만도 하다.

하는 수 없다. 전부 털어놓는 수밖에. 나는 각오를 다지고 말했다.

"한때 저는 쓰보이 선생님과 사귀던 사이였어요."

모두 숨을 삼켰다. 긴장으로 가득한 침묵이 몇 초 흘렀다.

하지만 잠시 후 네기시 씨가 화난 얼굴로 말했다.

"어디서 거짓말을! 그쪽은 쓰보이 선생님 제자였잖아. 쓰보이 선생님이 제자에게 손을 대다니 천부당만부당이야!"

이어서 고무라 씨도 눈살을 찌푸리고 말했다.

"쓰보이 씨 부인은 어쩌고? 아직 살아 있었을 때라면 불륜이잖아."

그 말을 듣고 네기시가 더욱 흥분한 기색으로 말했다.

"제자와 바람을 피우다니, 쓰보이 선생님이 그런 난잡한 짓을 할 리 없어!"

나는 냉정하게 대답했다.

"사모님이 돌아가신 후에 사귀었으니까 불륜은 아니에요. 다만 쓰보이 선생님이 제자인 저와 관계를 가진 건 사실이고요."

"못 믿어! 거짓말이야, 새빨간 거짓말이라고!"

네기시 씨가 버럭버럭 소리쳤다. 쓰보이 선생님의 후배 교사였다는데, 쓰보이 선생님을 매우 존경했는지 내 말을 도저히 인정하고 싶지 않은 모양이다.

하지만 인정받아야 한다. 안 그러면 이야기가 진행되지 않는다.

에이, 어쩔 수 없지. 이것도 보여주자. 어차피 어깨 위로만 찍혔으니까.

"이게 증거예요."

나는 휴대전화에 저장된 사진을 보여주었다.

부끄럽기는 했지만, 무슨 수를 써서라도 이 사람들에게서 쓰보이 선생님의 본성을 알아내고 싶었다. 기회는 지금뿐이다.

네기시 요시노리

나는 휴대전화 화면에 뜬 쓰보이 선생님의 사진을 보고 깜짝 놀랐다.

아유카와라는 젊은 제자와 찍은 사진. 어깨 위로만 찍혔지만 옷이 조금도 보이지 않으니 아래쪽은 알몸이라는 뜻이다. 게다가 쓰보이 선생님은 아유카와에게 입맞춤을 받으며 익살을 부리듯 얼굴을 찡그렸다. 마치 남부끄러운 줄도 모르고 까불대는 젊은 커플 같았다.

제자와 육체관계를 가지다니…… 옛날에 나를 괴롭혔던 일그러진 욕망 그 자체 아닌가.

쓰보이 선생님은 그런 천박한 욕망과는 무관한 사람인 줄 알았는데!

지금까지 품어왔던 존경심이 와르르 무너져 내렸다.

휴대전화에 저장된 사진을 우리에게 보여준 후 아유카와가 말했다.

"제가 쓰보이 선생님과 관계를 끝맺은 후부터 못된 장난이 시작됐어요. 그런데 그즈음 신고라는 한 살 연상인 남자 친구와 헤어지려다가 일이 틀어졌거든요. 그래서 처음에는 신고 짓인 줄 알았어요. 하지만 오늘 생각이 바뀌었죠……."

아유카와는 무슨 장난을 당했는지 구체적인 내용을 자세하게 설명했다. 우편함에 협박장을 넣고, 스프레이로 문에 낙서를 하고, 방에 도청기를 설치하고, 인터넷 게시판에 비방하는 글을 올리고…… 하나같이 아주 음험한 짓이었다.

다음으로 일련의 장난질이 쓰보이 선생님 짓이라는 근거에 대해서도 설명했다. 아유카와를 비방하는 글이 인터넷상에 나돌기 직전에 쓰보이 선생님이 데라시마라는 까까머리 청년에게 컴퓨터를 배웠다는 것. 아유카와가 방에 설치된 도청기를 발견하기 직전에 도청기를 파는 전자 제품 판매점에 쓰보이 선생님이 드나들었다는 것. 하지만 전부 상황증거에 지나지 않았다. 오 분 전이었다면 이런 이야기를 듣더라도 쓰보이 선생님이 무고하다는 걸 의심치 않았으리라.

하지만 더이상 쓰보이 선생님에게 믿음이 가지 않았다. 손녀뻘만큼이나 어린 여자와 알몸으로 찍은 한심한 사진은 그 정도로 인상이 강렬했다.

한차례 설명한 후 아유카와는 말했다.

"저는 숨김없이 다 털어놨어요. 아주 좋아했던 쓰보이 선생님이 그런 짓을 했다니 믿고 싶지 않네요. 하지만 여러분도 저처럼 선생님에게 숨겨진 얼굴이 있다고 의심하는 것 아닌가요? 여러분을 보고 그렇게 느꼈는데, 누구 솔직하게 말씀해주실 분 없어요?"

어쩌나, 사토시가 쓰보이 선생님에게 죽을 뻔했을지도 모른다는 의혹을 여기서 밝혀야 할까. 하지만 그 역시 확실한 증거가 있는 건 아니다. 아무리 쓰보이 선생님의 한심한 사진을 보고 단번에 신용하는 마음을 잃었을지언정, 쓰보이 선생님이 내 은인이라는 사실은 변함없다. 여기서 쓰보이 선생님에 관한 불확실한 의혹을, 그것도 하필이면 살인미수 의혹을 덧붙여도 될까…….

내가 고민하던 때였다.

"정말 실망이야, 쓰보이 세이조. 사람을 완전히 잘못 봤네."

웬걸, 사이키가 내뱉듯이 말했다.

"스토커가 따로 없잖아. 그런 건 인간쓰레기나 하는 짓이라고."

사이키는 분노와 슬픔이 섞인 표정으로 깊이 한숨을 쉬더니 이렇게 중얼거렸다.

"미조구치 말이 사실이었구나."

사이키 나오미쓰

쓰보이 선생님에게 환멸을 느꼈다.

아니, 이제 선생님은 집어치우자. 쓰보이 세이조, 당신은 최악이야.

헤어진 여자를 괴롭히다니, 남자로서 최악이자 비열하기 짝이 없는 행위다. 협박장, 스프레이 낙서, 인터넷 비방, 그리고 도청. 명백하게 도를 넘었다.

"정말 실망이야, 쓰보이 세이조. 사람을 완전히 잘못 봤네. ……스토커가 따로 없잖아. 그런 건 인간쓰레기나 하는 짓이라고."

나는 입 밖에 내어 똑똑히 말했다. 고작 몇 분 전까지만 해도 내가 이런 말을 할 줄은 상상도 못 했다. 그만큼 나는 쓰보이 세이조를 진심으로 신뢰하고 존경했다.

하지만 그동안 긴 최면에 걸려 있었나 보다. 지금은 쓰보이 세이조를 경멸하는 기분밖에 남지 않았다. 그러자 이십여 년 전 같은 반이었던 미조구치가 생각났다.

시바사키 중학교 3학년 4반 학생들 중 그 녀석만 최면에 걸리지 않았다.

"미조구치 말이 사실이었구나."

나는 한숨을 쉬고 중얼거렸다.

"미조구치? 그렇다면 혹시 그……."

네기시가 바로 물었다. 사건이 일어난 지 이십 년도 넘게 지났지만, 일부러 모교까지 와서 투신자살한 졸업생의 이름은 기억하는 모양이다.

"예, 미조구치 다쓰야요. 네기시 씨, 듣고 놀라지 마세요……."

나는 그렇게 운을 떼고 나서 잠깐 뜸을 들였다. 괜히 드라마틱하게 연출하려던 게 아니라 이 말을 꺼내려니 용기가 필요했기 때문이다.

"미조구치는 자살한 게 아니라 실은 쓰보이 세이조에게 살해당한 겁니다."

"무슨 되잖은 소리를!"

네기시는 눈을 부릅떴다. 다른 사람들도 숨을 삼켰다. 설마 살인 의혹이 제기될 줄은 몰랐으리라.

"저도 미조구치가 죽은 지 이십 년이 넘도록 한 번도 그런 가능성을 생각해본 적이 없었어요. 하지만 네기시 씨 이야기를 듣고 깨달았죠. 미조구치가 죽기 전에 쓰보이 세이조가 어깨로 메치기라는 유도 기술을 배웠다는 이야기를 듣고요……."

그후로도 말을 이어나갔다. 네기시를 제외한 다른 사람들을 위해 미조구치 다쓰야가 어떤 사람이었는지도 설명해가며 오랫동안 이야기했다.

미조구치가 쓰보이 세이조에게 이상하리만큼 반항적이었다는 것. 그는 절대 자살할 만한 인물이 아니었다는 것.

어깨로 메치기의 요령으로 피해자를 짊어지고 옥상에서 떨어뜨리면 투신자살로 위장할 수 있다는 것.

쓰보이 세이조를 싫어하던 미조구치가 중학교를 졸업한 후에도 쓰보이 세이조를 만나러 갔던 것으로 보아 협박을 했을 가능성도 있다는 것. 그러므로 쓰보이 세이조가 미조구치를 살해할 동기는 충분하다고 여겨진다는 것.

말을 할수록 단순한 우연이라는 생각은 옅어졌다. 진작부터 미조구치에게 살의를 품고 있던 쓰보이 세이조는 여자 유도부 임시 고문을 맡아 네기시에게 도움을 준 것을 계기로 그에게 어깨로 메치기를 배워 미조구치를 옥상에서 내던질 계획을 세웠고 실행에 옮긴 것이다.

모두 경악에 찬 표정으로 내 이야기를 들었다. 아유카와마저 설마 살인 의혹이 제기될 줄은 몰랐는지 눈이 동그래졌다.

하지만 네기시는 달랐다. 내 이야기가 끝나자마자 언성을 높여 부정했다.

"그럴 리가 있나! 쓰보이 선생님이 유도 기술로 살……."

거기까지 말하고 목소리가 너무 컸다 싶었는지 음성을 낮추었다.

"……살인을 저지르다니 말도 안 돼."

"본인이 가르쳐준 기술이 살인에 이용되었다고 믿고 싶지 않은 기분은 이해가 가지만, 정황상 그렇게 볼 수밖에 없어요."

내가 냉정하게 대꾸하자 네기시는 더욱 감정적으로 물고 늘어졌다.

"아냐, 미조구치는 죽이지 않았어. 그건 오해라고!"

나는 네기시의 말이 부자연스럽다는 걸 알아차렸다.

"'미조구치는'? 마치 쓰보이 세이조가 미조구치는 죽이지 않았지만 다른 사람은 죽였다는 것처럼 들리는데요."

"그러니까…… 아니야! 그런 게 아니야."

네기시는 바로 고개를 휘휘 저었다. 당황한 것처럼 보이기도 했다. 혹시 네기시도 쓰보이 세이조가 저지른 다른 살인 사건에 관해 뭔가 짚이는 점이 있는 걸까…….

하지만 내가 네기시를 다그치기 전에 다른 사람이 손을 들었다.

"저어, 나도 이야기를 해도 될까요?"

마지막으로 이야기에 끼어든 뚱뚱한 할머니, 고무라 씨였다.

모두의 시선이 일제히 고무라 씨에게 모였다.

고무라 히로코

쓰보이 씨의 후배 교사였던 네기시 씨는 아직 쓰보이 씨를 믿고 싶은 모양이네. 그 마음을 깨부수기는 싫지만, 상황이 이러니 역시 말해야겠어.

"저어, 나도 이야기를 해도 될까요?"

내가 손을 들자 모두가 눈을 크게 뜨고 일제히 나를 보았다. 그 기세에 놀라 한순간 '아, 역시 됐어요' 하고 말할 뻔했지만, 이제 와서 그럴 수는 없다. 나는 숨을 잠깐 고르고 나서 이야기를 시작했다.

"어, 나는 쓰보이 씨 옆집에 사는 고무라라고 하는데요. 내 남편이 오 년 전에 치매에 걸렸거든요……."

나는 차근차근 설명했다.

남편의 치매가 진행되자 배회하는 버릇이 생겨 엄청 고생했다는 것. 그런 나를 쓰보이 씨가 도와주었다는 것. 그중에서도 남편 옷에 연락처를 적은 천을 꿰매는 방법을 알려주었을 때는 정말로 고마웠다는 것.

그런 방법도 활용하며 간호에 힘썼지만 점점 힘에 부쳐 어느 날 쓰보이 씨 앞에서 "아아, 남편이 죽으면 얼마나 편할까" 하고 실언했다는 것. 며칠 후 남편이 집에서 멀리 떨어진 메구로 구까지 갔다가 신사 계단에서 굴러떨어져 죽었다는 것. 여기까지 이야기했을 때 네기시 씨가 "아앗……" 하고 작게 소리를 냈다.

죽은 남편이 네리마 구립 히카와다이 중학교의 교표를 움켜쥐고 있었다는 것. 그 말을 듣고 사이키 씨가 "아하, 그래서 아까 운동복을 입고 다녔는지 물어보신 거군요" 하고 말했다. 나는 고개를 끄덕였다.

결국 경찰은 남편이 배회를 하다가 교표를 주웠다고 판단하고 사고사로 결론지었다. 하지만 스기나미 구의 집에서 메구로 구에 가는 도중에 네리마 구를 통과했다고 보기는 힘들며, 그렇다고 네리마 구 밖에 히카와다이 중학교 교표가 떨어져 있을 가능성도 낮으니 나는 경찰의 견해에 의문을 품었다고도 이야기했다. 실제로는 경찰의 견해에 수긍했지만, 곱상하게 생긴 그 젊은 형사의 의견을 빌려 왔다.

"맙소사. 미조구치를 죽인 것도 모자라 이십여 년의 공백을 두고 또 사람을 죽였단 말이야?"

내 이야기가 끝나자 사이키 씨는 팔짱을 끼고 한탄했다.

"스토킹에, 이십여 년에 걸쳐 발생한 의문사가 두 건. 이것만 해도 충분히 무섭습니다만……."

사이키 씨가 거기서 말을 끊고 네기시 씨에게 고개를 돌렸다.

"네기시 씨도 할 이야기가 있을 겁니다. 들려주시죠."

네기시 씨는 잠시 숙이고 있던 얼굴을 천천히 들더니 고개를 끄덕했다.

네기시 요시노리

사이키의 이야기를 들었을 때는, 그래도 쓰보이 선생님을 믿는 마음이 남아 있었다.

하지만 고무라 씨 이야기를 듣다 보니 그 마음도 사그라졌다. 역시 사토시는 쓰보이 선생님에게 죽임을 당한 게 아닐까…….

아니, 이제 그렇다고 봐야겠지.

고무라 씨가 "남편이 죽으면 얼마나 편할까"라고 쓰보이 선생님에게 말한 후, 정말로 고무라 씨 남편이 죽었다. 그야말로 사토시 때와 완벽히 똑같은 상황 아닌가.

"네기시 씨도 할 이야기가 있을 겁니다. 들려주시죠."

사이키의 재촉에 나는 결심을 굳히고 고개를 끄덕였다. 나만 입 다물고 있을 수는 없는 노릇이다.

"……저는 일찍이 쓰보이 선생님의 동료였던 네기시라고 합니다."

이야기의 흐름상 다들 알고 있을 테지만 일단 나도 자기소개로 시작했다.

"저는 이십 년쯤 전에 조후 시립 시바사키 중학교라는 곳에서 쓰보이 선생님과 한솥밥을 먹었습니다. 덧붙여 여기 있는 사이키는 당시 제자였습니다."

사이키가 "아, 그러고 보니 제 소개도 안 했네요. 사이키입니다" 하며 고개를 숙였다.

"쓰보이 선생님은 제가 가장 존경하던 선배였습니다. 공적으로는 물론 사적으로도 많은 도움을 받았고, 여러 가지 일로 상담에 응해 주셨죠. 시바사키 중학교에서 다른 곳으로 발령 난 후로는 한동안 소원했지만, 사 년쯤 전에 다시 빈번히 만났게 됐습니다."

"어, 그렇게 최근에도 만났다고요?"

사이키가 놀랐다. 나는 고개를 살짝 끄덕이고 드디어 본론에 들어갔다.

"쓰보이 선생님을 다시 만난 이유는 제 외아들 사토시가 가정폭력과 비행을 저질렀기 때문입니다……."

나는 있는 그대로 털어놓았다. 교사면서 자녀 교육에 실패했다는 부끄러운 사실을 쓰보이 선생님 말고 다른 사람에게 밝히는 것은 처음이었지만, 생각 외로 창피하지는 않았다.

사토시의 가정폭력에 고민하다 쓰보이 선생님밖에 상의할 상대가 생각나지 않아 십여 년 만에 연락을 취했다는 것. 쓰보이 선생님이 친절하게 응해 다양한 충고를 해주었지만, 아쉽게도 갱생에 실패해 결국 사토시가 폭주족에 들어갔다는 것.

몇 번이나 쓰보이 선생님과 상의하던 끝에 "차라리 사토시가 오토바이 사고로 죽으면 좋을 텐데" 하고 푸념했고, 그로부터 얼마 지나지 않아 사 년 전 연말에 사토시가 정말로 오토바이를 타다 넘어져서 전신불수가 됐다는 것. 이 부분을 말했을 때 모두가 숨을 삼켰고, 고무라 씨는 손으로 입을 가리면서 "우리 때랑 똑같아……" 하고 중얼거렸다.

끝으로, 처음에는 누군가가 고의로 길에 로프를 쳐서 일어난 사건 아니었을까 의심했고 실제로 현장에서 조아니라는 브랜드의 등산용 로프 토막이 발견됐지만, 그 외에 딱히 결정적인 증거가 없어 결국 사고로 처리되었다는 것을 이야기했다.

내가 말을 마치자 사이키는 "그래서 아까 조아니에 대해 물어본 거로군" 하고 중얼거린 후 미간에 주름을 잡으며 말했다.

"놀랍군. 고무라 씨 댁과 상황이 똑같잖습니까. 쓰보이 세이조 앞에서 가족의 죽음을 바란 것도, 그후에 일어난 사건을 결국 경찰이 사고로 처리한 것도……."

사이키도 나와 같은 생각인 모양이었다.

"덧붙여 아유카와 씨를 스토킹했다는 의혹에, 미조구치를 살해했다는 의혹도 있어요. 아니, 이제 의혹의 영역은 벗어났다고 해야겠죠. 주변에 의혹이 이렇게 많은 사람이 범인이 아니면 누가 범인이겠습니까. 아니 땐 굴뚝에 연기 나겠느냐고 하는데, 쓰보이 세이조 주변은 연기로 매캐하다고요."

사이키는 흥분한 듯 마구 떠들어댔다.

“하지만…… 그런 말씀은 좀…….”

지금까지 말이 거의 없었던 데라시마라는 왜소한 몸집의 까까머리 청년이 조심조심 입을 열었다.

“쓰보이 씨가 수상하다지만 거론된 증거는 전부 그, 상황증거라고 하나요? 쓰보이 씨가 틀림없이 범인이라고 단정할 수 있을 만한 증거는 아니잖아요.”

하지만 사이키는 즉시 그 말을 일축했다.

“아니, 몇 년인가 전에 보험금을 노리고 잇달아 사람을 죽인 혐의로 붙잡힌 여자도, 직접적인 증거는 없었지만 여러 상황증거를 바탕으로 사형이 언도됐잖아. 쓰보이 세이조도 그거랑 똑같아. 우리가 지금까지 알고 있던 쓰보이 세이조는 가짜였다고. 진짜 쓰보이 세이조는 무시무시한 연쇄살인귀였어!”

연쇄살인귀. 생전의 쓰보이 선생님과는 너무나도 동떨어진 말이었지만, 이제는 그렇게 부를 수밖에 없을 것 같았다.

하지만 데라시마가 또 머뭇머뭇 말을 꺼냈다.

“어, 저어, 그게…….”

“뭐야, 아직도 쓰보이 세이조를 두둔할 생각이야?”

사이키가 대들고 나섰다.

그러자 사이키와 내 정면에 서 있던 데라시마가 앞을 똑바로 가리켰다.

"아니, 그런 게 아니라, 뒤쪽……."

그는 나와 사이키 뒤쪽을 가리켰다. 우리는 손가락이 가리키는 방향으로 몸을 돌렸다.

그 순간 말문이 턱 막혔다.

사이키가 간신히 말을 꺼냈다.

"하, 하루미……."

하루미가 복도 모퉁이에서 몸을 내밀어 이쪽을 보고 있었다. 얼굴이 몹시 창백했다.

"들켰네……."

장난기가 느껴지는 목소리였지만 표정은 슬픔으로 가득했다. 하루미가 이쪽으로 걸어오자 뒤에서 하루미와 많이 닮은 여자도 따라왔다. 배우로 일하는 여동생 도모미다.

"어디서부터 들었어?"

사이키가 머뭇머뭇 물었다.

"고무라 씨 이야기를 도중부터."

하루미가 대답했다. 아무래도 꽤 오래전부터 엿듣고 있었던 모양이다.

"어, 미안해, 하루미. 이건 그러니까 뭐랄까……."

사이키가 당황하여 사태를 수습하려고 했지만 하루미는 의연하게 말했다.

“여러분, 저쪽에 있는 가족 대기실로 와주시겠어요? 내용이 내용인 만큼 복도에 나와서 이야기 나누셨겠지만, 여기도 어디에 남의 귀가 있을지 모르니까…….”

이번에는 도모미가 나섰다.

“제가 방향치다 보니 화장실에 다녀오는 길에 복도에서 헤맸거든요. 이 복도 앞을 지나가는데 여러분이 이야기하는 소리가 들렸어요. 어째 묘한 이야기다 싶어 언니를 불렀는데…… 여기를 지나다니는 사람은 거의 없지만, 저 같은 방향치가 홀에서 화장실에 다녀오다가 우연히 이야기를 들을 가능성도 있어요.”

“여러분이 지금까지 아버지에 관해 나누었던 이야기를, 대기실에서 처음부터 빠짐없이 말씀해주세요. 괜찮으시겠죠?”

하루미가 냉정하게 말했다. 하지만 분노를 억누르고 있는 것처럼 보이기도 했다.

“……알았어.”

사이키가 작게 대답했고, 우리도 고개를 끄덕였다. 거절할 상황이 아니었다.

그때 갑자기 데라시마가 손을 들었다.

“저기, 죄송합니다, 화장실에 좀…….”

말을 끝맺기가 무섭게 그는 총총걸음으로 내 옆을 지나갔다.

“이봐, 잠깐.”

내가 불렀지만 데라시마는 들은 척도 안 했다. 그대로 모퉁이를 돌아 발소리가 멀어졌다.

저 자식, 내뺐어…….

거북해서 달아나고 싶은 마음은 다들 똑같을 텐데, 저 비겁한 놈!

데라시마 유

화장실이 보이지 않아서 죽을 맛이었다. 꽤나 후미진 곳에 있었다. 진땀을 흘리며 겨우 찾아낸 화장실로 들어가 아슬아슬하게 변기에 앉았다. 하루미 씨의 동생인 무명 배우 도모미 씨가 헤맨 것도 무리는 아니다. 이래서는 방향치가 아니라도 못 찾겠다.

아아…… 그건 그렇고 다들 내가 도망쳤다고 생각하겠군. 꾀병이 아니라 꾀변이라 여기겠지.

하지만 진짜로 배탈이 났다. 난 이런 체질이다.

경야 도중에 분향하는 방법을 몰라서 우왕좌왕했을 때도 배탈이 났는데, 그후에 화장실에 안 갔으니까 그것도 장에 쌓여 있었는지도 모르겠다. 감주처럼 묽은 변이 좍좍 쏟아졌다.

하루미 씨가 복도 모퉁이에서 이쪽을 엿보며 이야기를 듣고 있다는 건 내가 제일 빨리 눈치챘다. 네기시 씨 아들이 쓰보이 씨에게 죽을 뻔했다는 이야기가 끝났을 쯤이었나. 벽 가장자리에서 긴 흑발이 보이기에 장소가 장례식장인 만큼 처음에는 귀신인 줄 알았지만, 그후에 나타난 얼굴을 보자 하루미 씨였다.

그 얼굴이 어찌나 가엾던지. 당장이라도 울음을 터뜨릴 것만 같은 표정이었다. 제일 사랑하던 아버지가 살인자라는 이야기를 하필이면 아버지의 경야에 참석한 사람들이 수군거렸으니 그럴 만도 하지. 그래서 쓰보이 씨를 두둔해 어떻게든 상황을 무마하려고 애썼지만 사이키 씨가 바로 반박했다. 그리고 사이키 씨가 "진짜 쓰보이 세이조는 무시무시한 연쇄살인귀였어!"라고 말한 순간, 더는 안 되겠다 싶었는지 하루미 씨가 천천히 나왔다. 이거 야단났다고 생각하자 긴장감 때문에 대번에 배탈이 났다.

그건 그렇고 지금 대기실에서는 어떤 대화가 오가고 있을까.

아까 우리가 나눈 이야기를 처음부터 들려달라고 했는데 안 듣는 편이 나으리라. 그런 이야기를 들으면 하루미 씨는 분명히 울 것이다. 상주가 마지막으로 인사할 때 그렇게 같이 울어놓고서 뒷전에서는 고인이 살인범이라고 헐뜯었다. 그것도 여러 사람이 합세하여.

하다못해 동생 도모미 씨가 같이 가서 붙어 있으면 든든할 텐데……. 하지만 도모미 씨도 성격이 만만찮아 보였다. 그쪽은 그쪽대로 뚜껑이 열려서 미친 듯이 화를 낼지도 모른다. 언니는 펑펑 울고, 동생은 길길이 화를 내고, 그런 수라장이 벌어지면 최악이다. 아아, 대기실에 가기 싫다.

애초에 이 경야에 참석한 것은 콩트 소재를 찾기 위해서였지. 지금은 후회가 막심하다. 뭐야, 이 전개는. 이건 콩트감이 아니다. 서스펜스 중의 서스펜스다. 쓰보이 씨, 인격이 훌륭한 집주인인 줄만 알았는데, 정말로 사람을 몇 명이나 죽였을까. 믿기지 않지만 사람들 이야기를 듣다 보니 믿어야 할 것 같은 기분이 들었다.

아아, 싫다. 설사도 겨우 멎었으니 집에 가고 싶다.

……응? 집에 가면 안 되는 건가.

그래, 이대로 그냥 집에 가면 되잖아!

난 쓰보이 씨에게 몹쓸 짓을 당한 적이 한 번도 없으니 대기실에 가봤자 꾸어다 놓은 보릿자루밖에 더 되겠어? 의문사를 당한 가족도 없거니와 도청기도 내 방에서는 발견되지 않았는걸. 애당초 아무도 날 기억하지 못할 거야. 이대로 사라진들 아무도 마음에 두지 않겠지.

좋아, 달아나자! 나는 재빨리 뒤를 닦고 물을 내린 후, 팬티와 바지를 입고 나와서 손을 씻고 복도로 나섰다. 주변에 인기척이 없는 것을 확인하고 장례식장 출구로 향했다. 복도에서 좀 헤맸지만 잠시 돌아다니자 정면 현관의 자동문이 보였다. 됐다, 됐어. 아무와도 안 마주치고 무사히 달아날 수 있겠다.

그런데 지금 몇 시지? 문득 궁금해져서 확인하려고 호주머니에 손을 넣었다.

그제야 알아차렸다.

아차, 휴대전화를 놓고 왔다!

대기실

쓰보이 하루미

아사가야 장례식장의 가족 대기실은 벽장이 딸린 네 평 가까이 되는 방으로, 한복판에 직사각형 좌탁이, 방구석에는 장례식장 직원과 연결되는 내선 전화와 냉장고가 비치되어 있다. 오늘 밤은 창밖으로 보름달이 보여서 그런지 분위기가 한층 차분하게 느껴졌다.

원래는 경야가 끝나고 유족들이 고인의 추억을 이야기하며 하룻밤 묵는 방이다. 장례식장 직원 말로는 다음 날 장례식에 대비해 편안히 쉬도록 준비해둔 공간이라고 한다.

그런데 이렇게 편안함과는 거리가 먼 상황에 처하다니…….

방석을 꺼내 다 함께 좌탁을 둘러싸고 앉아 사람들에게 차례대로 이야기를 들었다.

처음에는 다들 망설였지만, 아버지를 나쁘게 말해서 화난 것이 아니다, 아까 복도에서 나눈 이야기를 숨김없이 들려주길 바란다고 설득하자 사이키, 네기시 씨, 아유카와 씨, 고무라 씨가 무거운 입을 뗐다.

복도에서 어느 정도 들었으므로 각오는 했지만, 다 듣고 나자 역시 얼떨떨할 따름이었다. 모두의 이야기가 전부 사실이라면 아버지는 터무니없이 흉악한 인간이 되는 셈이다. 현재 이야기가 나온 것만 해도 이만큼의 죄를 범했다고 한다.

• 이십여 년 전, 졸업한 제자를 죽였다.

• 사 년 전, 예전 동료 교사의 아들을 죽이려고 했다.

• 삼 년 전, 제자였던 여자와 교제하다 헤어지고 나서 스토킹을 했다.

• 그리고 작년, 이웃 사람을 죽였다.

다들 정말로 이게 아버지의 본모습이었다고 생각하는 거야?

냉정하게 받아들이기에는 너무나도 가혹한 내용이었다. 사람들이 이야기를 마친 후에도 나는 아무 대꾸도 할 수 없었다. 거북한 침묵이 일 분 가까이 계속됐다. 언뜻 어두운 바깥으로 눈을 돌리자 유리창에 비친 도모미의 얼굴과 눈이 마주쳤다. 하지만 서로 아무 말도 못 하고 나는 바로 눈을 돌렸다.

아버지 경야 자리에서 이런 이야기를 들었으니 원래는 상주로서 몹시 화를 내야 마땅하리라.

하지만 그러지 못했다.

내 머릿속에도 어떤 사건이 떠올랐던 것이다.

이 자리에서 그 사건 이야기를 해야 할까. ……아니, 그랬다가는 가장 사랑하는 아버지에 대한 의혹이 더 커진다. 마음을 정하지 못해 침묵은 더 길어졌다. 나는 가만히 고개를 숙인 채 계속 망설였다.

그런데 그때 도모미가 내게 말했다.

"언니, 말해버려."

나는 놀라서 고개를 휙 들어 도모미를 보았다. 다른 사람들의 시선도 도모미가 있는 창 쪽으로 모였다.

"말 안 해도 다 알아. 언니, 말할까 말까 망설이는 거지? 말해버려. 이제 와서 아빠 죄가 하나 더 늘어난들 달라지는 것도 없잖아."

도모미의 말투는 어쩐지 될 대로 되라는 식이었고, 얼굴에는 희미하게 웃음까지 맺혀 있었다.

아아, 역시 도모미는 손바닥 들여다보듯 내 마음을 잘 안다. 숨길 수 없다.

"혹시 하루미도 뭔가 짚이는 구석이 있는 거야?"

사이키가 머뭇머뭇 물었다.

나는 각오를 다지고 사이키 쪽으로 몸을 돌렸다. "응" 하고 고개를 끄덕이자 모두 숨을 삼켰다.

"첫 번째, 아까 아유카와 씨가 삼 년 전 여름철에 스프레이로 현관문에 낙서를 당했다고 하셨는데, 그즈음 아버지가 인터넷 쇼핑몰에서 도료용 스프레이를 구입하셨어요. 당시 인터넷 방문 기록에서 봤죠……."

물론 이건 시작에 불과하다.

"그리고 하나 더, 이쪽이 훨씬 중대한 사건이에요."

다들 마른침을 삼키며 주목하는 가운데, 나는 심호흡을 한 번 하고 나서 입을 열었다.

"저는 초등학교 선생님이었어요. 제가 지금도 선생님인 줄 아는 분이 계실지도 모르겠는데, 실은 이미 그만뒀어요."

"그랬구나……."

네기시 씨와 고무라 씨는 놀란 것 같았다. 나는 고개를 끄덕이고 말을 이었다.

"오 년 전, 제가 담임을 맡은 반에서 교권이 붕괴되어 우울증에 걸린 게 원인이에요. 그리고 교권이 붕괴된 원인을 제공한 건 스가노 다쿠마라는 남학생이었어요……."

나는 스가노 다쿠마와 스가노 어머니가 얼마나 방약무인했는지 설명했다. 나를 변호하기 위해 그들을 깎아내리는 것 같아서 자세히 이야기하기는 싫었지만, 제대로 설명하지 않으면 상황을 이해시

킬 수 없다. 나는 모두의 앞에서 쓰디쓴 옛날 기억을 들추어냈다.

스가노 어머니가 가정방문 때 내가 날뛰었다는 못된 소문을 퍼뜨렸다는 것. 아무에게도 상의하지 못한 상태로 점점 교권 붕괴가 진행되었다는 것. 여름방학이 되기 전에 휴직했고 우울증이라는 진단을 받았다는 것. 모교에서 근무한 탓에 집이 학교에서도 스가노네에서도 가까워 밖에 나가기조차 무서웠다는 것.

그리고 여름방학인 8월에 스가노 다쿠마가 근처 공원에서 누군가에게 머리를 얻어맞아 한때 의식불명의 중태에 빠졌다는 것. 교감선생님과 통화하며 들은 사건의 개요를 아버지에게 설명하자, 교권 붕괴의 가장 큰 원인이 사라져 반 아이들도 얌전해질 테니 내가 복귀하기 쉬워지지 않겠냐는 취지의 말을 했다는 것. 거기까지 이야기했을 때 다들 "아아……" 하고 한숨을 쉬었다. 모두 아버지의 범행이라 확신한 것이리라.

"그래도 우울증이 호전되지 않아 일을 그만두기로 결심했죠. 퇴직이 결정된 날, 아버지는 눈물을 흘리며 말씀하셨어요. '미안하다, 내 힘이 모자랐어'라고요. 하지만 지금 생각하면 그 말도……."

나는 거기서 말문이 막혔다. 하지만 사이키가 바로 눈치챘다.

"과연, 스가노 다쿠마를 때리는 힘이 모자랐다, 그래서 죽이지 못했다는 뜻이었나."

나는 사이키를 향해 힘없이 고개를 끄덕였다.

"그러고 보니 나도 사토시가 전신불수가 됐다는 걸 쓰보이 선생님에게 전화로 알렸을 때 같은 말을 들었어. '미안합니다, 내 힘이 모자랐어요'라고 하셨지. ……그것도 사토시를 제대로 죽이지 못해 미안하다는 뜻이었나."

네기시 씨도 그렇게 말하고 괴로운 듯 고개를 떨구었다.

"요컨대 쓰보이 세이조는 매번 명백한 살의를 품고 사람을 죽이려 했던 거야."

"하지만 아무리 딸을 퇴직으로 몰아넣었기로서니 아이의 목숨을 빼앗으려 하다니, 같은 교사로서 믿을 수가 없군."

사이키와 네기시 씨가 유감스럽다는 듯이 인상을 찡그렸다.

"저도 믿기지가 않아요. 아버지가 그런 짓을……."

눈물이 북받쳐 말을 끝맺지 못했다. 그대로 대기실은 다시 침묵에 감싸였다.

문득 도모미를 보자 더더욱 될 대로 되라는 표정이었다. 동생은 이미 이 상황에 절망했는지도 모르겠다.

쓰보이 도모미

에라, 될 대로 되라지. 나는 그렇게 생각했다.

언니의 눈물을 보아도 메마른 기분이었다.

아버지가 연쇄살인범이라니, 딸 입장에서는 너무나 받아들이기 힘든 이야기다. 하지만 사람들의 말은 충분히 신빙성 있게 들렸다.

아무래도 이 악몽 같은 현실을 받아들이지 않을 수 없을 듯했다.

그 말인즉슨, 이제 끝장이다. 우리 집안도, 내 인생도.

지금 여기에 있는 사람들은 내일 분명 아버지가 저지른 갖가지 범죄를 경찰에 신고할 것이다. 무슨 일이 있어도 비밀로 해주지는 않겠지.

특히 네기시 씨와 고무라 씨는 사랑하는 가족이 해코지를 당했다. 네기시 씨 아들은 목숨은 건졌지만 전신불수가 되었으니 간병에 돈이 많이 들 것이다. 아버지가 범인으로 확정되면 간병 비용을 자비로 충당할 마음은 사라지겠지. 고무라 씨도 차후에 배상금을 청구할 것이 틀림없다. 그렇다면 아버지가 남긴 유산을 대부분, 아니 어쩌면 모조리 이 사람들에게 넘겨주어야 할지도 모른다.

하기야 돈만 걱정되는 건 아니다. 그보다 훨씬 큰 문제가 있다.

나는 앞으로 '아버지가 연쇄살인범'이라는 너무나 무거운 십자가를 짊어지고 배우로 활동해야 한다.

사실상 성공 가도는 막힌 셈이다. 적어도 유명 배우가 될 가능성은 제로다. 미디어에 출연할 만큼 크기 전에 반드시 뭉개진다. 가령 오디션에 붙더라도 내력이 밝혀지면 취소될 수도 있으리라. 아버지는 보통 살인범이 아니니까. 밝혀진 것만 해도 살인과 살인미수를 두 건씩 저질렀다는 혐의다. 경찰에 신고가 들어가자마자 큰 소동이 벌어질 것이다.

뭐, 유명인은 될 수 있을지도 모르겠다. 다만 바라던 형태와는 전혀 다른 모습으로. 언니와 함께 매일같이 매스컴에 쫓기며 생활이 엉망진창으로 망가진 끝에 세간의 흥미가 사라지면 쓰레기처럼 버려지겠지. 그후에 남는 것은 주변의 차가운 시선. 살인자의 딸이라고 모멸하고 차별하는 시선…….

요컨대 내 꿈은 이룰 수 없음이 확정됐다. 다시 말해 꿈만을 위해 살아온 나는 이제 존재할 이유가 없다는 뜻이다.

앞으로 어떻게 살 것인가.

아니, 애당초 살아야 할까.

돌아가신 아버지가 생전에 죄를 저질렀음을 알고 충격으로 자살했다 치자. 그럼 세상 사람들은 어떤 눈으로 바라볼까.

그런 생각까지 떠올랐을 때였다. 사이키 씨가 긴 침묵을 깼다.

"어린아이까지 해치려고 했다니, 정말 생각만 해도 오싹하네요……. 실은 작년에 우연히 쓰보이 세이조와 한 번 마주쳤습니다. 딸을 데리고 해수욕을 갔을 때였는데요, 만약 그때 딸아이가 무슨 실수라도 했다면 죽임을 당했을지도 모르겠네요. 그렇게 생각하니 무섭습니다."

사이키 씨는 농담하듯이 가벼운 투로 말했지만 분위기는 더욱 무거워질 따름이었다. 하지만 사이키 씨는 분위기를 파악하지 못하고 침묵을 밀어내려는 듯 주절주절 계속 말을 늘어놓았다.

"작년 여름, 바다의 날이었는데요. 지바 현 시라코 해안이라는 곳에서 쓰보이 세이조와 마주쳤어요. NPO 활동의 일환으로 아이들을 데리고 왔다고 했는데, 지금 생각하니 그 인근에 사는 누군가를 죽이러 왔던 걸지도……."

"어, 이봐, 잠깐만!"

갑자기 네기시 씨가 큰 소리로 사이키 씨의 말을 막았다.

"사이키, 작년 바다의 날에 지바 현 시라코 해안에서 쓰보이 선생님을 봤다고?"

네기시 씨가 핏발 선 눈을 부릅뜨고 물었다.

"예, 그런데요……."

사이키 씨의 대답에 네기시 씨는 머리를 끌어안고 절규했다.

"제기랄, 그 일도 그랬구나!"

"잠깐…… 혹시 정말로 작년 바다의 날에 무슨 일이 터졌던 겁니까?"

이상한 낌새를 느꼈는지 사이키 씨가 물어보았다. 새로운 사건이 드러나리라는 강한 예감이 들었다. 다른 사람들도 마찬가지였으리라.

진짜? 지금까지 밝혀진 것 말고 또 있다고?

네기시 씨는 좌탁에 팔꿈치를 괸 채 양손에 얼굴을 묻고 거친 호흡을 가다듬었다. 그리고 새빨개진 얼굴을 들고 말했다.

"저는 작년까지 어느 사립 초중등 일관교에 근무했습니다. 이번 연도에 초등학교 교장으로 취임할 예정이었죠. 그런데 작년에 지바현 시라코 해안의 임해학교에 최고 책임자로 참가했을 때 하야시 유키라는 6학년 남학생이 바다에 빠져 숨졌어요. 저는 책임을 지고 사직했습니다……."

네기시 씨는 사건을 자세하게 설명해주었다.

하야시 유키는 헤엄이 특기였다는 것. 그런데 행방불명되어 다음 날 익사체로 발견됐다는 것. ……이야기를 하는 도중에 네기시 씨가 "앗, 그러고 보니" 하고 뭔가 더 생각난 듯이 덧붙였다.

"행방불명되기 전에 하야시가 그 지역 어부 같은, 밀짚모자를 쓴 노인과 이야기를 나누는 모습이 목격됐지, 참. 혹시 그 사람이……."

그러자 사이키 씨가 흥분한 기색으로 반응했다.

"틀림없습니다. 저와 마주쳤을 때도 쓰보이 세이조는 밀짚모자를 쓰고 있었어요."

"아아, 역시……."

네기시 씨가 상심에 가득 찬 표정으로 한숨을 쉬고 사이키 씨에게 물었다.

"혹시나 해서 묻는 건데, 쓰보이 선생님을 몇 시쯤에 봤지?"

"어디 보자, 점심을 먹으러 가려고 주차장으로 향하던 길에 쓰보이 세이조와 마주쳤고. 차에 올라탄 직후에 〈와랏테이이토모〉가 시작돼서 딸아이가 차량용 텔레비전으로 봤으니까…… 11시 55분쯤이었겠네요."

"그렇군. ……하야시가 없어진 걸 알고 경찰에 신고한 게 12시 9분이었어. 진술 조사며 학부모 설명회에서 몇 번이고 말하다 보니 외워지더군."

네기시 씨는 그 말을 끝으로 좌탁에 푹 엎드려 머리를 감싸 안았다.

"시간상으로도 쓰보이 세이조의 범행이 틀림없을 것 같네요. 놈이 하야시라는 아이를 익사로 위장해 살해한 거야. ……그럼 그때 해안에서 놀던 아이들도 NPO에서 데려왔다는 건 거짓말이고, 네기시 씨 초등학교의 학생들이었겠군."

사이키 씨가 말한 후 다시 답답한 침묵이 찾아왔다.

그때 어디선가 쉭, 쉭, 하는 소리가 들렸다.

좌탁에 엎드린 네기시 씨가 숨을 거칠게 내쉬는 소리였다.

"망할, 왜 그 아이까지!"

네기시 씨가 갑자기 고함을 지르더니 좌탁을 두 주먹으로 내리쳤다. 쾅, 하고 좌탁이 망가지는 것이 아닐까 걱정될 만큼 큰 소리가 났다.

"왜! 다른 사건에서 쓰보이 선생님은 본인이 원한을 품은 사람과 가족이 죽음을 바라는 사람만 노렸어. 하지만 하야시는 쓰보이 선생님과 아무 관계도 없는 생판 남이었다고. 왜 죽인 거야……."

네기시 씨는 엎드린 채 울먹이는 목소리로 한탄했다. 그 모습에 다들 아무 말도 못 하고 고개를 숙일 뿐이었다. 아버지가 왜 생면부지인 네기시 씨의 제자를 죽였을까. 본인은 죽었으니 이 중에 동기를 설명할 수 있는 사람은 없으리라.

……나와 언니 말고는.

언니가 내 시선을 알아차렸다. 도모미 하지 마, 하고 눈빛으로 나를 제지했다.

하지만 나는 언니를 향해 말했다.

"언니가 말하기 거북하면 내가 할까?"

"도모미, 그만해."

"뭐 어때서. 말해주는 게 나아. 감추는 게 훨씬 잔혹한 짓이라고."

나는 웃음을 지으며 언니에게 대꾸했다. 이런 상황에서도 웃음을 짓는 나를 모두 놀란 표정으로 바라보았다.

"도모미, 안 돼!"

언니가 다시 만류했지만 나는 무시했다. 그 정도로 자포자기했다. 나는 네기시 씨에게 말을 내뱉었다.

"네기시 씨, 아버지가 왜 아무 상관도 없는 아이까지 죽이러 갔는지 이유를 알려드릴게요. 분명 당신을 괴롭히기 위해서였을 거예요."

"뭐?"

고개를 든 네기시 씨가 벌겋게 충혈된 눈을 부릅뜨고 나를 보았다.

"아버지는 당신을 싫어했어요."

내 말에 네기시 씨는 입을 뻐끔뻐끔했다. 하지만 목소리가 거의 나오지 않아 겨우 "말도 안 돼, 거짓말……" 하고 말하는 것이 고작이었다.

나는 네기시 씨를 더욱 몰아붙였다.

"제가 학생일 때 아버지는 자주 집에서 투덜거렸어요. '또 네기 군이 시비를 걸었어'라든가 '네기 군의 교육 방침은 잘못됐어' 하고요. ……네기시 씨, 아버지가 시바사키 중학교에서 히카와다이 중학교로 이동한 후에도 술을 먹자면서 몇 번 불러냈죠? 아버지가 그랬어요. '네기 군이 또 술을 먹자는군. 혹시 내가 그렇게 편한가'라고요."

"도모미! 적당히 해!"

언니가 외쳤지만 나는 무시했다. 언니도 알아차렸을 것이다. 아버지가 자주 집에서 입에 올렸던 '네기 군'이라는 인물이 여기 있는 네기시 씨라는 사실을.

"당신, 교장으로 승진할 예정이었죠? 아버지는 그게 성미에 거슬렸던 거 아닐까 해요."

내 말에 네기시 씨는 그제야 당황한 듯 반박했다.

"아니, 그럴 리 없어! 교장 승진이 결정됐을 때 쓰보이 선생님은 기뻐해주셨다고. 쓰보이 선생님에게 전화를 걸어서 '드디어 위대한 쓰보이 선생님을 따라잡은 기분이네요' 하고 말하자 선생님이 '축하해' 하고 대답해주셨는데……."

그 말을 듣고 나는 코웃음 쳤다.

"역시 그렇군요. 싫어하는 상대가 '당신을 따라잡았다'고 했으니 열 받는 게 당연하죠. 그래서 아버지는 네기시 씨의 출세를 방해하기 위해 죄 없는 아이를 죽인 거예요. 임해학교 일정과 행선지, 그리고 최고 책임자가 네기시 씨라는 건 외부인도 조금만 조사하면 알 수 있을 테고, 아버지가 그런 짓을 아무렇지도 않게 저지를 만한 잔혹한 인간이라는 건 지금까지 이야기를 나누어온 여러분이 더 잘 아실 테죠."

"그런…… 도저히 못 믿겠어!"

네기시 씨는 또 머리를 끌어안고 좌탁에 엎드렸다.

모두의 시선이 일제히 나를 향했다. 모두가 눈으로 나를 비난했다.

하지만 나는 동요하지 않았다.

뭐, 어때. 늘 이랬는걸. 언니는 상식 있는 사람이고 나는 몰상식. 뭐든지 솔직하게 말해서 미움받는 역할은 언제나 내가 맡았잖아.

하지만 지금 이 판단은 틀리지 않았다고 생각한다. 왜 제자가 죽었는지 평생 궁금해할 바에야, 확실한 이유를 쥐여주는 편이 낫지 않을까.

내 생각은 그랬지만 언니는 눈물이 글썽한 눈으로 나를 노려보았다.

그래, 그래, 알았어, 알았어. 이제 더이상 떠들지 않을게. 누가 뭐라고 하든 돌처럼 입을 꾹 다물게. 어차피 내가 말해봤자 아무에게도 이득이 안 될 테니까. 나는 토라져서 언니에게서 눈을 돌렸다.

그런데 네기시 씨가 훌쩍 일어섰다.

"저어, 어디에?"

언니가 물었다.

"밖에서 바람 좀 쐬고 올게."

네기시 씨는 휘청휘청 걸어가서 신발을 신고 대기실 밖으로 나갔다.

"저기, 잠깐…… 죄송해요, 저도 나갔다 올게요."

언니는 사람들에게 말하고 나서 부랴부랴 네기시 씨를 쫓아갔다. 방에 있던 사람들의 차가운 시선이 내게 꽂혔다.

하지만 상관없다. 내 인생도 이미 끝장났으니까.

"죄송해요, 네기시 씨……."

언니가 사과하는 말소리와 발소리가 복도에 울려 퍼졌다. 나는 멍하니 그 소리를 들으며 언니와 관계를 회복하기도 이제 틀린 건가 생각했다.

네기시 요시노리

아마도 호러 영화에 나오는 좀비같이 걷지 않았을까. 나는 절망감을 안은 채 비틀비틀 걸음을 옮겨 장례식장 출구로 향했다. 뒤에서 하루미가 뭐라고 말하면서 따라오고 있는 건 알았지만, 내용은 거의 귀에 들어오지 않았다. 나는 그저 죽은 쓰보이 선생님에게 속으로 말을 계속 걸었다.

쓰보이 선생님, 당신은 내내 저를 싫어했던 거군요.

저를 괴롭히기 위해 생판 처음 보는 아이도 죽일 만큼.

그럼 처음부터 그렇다고 말하지 그랬어요. 당신을 진심으로 존경했고, 서로 신뢰한다고 믿었던 만큼 마음이 갈기갈기 찢어집니다.

하지만 지금 생각해보니 미움을 받을 만했는지도 모르겠네요. 저는 언제나 제 생각과 고민을 당신에게 일방적으로 쏟아내기만 했습니다. 저는 몇십 번이나 쓰보이 선생님에게 상담을 했지만, 쓰보이 선생님이 제게 상담을 요청한 적은 한 번도 없었죠. 참 성가셨을 거예요. 남의 말을 참 잘 들어주는 사람이다 싶었지만, 지금 돌이켜 보면 제 일방적인 이야기를 들으며 귀찮은 듯한 표정을 지었던 것 같기도 하네요. 제가 자꾸 상담을 요청하자 짜증이 나서 사토시를 죽이려고 한 건가요. 그후에 제가 사립학교에 잘 적응하고 이사장의 눈에 들어 교장 자리에 오른 게 그렇게 눈꼴시었나요. 그래서 제가 출세하지 못하도록 이번에는 하야시까지 해쳤다…….

제가 그렇게 싫었다면 그냥 솔직히 말하지 그랬습니까.

그럼 하야시는 무사했을 텐데…….

어디를 어떻게 지났을까. 어느덧 장례식장 정면 현관에 도착했다. 자동문을 통과해 밖으로 나가서 겨울 기운을 머금은 밤바람을 쐬었다.

그제야 마음이 좀 진정됐다.

"……정말로 네기시 씨에게 악의적으로 상처를 주려고 한 건 아니에요. 다만 옛날부터 너무 솔직하다고 할까, 남의 마음을 생각지도 않고 말부터 내뱉는 나쁜 버릇이 있어서……."

하루미가 쫓아왔다. 계속 내게 말을 걸면서 따라온 모양이다.

나는 심호흡을 하고 나서 겨우 말을 꺼냈다.

"괜찮아, 네가 사과할 일이 아니야. 오히려 진실을 알았으니 다행이지. ……분명 교장으로 승진한다고 전화로 알렸을 때 쓰보이 선생님의 분노를 샀을 거야. 쓰보이 선생님을 따라잡았다니, 그만 소리를 하는 게 아니었어."

나는 기억을 더듬었다. 당시 쓰보이 선생님의 목소리에 기운이 없다는 건 전화상으로도 금방 알아차렸다. 몸 상태가 별로인가 싶었지만 내가 쓰보이 선생님의 역린을 건드리는 말을 한 것이 원인이었다.

"그렇다고 아버지가 저지른 짓이 정당화되는 건 아니죠. 정말로 뭐라고 사과를 드려야 할지……."

하루미가 눈물을 글썽이며 내게 머리를 숙였다.

"뭐, 그런 이유로 아무 상관도 없는 아이를 죽이다니 도저히 용서할 수 없지만, 딸인 네가 사과할 일은 아니야."

나는 다시금 말했다.

그건 그렇고 신기한 기분이었다. 쓰보이 선생님이 끔찍한 살인귀임을 알았는데도 어찌된 일인지 증오심은 들지 않았다. 하야시 유키를 살해한 동기를 알고 나서도 부조리한 살인에 분노하는 마음보다는 쓰보이 선생님에게 그렇게나 미움을 받았다는 사실을 슬퍼하는 마음이 더 크게 솟구쳤다.

어째서일까. 생전에 신세를 너무 많이 진 탓일까.

본인이 죽은 까닭이기도 하리라. 살아 있다면 추궁할 수도, 때릴 수도, 경찰에 신고할 수도 있겠지만, 이미 죽었으니 증오를 직접 분출할 방도가 없다. 그래서인지 감정이 이도 저도 아니게 어중간한 상태다.

지금 대기실에 있는 사람들은 어떨까. 진심으로 쓰보이 선생님을 미워하고 있을까.

덧붙여 내 마음속 한구석에는 아직도 쓰보이 선생님이 살인자일 리 없다, 전부 무슨 오해일 것이라는 기분이 남아 있는지도 모르겠다.

다만 냉정하게 판단하자면 아까 전에 사이키가 예로 든 보험금 살인범과 마찬가지로, 상황증거가 이만큼 쌓인 이상 역시 쓰보이 선생님을 범인으로 봐야 하리라. 바깥에서 생각을 거듭하는 사이에 밤바람을 너무 많이 쐬어 몸이 많이 식었다. 곁에서 가만히 지켜보아준 하루미에게도 미안했다.

"걱정을 끼쳐서 미안하다. 이제 괜찮아."

내 말에 하루미는 안도한 듯한 표정을 지었다. 함께 자동문을 지나 장례식장으로 들어갔다.

그때였다. 정면에서 한 청년이 이쪽으로 걸어왔다.

얼굴을 자세히 보자 아까 화장실에 간다는 핑계로 달아난 데라시마였다.

"아, 이봐!"

내가 부르자 데라시마는 숨을 헉 삼키며 멈춰 섰다.

"자네가 없는 사이에 쓰보이 선생님에 관해 새로운 사실이 밝혀졌어. 마침 우리도 대기실로 돌아가는 참이니까 함께 가지."

내 말에 데라시마는 "아니, 그게, 그러니까……" 하고 수상하게 쭈뼛거렸다.

"혹시 이대로 돌아가려고 했나?"

내가 조금 위협적으로 묻자 그는 "아니요, 그런 건 아닌데요" 하고 허둥지둥 부정했지만, 나는 소지품 검사 때 이런 표정을 짓는 중학생을 수백 명도 넘게 봤다. 아무래도 진짜 집에 가려고 했던 모양이다. 내가 좀더 으름장을 놓으려고 하자 하루미가 입을 열었다.

"데라시마 씨, 같이 가시지 않겠어요? 메종 몽블랑의 세입자로서 들어주셨으면 하는 이야기도 있고 해서요."

"아아…… 예, 알겠습니다."

데라시마는 체념했는지 고분고분 대답했다. 셋이서 대기실로 향하는 도중에 문득 이런 생각이 들었다.

대기실에 가서 무슨 이야기를 나눌 것인가.

쓰보이 선생님이 남몰래 저지른 죄는 이제 충분히 밝혀졌다. 그렇다면 용의자가 죽은 사건을 어떻게 경찰에 신고할 것이냐, 더 나아가 배상 문제는 어떻게 되느냐로 이야기가 발전할지도 모른다. 어쨌거나 즐거운 대화는 아니겠지.

그렇다면 데라시마는 필요 없을지도 모르겠다. 그는 아무 피해도 입지 않은 모양이니, 아까 돌아갔어도 상관없었을 것 같은데. 하지만 이제 와서 '역시 자네는 안 가도 되겠어'라고 말하기도 뭣하니까 잠자코 있을 거지만.

데라시마 유

아아, 붙잡히고 말았네. 거의 다 빠져나왔는데, 하필이면 출입구에 하루미 씨와 네기시 씨가 있을 줄이야.

그나저나 휴대전화를 찾느라 시간을 너무 많이 잡아먹은 게 문제였다. 처음에는 음복을 하는 중형 홀에 놓아둔 줄 알고 가보았지만, 내가 앉았던 테이블과 의자에는 없었다. 그럼 경야를 할 때 잃어버렸을지도 모르겠다는 생각에 대형 홀로 가보자 정리가 한창이었다. "여기서 휴대전화를 잃어버린 것 같은데요" 하고 말했더니 장례식장 직원들이 대대적으로 수색을 벌였다. 혹시 여기에 없으면 난감하겠다 싶었는데, 정말로 아무리 찾아도 나오지 않아서 마음이 조마조마해졌다. 결국 "죄송합니다, 다른 데서 잃어버렸나 봐요" 하고 말하고 직원들의 차가운 시선에서 달아나듯 대형 홀을 나서서 화장실에 가보자 허탈하게도 거기 있었다.

휴대전화는 내가 사용했던 칸의 구석에 떨어져 있었다. 아슬아슬하게 화장실을 찾아내 급히 바지를 내렸을 때 호주머니에서 빠진 모양이다.

화장실은 비교적 깨끗한 편이었지만 내 휴대전화가 떨어진 곳만 조금 젖어 있었다. 그냥 물이더라도 화장실 바닥에 흘린 물이라 찝찝하다. 씻어내고 싶었지만 내 휴대전화는 방수가 아니니까, 휴지를 뜯어 세면대에 비치된 물비누를 묻혀 소독도 할 겸 휴대전화에 묻은 물방울을 싹싹 닦아냈다. 그런데 물에 녹은 휴지 섬유가 휴대전화 옆쪽 버튼 틈새에 들어가서 버튼이 먹통이 됐다. 아아, 젠장, 이럴 줄 알았으면 닦지 말걸 그랬다고 후회하며 손톱으로 옆쪽 버튼 틈새를 후벼 휴지 조각을 빼내려고 기를 썼다. 한참 동안 낑낑대다 버튼이 작동되는 걸 확인하고 화장실을 나섰지만, 또 복도에서 헤매다가 간신히 출구를 발견해 나가려던 찰나 하루미 씨와 네기시 씨에게 붙들렸다.

네기시 씨 혼자였다면 어떻게든 뿌리치고 도망쳤을지도 모르지만, 하루미 씨가 와달라니 가는 수밖에. 어쩔 수 없이 두 사람을 따라갔다.

대기실에 들어가자 방금 전에 함께 이야기를 나누었던 사람들이 방 안 가득 무거운 분위기를 뿜어내며 방석에 앉아 있었다. 다들 나를 힐끗 쳐다보았지만 바로 시선을 내렸다. 역시 나는 안 왔어도 됐을 것 같았지만 두 사람과 함께 신발을 벗고 방으로 들어가 하루미 씨가 꺼내준 방석에 앉았다.

어두운 분위기 속에서 사이키 씨 혼자 묘하게 생기 있는 얼굴로 좌탁에 메모지를 펴놓고 뭔가 적는 중이었다.

"아, 마침 전화 옆에 메모장이 있어서 두 사람이 나간 사이에 쓰보이 세이조가 일으킨 사건을 정리해봤어. 내 기억을 최대한 되살리고, 다른 사람들의 이야기도 참고해서."

얼마 지나지 않아 사이키 씨가 메모를 끝냈다. 들여다보자 찢어낸 메모지마다 사건이 일어난 순서대로 번호를 매기고 내용을 자세하게 적어놓았다. 그중에는 내가 없는 사이에 밝혀진 듯한 금시초문의 사건도 있었다.

① 22년 전(1991년) 10월 모일 밤, 미조구치 다쓰야(고1)가 조후시립 시바사키 중학교 옥상에서 떨어져서 사망.

〔쓰〕

·미조구치는 반항적이었으므로 동기는 충분. 미조구치에게 공갈 등을 당했을 가능성 있음.

·사전에 네기시 씨에게 어깨로 메치기를 배웠음.

② 5년 전(2008년) 8월, 하루미를 퇴직으로 몰아넣은 문제아 스

가노 다쿠마(초5)가 밤에 공원에서 머리를 얻어맞아 한때 의식불명.

〔쓰〕

·하루미의 아버지이므로 동기는 충분.

·현장인 공원도 자택 근처.

③ 4년 전(2009년) 연말, 네기시 씨의 아들 사토시(16)가 오토바이를 타고 가다가 도로에 쳐진 로프에 걸려 넘어짐. 혼수상태에 빠졌다가 의식은 되찾았지만 큰 후유증이 남음.

〔쓰〕

·"아들이 오토바이 사고로 죽으면 좋겠다"라는 말을 네기시 씨에게 들었음.

·범행에 사용된 조아니 로프는 입수가 불가능함. 하지만 쓰보이는 가지고 있었음.

④ 3년 전(2010년) 7월경부터 아유카와 씨가 스토킹을 당함. 문에 스프레이로 낙서/우편함에 협박장/인터넷에 비방 글/방에 도청기 설치.

〔쓰〕

·사전에 데라시마에게 컴퓨터를 배웠음.

·쓰보이의 집 컴퓨터에 스프레이를 구입한 기록이 남아 있음.

·도청기는 '엘레킹'이라는 가게에서 샀을 가능성이 큼.

⑤ 작년 바다의 날(2012년 7월 16일), 네기시 씨가 총책임을 맡은 시라코 해안의 임해학교에서 하야시(초6)가 익사.

〔쓰〕

·같은 날 같은 시각에 같은 장소에서 사이키가 우연히 쓰보이를 목격.

·오랜 세월 네기시 씨에게 쌓인 원한으로 말미암아 범행?

⑥ 작년(2012년) 10월 12일, 고무라 마사오 씨(75)가 치매로 인해 배회하던 중 메구로 구 신사 계단에서 굴러떨어져 사망.

〔쓰〕

·③과 마찬가지로 "남편이 죽으면 얼마나 편할까"라는 말을 고무라 씨에게 들었음.

·죽은 마사오 씨가 쓰보이의 예전 직장인 네리마 구립 히카와다이 중학교의 교표를 쥐고 있었음.

·쓰보이는 옛날 직장의 운동복을 입고 돌아다니는 습관이 있었음.

아무래도 〔쓰〕라는 글씨 다음에 쓰보이 씨가 범인으로 추정되는 근거를 적어놓은 듯하다.

사이키 씨가 나를 보고 말했다.

"아, 이왕 돌아왔으니 데라시마에게도 설명할게. 이 중에는 데라시마가 모르는 사건도 있을 테니까."

나는 여섯 장의 메모를 읽어 확인하고 나서 대답했다.

"어디 보자……. ②랑 ⑤로군요."

"그렇구나. 그럼 설명할게. 일단 사건②는……."

어째선지 진행자 역할을 맡은 듯한 사이키 씨가 두 사건에 대해 대강 설명해주었다.

②와 ⑤ 둘 다 아이를 대상으로 한 끔찍한 사건이었는데, 특히 ⑤는 피해자 하야시에게 아무 잘못도 없었으므로 더 충격적이었다. 또한 사건② 후에 하루미 씨가 교사를 그만두었다는 것도 처음으로 알았다. 교권이 붕괴되어 사직하다니 마음고생이 여간 아니었으리라. 그렇다고 원인을 제공한 아이를 아버지가 죽여도 된다는 건 아니지만.

사이키 씨가 설명을 마치자 이번에는 고무라 씨가 입을 열었다.

"그래서 말인데, 하루미. 미안하지만 우리는 이 사건을 일단 경찰에 신고하기로 했어. 전부는 무리일지도 모르지만, 몇 건만이라도 경찰에 재수사를 부탁해서 쓰보이 씨가 범인이라는 사실이 정식으로 확인되면…… 미안하지만 배상금이랄까, 그런 걸 요청할 거야."

고무라 씨는 저자세였지만 돈 이야기까지 확실하게 언급했다.

그러자 하루미 씨는 머리를 깊이 숙였다.

"예. ……정말 거듭 죄송하다는 말씀드립니다."

하루미 씨 눈에서 눈물 한 방울이 다다미로 떨어졌다.

그 모습을 보자 너무 가슴이 아팠다.

좋아하는 여자가 눈앞에서 울고 있는데 아무것도 해줄 수가 없다. 하물며 하루미 씨 본인이 나쁜 짓을 한 것도 아닌데.

덧붙여 나는 아무 피해도 안 입었으니까 그런지도 모르지만, 주인아저씨가 이렇게까지 굵직한 사건을 몇 건이나 저질렀다니 역시 뭔가 오해인 듯한 기분이 들었다. 거론된 증거는 전부 상황증거에 불과하므로, 아유카와 씨를 스토킹한 것 정도는 사실일지도 모르지만 그 외의 피비린내 나는 의혹에는 누명도 섞여 있지 않을까. ……이러한 의견을 하루미 씨를 위해서라도 모두에게 주장하고 싶지만, 그런 내 주장에야말로 아무런 근거도 없다.

다만 메모를 보고 있자니 아무래도 뭔가 마음에 걸렸다. 구체적으로 뭔지는 모르겠지만, 그런 감도 포함해서 정말 이대로 놔둬도 되나 싶었다. 전부 쓰보이 씨가 범인이라고 결론짓고 넘어가도 될까…….

"그러고 보니 데라시마는 쓰보이 세이조에게 뭔가 당한 적 없어?"

사이키 씨가 갑자기 내게 물었다.

"예, 정말로 저는 아무 짓도 안 당했어요. 처음에는 제 방도 도청 당한 게 아닐까 아유카와 씨하고 이야기했지만, 실제로 제 방에서 도청기가 발견된 건 아니니까요."

나는 그렇게 대답했다. 하지만 사이키 씨는 끈덕지게 물었다.

"정말로 없어? 사소한 거라도 좋으니까 잘 생각해봐."

이미 이 마당에 이르렀는데, 쓰보이 씨를 더 나쁜 놈으로 만들고 싶다는 건가. 사이키 씨의 태도에 화가 났다.

무엇보다 사이키 씨는 원래 은사인 쓰보이 씨를 아주 존경하는 것처럼 보였는데, 별안간 손바닥 뒤집듯이 쓰보이 씨를 규탄하는 여론의 최선봉에 섰다. 왜 갑자기 스위치가 켜진 거람. 나는 울컥했지만 하루미 씨에게 조금이나마 위로가 되고자 최대한 밝은 투로 대답했다.

"제게 쓰보이 씨는 아주 좋은 집주인이었습니다. 저는 개그맨인데요, 제가 출연하는 공연 티켓도 사주셨고, 텃밭에서 기른 채소도 주셨어요. ……뭐, 굳이 하나만 꼽자면 채소가 가끔 떫었다는 것 정도랄까요."

나는 어디까지나 농담조로 말했다.

그런데 묘한 정적이 흐르더니만 고무라 씨가 천천히 손을 들었다.

"저어, 나도 그런 적이 있어요."

"저도 그랬어요!"

이어서 아유카와 씨도 손을 들었다. 두 사람은 저마다 말했다.

"우리 남편이 쓰보이 씨가 준 채소를 먹고 속이 안 좋아져서 토한 적이 한 번 있어요. 나중에 나도 먹어봤는데 분명 묘한 맛이 나더군요."

"저도 선생님이 준 채소를 먹고 속이 거북해진 적이 있어요. 맛도 별로였고요."

그러자 사이키 씨가 또 묘하게 들뜬 표정으로 메모장과 펜을 들고 소리쳤다.

"혹시 쓰보이 세이조가 독이 든 채소를 나누어준 것 아닐까!"

아차, 역효과였다!

나 때문에 쓰보이 씨의 혐의가 하나 늘어나고 말았다.

모두가 웅성거리는 가운데, 믿기지 않게도 전혀 예상외의 인물이 손을 들었다.

쓰보이 하루미

맙소사. 데라시마 씨의 발언을 계기로 아버지의 혐의가 더 늘어났다.

텃밭에서 수확한 채소에 독을 넣은 것이 아니냐는 의혹이다. 고무라 씨와 아유카와 씨가 잇달아 손을 들었으니 데라시마 씨를 포함해 세 명이나 짐작 가는 바가 있다는 뜻이다. 사이키가 바로 메모장을 찢어서 적어 넣었다.

⑦ 근처에 독이 든 채소를 나누어줌.

그때였다.

너무나 뜻밖의 인물이 손을 들었다.

"실은 저도 그랬어요……."

놀랍게도 도모미였다.

"믿기지 않는군. 설마 친딸에게까지……."

"도대체 쓰보이 세이조는 무슨 생각이었던 거야……."

네기시 씨와 사이키가 경악에 찬 목소리를 흘렸다. 하지만 제일 놀란 사람은 바로 나였다.

도모미, 아니지? 부탁이야, 아니라고 해…….

쓰보이 도모미

언니는 놀란 것 같지만, 나도 고발하지 않으면 안 되겠다.

아버지가 마지막으로 내게 보내준 채소는 분명히 떫었다.

그러니까 아버지가 나까지 죽이려 했다는…….

"믿기지 않는군. 설마 친딸에게까지……."

"도대체 쓰보이 세이조는 무슨 생각이었던 거야……."

경악에 찬 반응이었다. 다들 나를 보고 아연실색하며 침묵에 빠졌다.

잠시 후에 사이키 씨가 적은 메모를 보고 있던 아유카와 씨가 불쑥 말을 꺼냈다.

"그나저나…… 이십이 년 전 사건은 별개로 치고, 사건② 이후의 사건은 최근에 집중되어 있네요."

"아아, 확실히 오 년 전부터 잇달아 발생했네."

사이키 씨도 메모를 보며 말했다.

그러자 언니가 잠시 생각하다 대답했다.

"오 년 전이라면, 제가 학교에 못 가게 된 해예요. 그 이듬해에는 어머니도 돌아가셨고요. ……어쩌면 아버지는 이 무렵부터 폭주했달까, 조금이라도 마음에 안 드는 사람이 있다면 닥치는 대로 노리게 됐는지도 모르겠네요."

"그렇다고 나한테까지 독이 든 채소를 먹일 건 없잖아. 내가 뭘 어쨌다고……."

고무라 씨가 손수건을 눈시울에 가져다 대며 말했다. 그리고 언니와 나를 흘끗 노려보았다.

"나도 왜 이런 일까지 당해야 하는지 모르겠네……."

아유카와 씨도 고개를 숙이며 말하고 언니와 나를 흘겨보았다.

"정말 죄송합니다. 정말 아버지가……."

언니가 또 눈물을 흘리며 몇 번이고 고개를 숙였다.

'언니가 사과할 일이 아니잖아! 우리도 피해자라고! 당신들, 아무 죄도 없는 우리를 왜 째려봐요!'

나는 결국 폭발하여 고함을 지르며 일어서고…… 싶었지만 그만뒀다.

이 사람들에게 그런 식으로 주장한들 역효과만 날 게 뻔하다.

같은 편이 아무도 없는 상황에서 우리 자매는 그저 참는 수밖에 없었다.

데라시마 유

아아, 최악이다! 채소가 떫었다고 입방정을 떨어서 또 하루미 씨를 울리고 말았네.

하지만 '채소가 떫으니 독이 들었다'고 해석하다니 아무래도 비약이 너무 심한 것 아닌가? 쓰보이 씨에게 걸린 혐의가 너무 많다 보니 이것도 그중 하나로 묻어갔지만, 고향의 부모님 밭에서 수확한 채소도 떫은 건 떫었는걸.

그리고 좌탁 위에 늘어놓은 메모를 보니 역시 뭔가 마음에 걸린다. 이 사건 가운데 한 건이 내 기억 속 한 부분과 연결되는 것 같다. 하지만 그게 구체적으로 뭔지는 도무지 모르겠다. 그 정도로 사소한 찜찜함이다. 으음, 기분 탓인가.

……그건 그렇고 참 답답한 침묵이다. 방 안에 하루미 씨가 흐느껴 우는 소리만 들린다. 하다못해 이 분위기만이라도 어떻게든 바꾸고 싶다.

그래서 답답함을 조금이나마 덜어내기 위해 찜찜함을 느낀 메모 말고, 다른 메모의 궁금했던 부분을 물어보기로 했다.

"저어, 죄송합니다. ⑤에 적혀 있는 '시라코 해안'은 혹시 지바 현에 있는 건가요?"

그러자 사이키 씨가 시큰둥한 표정으로 메모를 보고 나서 대답했다.

"응, 아까 거기까지는 설명 안 했던가. 맞아, 지바 현이야."

역시 그랬구나. ……나는 분위기를 바꾸고자 밝은 목소리로 말했다.

"이야, 실은 제 고향이 지바의 가쓰우라예요. 중학생 때는 자전거를 타고 친구와 해수욕을 하러 가곤 했죠. 시라코 해안도 그렇지만, 지바 소토보*의 바다는, 파도는 높지만 아름답죠."

"아아, 그렇군."

……대화 종료.

뭐, 그야 그렇겠지. 이런 이야기가 무슨 도움이 되겠어.

하지만 일단은 아무 말이나 주워섬기는 수밖에 없다. 그래서 이 무거운 분위기가 조금이라도 풀어지면 그만이다. 나는 그렇게 생각하고 다시 메모⑤를 가리키며 사이키 씨에게 말을 걸었다.

"그런데 이건 어디의 시라코 해안인가요?"

그러자 사이키 씨는 불끈한 표정으로 대답했다.

"그건…… 방금 말했잖아. 지바 현의 시라코 해안이라고."

아, 실수. 오해를 사고 말았다. 나는 황급히 말을 덧붙였다.

"그건 아는데요. 제 말은 그게 아니라…… 그, 어느 쪽 시라코 해안인가요? 왜, 지바 현에는 시라코 해안이 두 군데잖아요."

내가 그렇게 말하자 한순간 묘한 침묵이 흘렀다.

네기시 씨와 사이키 씨가 함께 무서운 얼굴로 내게 다그쳐 물었

* 지바 현 남부의 보소 반도 중 태평양에 면한 지역을 가리킨다.

다.

"……뭐라고?"

"두 군데야? 시라코 해안이?"

어라, 몰랐나?

나는 두 사람의 서슬에 주눅 들면서도 설명했다.

"어, 그게, 지바에는 시라코 해안이 두 군데예요. 하나는 구주쿠리하마 남쪽 보소 반도 한복판쯤이고, 다른 하나는 보소 반도 끄트머리 쪽이죠. 끄트머리 쪽은 구주쿠리 쪽에 비해 지명도가 낮아서 구별하기 위해 지쿠라 시라코 해안이라고 부르기도 하지만요."

내가 설명하자 방 안 분위기가 단숨에 달라지는 것이 느껴졌다.

고개를 숙이고 있던 사람들이 차례차례 얼굴을 들었다. 아유카와 씨가 당황한 표정으로 메모를 보았다.

엥, 내가 뭔가 이상한 소리라도 했나?

메모⑤에 적힌 사건은 사이키 씨의 설명만 대강 들어 내용을 제대로 파악하지 못했으므로 생뚱맞은 소리를 했는지도 모르겠다. 하지만 사이키 씨 말에 따르면 작년 바다의 날에 시라코 해안에서 열린 임해학교에서 네기시 씨의 제자가 익사했고, 그 일이 벌어지기 조금 전에 사이키 씨가 우연히 같은 시라코 해안에서 쓰보이 씨와 마주쳤다는 이야기였는데. 어, 같은 시라코 해안? 지바 현에는 시라코 해안이 두 군데…….

"아, 그렇구나!"

나는 드디어 알아차렸다.

"사이키 씨와 네기시 씨는 각자 다른 시라코 해안에 있었을지도 모르겠네요!"

아아, 왜 그 가능성을 금방 알아차리지 못한 거야.

하지만 생각해보면 지바에 시라코라고 불리는 해안이 두 군데임을 내가 아는 것도, 마침 친척이 양쪽 시라코 해안 근처에 한 집씩 살고 있기 때문이다. 지바 현에 살더라도 아는 사람만 아는 사실이니 여기 있는 사람들은 모르는 게 당연하다. 하지만 내게는 상식이니까 설마 두 사람이 각각 다른 시라코 해안에 있었지만 같은 곳에 있었다고 착각했을지도 모른다는 생각은 머릿속에 전혀 없었다.

사이키 씨가 머뭇머뭇 네기시 씨에게 확인했다.

"저는 지쿠라에 있는 처가에 딸을 데리러 갔다가 거기서 멀지 않은 해수욕장으로 향했으니까 지쿠라 시라코 해안입니다. ……네기시 씨도 그렇죠?"

하지만 네기시 씨는 고개를 저었다.

"아니…… 임해학교는 구주쿠리 쪽이었어."

"봐요, 역시 그랬네!" 나는 무심코 손뼉을 쳤다. "사이키 씨와 네기시 씨는 작년 바다의 날에 전혀 다른 해안에 있었던 겁니다. 그리고 사이키 씨가 지쿠라 시라코 해안에 온 쓰보이 씨와 우연히 마주쳤을 뿐이에요. 보소 반도 한가운데에서 임해학교에 참가한 아이를, 같은 시각에 보소 반도 끄트머리에 있던 쓰보이 씨가 죽이기는 불가능하죠. 그러니까 쓰보이 씨는 적어도 이 사건과는 아무 상관도 없어요, 틀림없이 무고하다고요!"

"아니, 잠깐만 있어봐!"

사이키 씨가 수긍을 못 하겠다는 기색으로 반론했다.

"쓰보이 세이조가 이동했을 가능성도 있잖아. 난 〈와랏테이이토모〉가 시작되기 직전인 11시 55분경에 쓰보이 세이조를 목격했어. 그리고 네기시 씨가 경찰에 신고한 게……."

사이키 씨가 네기시 씨를 보았다. 네기시 씨가 바로 대답했다.

"12시 9분이야."

"그것 봐, 십 분도 넘게 차이가 나잖아. 그사이에 쓰보이 세이조가 두 해안을 이동했을지도……."

나는 사이키 씨가 말을 채 끝맺기도 전에 끼어들어 부정했다.

"에이, 말도 안 되죠. 보소 반도가 무슨 코딱지만 한 동네도 아닌데. 반도 한가운데랑 끄트머리라고 해도 직선거리로 오십 킬로미터는 떨어져 있습니다. 더구나 바다의 날이라면 해안도로가 해수욕객들로 미어터졌을 테니 차로도 한 시간은 넘게 걸릴 겁니다. 12시 전에 지쿠라 시라코 해안을 출발해 십 분 만에 도착하기는 불가능해요."

나는 단숨에 딱 잘라 말했다. 그래도 사이키 씨는 물고 늘어졌다.

"음…… 그럼 그거야. 순서가 반대였어. 임해학교에 참가한 아이를 익사시킨 뒤에 나랑 마주친 거지. 즉, 쓰보이 세이조는 11시 전에 네기시 씨가 있던 시라코 해안에서 아이를 익사시키고 이동해서 12시 전에 내가 있던 지쿠라 시라코 해안에……."

"11시에는 아이들이 수영복으로 갈아입지도 않았어."

이번에는 네기시 씨가 묵직하게 말했다.

"경찰이 몇 번이나 확인한 통에 그날 시간표는 전부 머릿속에 들어 있지. 임해학교에 버스가 도착한 게 10시 50분. 11시에 인원을 확인했는데, 하야시 유키를 포함해 빠진 사람은 없었어. 다음으로 건물에 들어가서 방에 짐을 풀고 수영복으로 갈아입은 게 11시 15분. 해안으로 나가서 11시 25분에 다시 인원을 점검했는데 이때도 빠진 사람은 없었어. 아이들은 준비운동을 하고 11시 반이 넘어서야 바다에 들어갔어."

네기시 씨의 말로 사실관계가 확실해졌다. 내가 결론을 말했다.

"즉 쓰보이 씨가 하야시를 죽였다면, 범행이 가능했던 시간은 11시 반 이후라는 말씀이로군요. 하지만 그렇다면 11시 55분에 지쿠라 시라코 해안에서 사이키 씨와 만나기는 절대로 불가능합니다. 쓰보이 씨만큼 무고함이 증명된 사람은 또 없어요. 게다가 증인은 다름 아닌 사이키 씨입니다."

"이게 무슨……."

사이키 씨가 불만스러운 듯이 크게 숨을 내쉬었다. 나는 더 보충했다.

"뭐, 애당초 시라코 해안에서 아이를 죽이고 지쿠라 시라코 해안으로 이동해본들 아무 이점도 없으니까 살인범이 그런 짓을 할 리 없지만요."

"어쩌면 뭔가 예상치 못할 방법을 사용한 게 아닐까……."

사이키 씨가 미련을 버리지 못하고 꿍얼거리기에 내가 따끔하게 쏘아붙였다.

"사이키 씨, 무슨 일이 있어도 쓰보이 씨를 극악무도한 악당으로 만들어야 속이 시원하시겠어요?"

"아니, 그런 건 아니지만……."

사이키 씨는 하루미 씨를 흘끔 보더니 작은 목소리로 말하고 입을 다물었다.

나는 시선을 옮겨 모두를 둘러보며 말했다.

"이로써 사건⑤는 쓰보이 씨와 무관함이 판명됐습니다. 그리고 제가 제일 먼저 언급해놓고 이렇게 말씀드리려니 좀 그렇지만, 채소에 독을 넣었다는 사건⑦도 애초에 존재하지 않을 가능성이 높아 보여요. 농사를 짓는 저희 본가에서도 떫은 채소는 떫었고, 그렇게 품질이 안 좋은 채소를 먹으면 배탈이 날 때도 있겠죠. 독이 들었다고 단정하는 건 너무 지나친 생각입니다."

나는 좌탁에 놓인 메모⑤와 ⑦을 뒤집었다. 말 그대로 두 사건은 백지화됐다. 나는 말을 이었다.

"여러분, 다시 한번 냉정하게 생각해보시지 않겠습니까? 쓰보이 씨는 정말로 연쇄살인범이었을까요? 증거 하나하나는 약하지만, 이만큼 쌓였으니 분명 범죄자겠지. 그런 분위기에 휩쓸려서 쓰보이 씨가 범인이라고 단정하신 것 아닌가요? 어쩌면 이 밖에도 쓰보이 씨의 무고함을 증명할 수 있는 사건이 있을지도 모릅니다."

거기까지 말하고 하루미 씨를 힐끗 보았다. 방금 전까지 울던 얼굴에 아주 약간이지만 희망의 빛이 깃든 것처럼 보였다.

하루미 씨, 지금 제가 해드릴 수 있는 건 이 정도가 최선이네요. 에고, 일단 세게 나가기는 했지만 이렇게 많은 사건을 전부 뒤집기는 힘들겠지. 앞으로 다섯 건이나 남았으니.

쓰보이 하루미

놀랐다. 처음에는 그저 쭈뼛거리기만 하던 데라시마 씨가 아버지의 무고함을 증명해주었다. 그야말로 중과부적의 상황에서 우리 자매를 위해 떨치고 일어섰다.

가슴이 뜨거워졌다.

쓰보이 도모미

굉장하다. 아까 막 대기실에 온 데라시마라는 애가 아버지의 명예를, 두 개뿐이라고는 하나 되찾아주었다. 제법인데.

그래, 채소가 떫다는 이유로 독이 들었다고 단정하면 안 되지. 당사자인 내가 이렇게 기운을 잃으면 어떻게 해. 목소리를 높여서 당당히 말하는 거야. 아버지는 무고하다!

하지만 내가 그렇게 말해봤자 상황은 호전되지 않겠지. 모두 자발적으로 마음을 돌려야 해. 부탁이야. 다들 한 번 더 잘 생각해봐.

사이키 나오미쓰

이런 제길. 말발로 이 녀석한테 밀렸나? 이 모임을 내내 주도해온 내가 하필이면 화장실에 간다는 핑계로 달아났던 데라시마 따위에게.

역시 쓰보이 선생님은 좋은 사람이었습니다. 이제 와서 그런 결론으로 몰고 가겠다고? 웃기지 마라. 제자와 사귄 것도 모자라 이별을 받아들이지 못해 스토킹이나 하는 질 나쁜 인간이었어. 그 사실이 밝혀진 시점에 나는 쓰보이 세이조를 완전히 포기했다.

하지만 만약 스토킹 사건도 사실무근이었다면…….

고무라 히로코

"분위기에 휩쓸려서 쓰보이 씨가 범인이라고 단정하신 것 아닌가요?"

그 말이 가슴에 꽂혔다. 나는 속으로 남편에게 말을 걸었다.

'여보, 당신 정말 쓰보이 씨에게 살해당했어?'

그러자 어디선가 남편 목소리가 들려왔다.

'나를 죽인 진짜 범인은…….'

'그만, 듣기 싫어! 더는 듣고 싶지 않아!'

하지만 죽은 남편이 히카와다이 중학교 교표를 움켜쥐고 있었던 것은 사실이다. 그것만 가지고 쓰보이 씨를 범인 취급하면 안 된다는 건 알지만, 분명 수상쩍었다. 그러므로 아직 의혹을 버릴 수는 없다.

또 목소리가 들렸다.

'나를 죽인 진짜 범인은…….'

네기시 요시노리

"분위기에 휩쓸려서 쓰보이 씨가 범인이라고 단정하신 것 아닌가요? 어쩌면 이 밖에도 쓰보이 씨의 무고함을 증명할 수 있는 사건이 있을지도 모릅니다."

너무나 무거운 발언이었다.

데라시마 말이 맞다. 나는 분명 분위기에 휩쓸렸다. 그 결과 반드시 말해야 하는 사실을 입 밖에 내지 못했다.

하지만 이제 와서 그런 이야기를 할 수 있을까…….

아유카와 마키

"어쩌면 이 밖에도 쓰보이 씨의 무고함을 증명할 수 있는 사건이 있을지도 모릅니다."

데라시마 씨 말을 듣자 정신이 번쩍 났다.

실은 내내 마음에 걸렸던 것이 하나 있다.

하지만 그 이름이 떠올랐을 때는 그런 말을 꺼낼 수 있는 분위기가 아니었다. 무엇보다 모두를 부추겨서 이런 대소동을 일으킨 장본인은 나고, 그 이름에 관해서도 그렇게까지 자신이 있는 건 아니다. 더불어 선생님이 나와 헤어지고 분풀이로 몹쓸 장난을 쳤다는 생각에 화가 나서 전부 선생님 짓이며 선생님이 악인이라고 단정했다.

하지만 데라시마 씨 말을 듣고 정신을 차렸다.

아니, 솔직히 말하자면 지금도 내게 음험한 장난을 친 건 선생님이 아닐까 싶다. 하지만 스토커라고 해서 살인범이라는 보증은 없다. 특히 그 사건에 관해서는.

그 이름이 내가 알고 있는 그것이라면, 선생님 짓이 맞느냐 아니냐에 크게 영향을 주는 증거다. 역시 행동에 나서야 한다.

나는 각오를 다지고 핸드백을 뒤졌다.

사이키 나오미쓰

데라시마가 발언을 마친 후, 잠깐 무거운 침묵이 흘렀다. 그러다 부스럭부스럭 핸드백을 뒤지는 소리가 침묵을 깼다. 아유카와가 느닷없이 가방에서 스마트폰을 꺼내 만지작거리기 시작했다.

"이봐, 이럴 때 그건 좀……."

내가 작게 주의를 주었지만 아유카와는 무시했다. 화면을 잡아먹을 듯이 들여다보며 엄청난 속도로 손가락을 움직이다가 흥분한 듯 목소리를 높였다.

"역시 맞았어!"

"역시라니, 뭐가?"

아유카와는 내 말을 또 무시하고 스마트폰 화면을 고무라 씨에게 보여주었다.

"고무라 씨, 작년에 돌아가신 남편분이 쥐고 있던 네리마 구립 히카와다이 중학교 교표, 이거 맞죠?"

고무라 씨는 갑작스러운 질문에 놀라면서도 아유카와가 내민 스마트폰 화면을 찬찬히 살펴보았다. 그리고 "응, 분명 이거였어" 하고 고개를 끄덕였다.

나도 옆에서 들여다보자 화면에는 인터넷에서 검색한 이미지가 떠 있었다. 노란색, 검은색, 빨간색으로 구성된 교표 사진이다.

"고무라 씨는 남편분이 배회를 하다가 이 교표를 주운 게 아니겠느냐는 경찰의 견해에 의문을 품으셨어요. 스기나미 구에 있는 자택에서 메구로 구까지 가는 도중에 네리마 구 소재의 중학교 교표를 어떻게 줍겠느냐, 그렇게 생각하셨죠?"

아유카와가 흥분한 기색으로 물었다. 고무라 씨는 당황한 모양이었지만 다시 "응, 맞아" 하고 고개를 끄덕였다.

스기나미 구에서 메구로 구로 가는 도중에 네리마 구를 지나려면 북쪽으로 상당히 빙 둘러가야 한다. 그리고 네리마 구 밖에 네리마 구립 중학교 운동복에 달린 교표가 떨어져 있을 가능성은 그렇게 높지 않을 것이다. 무엇보다 교표가 뜯어져서 떨어지는 일 자체가 거의 없을 테고, 떨어지더라도 주인은 당연히 그 학교 학생일 테니 분실한 장소는 학교 주변으로 한정되리라. 이게 바로 쓰보이 세이조가 진범 아니겠느냐고 추정한 큰 요인이었다.

아유카와가 다시 말을 꺼냈다.

"하지만 히카와다이 중학교 교표는 스기나미 구에도, 메구로 구에도, 아니 도내 어디에든 떨어져 있을 가능성이 있었어요."

"응? 어째서?"

나는 엉겁결에 되물었다.

"중학생 사이에서 유행했거든요. 이 피카츄 교표가."

"피카츄 교표……?"

나는 고개를 갸웃했다. 나를 포함해 그 단어를 아는 사람은 아무도 없는 듯했다.

"왜, '히카와다이 츄갓코(중학교)'를 적당히 줄여서 읽으면 '히카츄'니까 '피카츄'하고 비슷하잖아요. 그리고 히카와다이 중학교 교표는 <포켓몬스터>의 피카츄 얼굴과 똑같은 색상으로 디자인되어 있어요. 보세요. 전체가 노란색이고 양쪽 옆에 피카츄의 눈과 뺨처럼 검정색과 빨강색도 들어가 있고……."

아유카와가 스마트폰 화면을 모두에게 보여주었다.

"아아, 과연."

우리는 화면을 보며 고개를 끄덕였다. 하지만 고무라 씨는 피카츄 자체를 모르는 듯 어리둥절한 표정이었다.

"이 홈페이지에도 적혀 있는데요. 그래서 처음에는 '피카츄'를 의식해서인지 히카와다이 중학교 측이 닌텐도의 허가 없이 교표를 그렇게 디자인한 것 아니냐며 인터넷상에서 비난을 받았어요. 하지만 조사해보니 1960년에 히카와다이 중학교가 창립됐을 때부터 이 디자인이었다는 사실이 밝혀졌죠. 그러자 이번에는 반대로 '피카츄가 피카츄의 유행을 먼 옛날에 예언했다'는 둥 '이것이야말로 패션리더라는 증거'라는 둥 인터넷상에서 호평을 받고 붐으로 이어졌대요. 뭐, 붐이 일어난 자세한 유래는 저도 지금 읽고 비로소 알았지만요."

아유카와는 스마트폰 화면을 손가락으로 스크롤하며 설명을 이어나갔다.

"그래서 여기에도 적혀 있다시피 2012년 한 해에 걸쳐 도쿄 주변 중학생 사이에서 피카츄 교표가 유행했어요. 다른 현에 사는 학생도 휴일에 전철을 타고 네리마 구 히카와다이 중학교 근처 문구

점까지 와서 교표만 사서 돌아가곤 했고요. 그 교표를 자기 학교 교복이나 체육복, 동아리 운동복에 다는 거예요. 작년에는 저희 가게에도 잠깐 들어왔었죠."

"일부러 다른 학교 교표를 사서 달다니, 요즘은 그런 게 유행인가?"

네기시가 복잡한 표정으로 물었다. 역시 생활지도에 관련된 정보는 신경이 쓰이는 모양이다.

"꽤 예전부터 유행했어요. 하치오지에 있는 도립 가타쿠라 고등학교 스쿨백이 유행한 거 모르세요?"

아유카와가 묻자 네기시는 고개만 기웃했다. 나를 포함해 다른 사람들도 모르는 것 같았다.

그러자 아유카와가 다시 친절하게 설명해주었다.

"가타쿠라 고등학교의 스쿨백을 사러 일부러 하치오지까지 가는 학생들도 꽤 많았어요. 지금은 그런 붐이 중학생들 사이에서도 일어나는 거죠. 뭐, 그런 상품을 취급하는 가게에서 일하는 저도 유행을 따라가기는 힘들지만요. 게다가 그런 붐은 대부분 금방 일었다가 금방 꺼지니까 조금만 지나면 뭐가 유행했는지 기억도 안 나요."

"아하, 연예인 붐과 똑같군요."

데라시마가 장단을 맞추어주었지만 아유카와는 또 무시했다. 아무래도 아유카와는 자기 관심사에 집중하면 주변이 눈에 들어오지 않는 유형인 듯하다.

"피카츄 교표도 작년까지는 유행했지만, 지금은 붐이 가라앉았어요. 그런 탓도 있고 해서 '피카츄'의 진짜 학교명이 뭔지까지는 기억을 못 했죠. 그런데 고무라 씨가 이야기하실 때 '히카와다이 중학교'라는 말이 몇 번이나 나왔잖아요. 줄이면 '피카츄'가 되는 게 아닐까 싶어서 방금 인터넷에서 찾아보니 맞더라고요. ……그리고 이건 학생이 직접 옷에 꿰매다 보니 제법 잘 떨어져요. 잃어버리는 일도 흔하다고 들었어요."

"과연. 따라서 작년에는 이 교표가 도내 여기저기에 떨어져 있어도 이상할 건 없었겠군. 즉, 경찰 견해대로 고무라 씨 남편분이 배회하시다가 주웠을 가능성도 충분하다는 뜻이로군요."

데라시마가 말했다. 아유카와가 "맞아요" 하고 고개를 끄덕였다.

"어쩌면 고무라 씨 남편분이 실수로 계단에서 굴러떨어진 바로 거기에 피카츄 교표가 떨어져 있었고, 의식이 흐려지는 가운데 우연히 움켜쥐었을 뿐일지도 모르겠네."

"그럴 수도 있다고 봐요."

"그럼 사건⑥도 쓰보이 씨 범행이 아니라고 결론을 내려도 되겠군요."

데라시마가 내가 적은 메모⑥을 집어 들었다.

나는 반론에 나섰다.

"잠깐 있어봐, 단정 짓기는 아직 일러."

데라시마가 놀란 표정으로 나를 쳐다보았다. 하지만 나는 데라시마에게서 눈을 돌리지 않고 말했다.

"아까 시라코 해안 사건은 그렇다 치더라도, 이 사건은 쓰보이 세이조가 저질렀을 가능성이 완전히 부정된 게 아니잖아."

"하지만 구체적인 증거는 시신이 손에 쥐고 있던 교표뿐입니다. 그게 작년에 유행해서 어디에든 떨어져 있을 가능성이 존재한다는 걸 알았죠. 즉, 쓰보이 씨 운동복에서 잡아뗀 거라고 확정할 수 없어요. 명백히 증거 불충분입니다."

데라시마는 의연하게 되받아쳤다.

"아니, 그렇더라도 말이야……."

내가 다시 반론하려 했을 때 큰 목소리가 울려 퍼졌다.

"이제 됐어요!"

나와 데라시마는 놀라서 목소리가 난 방향을 동시에 보았다.

고무라 씨가 고개를 숙인 채 바르르 떨고 있었다.

"나는 더이상 쓰보이 씨를 의심하지 않아요. ……아유카와 씨 말을 들어보니 히카와다이 중학교 교표는 아무 증거도 아니라는 생각이 드네요."

"그것 보세요."

데라시마가 의기양양하게 나를 보았다. 나는 노려보는 걸로 답했다.

그때 고무라 씨가 다시 입을 열었다.

"그것보다 남편을 죽인 진범은 따로 있어요. ……진짜로 남편을 죽인 건 나였어요."

"예?"

방 안 전체가 얼어붙었다.

진짜로 남편을 죽인 건 자신이었다고?

설마 이제 와서 살인을 저질렀다고 고백하는 건가?

방금 전까지 언쟁했던 나와 데라시마도 경악에 찬 표정으로 얼굴을 마주 보았다.

그런 가운데 고무라 씨가 눈물을 흘리며 말을 꺼냈다.

"남편이 죽은 제일 큰 원인은 내가 만들었어요……."

고무라 히로코

남편이 죽은 제일 큰 원인은 내가 만들었어요.

내가 카디건을 벗긴 게 원인이었어요.

아까도 모두에게 말했는데, 쓰보이 씨는 남편이 혼자 배회할 것에 대한 대비책으로 연락처를 적은 천을 옷에 꿰매는 방법을 가르쳐줬어요. 덕분에 남편이 너무 멀리까지 가는 일은 없었답니다.

하지만 간병 기간이 길어지다 보니 내 몸에도 무리가 와서 남편을 근처에 데리러 가기도 힘들어졌어요. 게다가 남편이 배회를 하면서 여러 사람에게 민폐를 끼치는 통에 데리러 간 제가 폭언을 듣는 등, 정신적으로도 스트레스가 심했고요. ……남편을 죽이고 나도 죽을까, 진심으로 그런 생각까지 한 적도 있네요.

그런 와중에 작년 10월 12일, 남편이 평소처럼 밖에 나가려고 했어요.

바로 눈치채고 말렸지만 남편은 그날따라 기분이 유난히 안 좋았는지, 현관 바닥에 내려선 저를 몇 번이나 주먹으로 쥐어박고 두 손으로 힘껏 떠밀었어요.

현관 우산꽂이에 등을 세게 부딪쳤죠. 너무 아파서 숨이 턱 막히고 눈물이 뚝뚝 떨어지더군요.

이제 한계였어요.

남편은 나를 거들떠보지도 않고 밖에 나가는 걸 막고자 삼중으로 잠가놓은 현관 자물쇠를 풀고 나갔어요. 나는 아픔을 참고 간신히 일어서서 남편을 좇아갔죠. 뒤에서 손을 내밀어 왼쪽 가슴에 연락처가 적힌 카디건의 지퍼를 내렸어요. 날이 따뜻해서 그저 더우니까 웃옷을 벗겨주는구나 싶었나 봐요. 남편은 아무 저항 없이 카디건을 벗고, 연락처가 적혀 있지 않은 셔츠 차림으로 도로에 나갔어요.

나는 더이상 남편을 쫓지 않고 카디건을 들고 집으로 돌아갔어요.

완전히 자포자기한 상태였어요. 그저 현실에서 도피하고 싶었죠. 그런 복장으로 나가면 남편이 예전처럼 택시를 타고 멀리 가버릴 가능성도 있건만, 이제 될 대로 되라, 남편이 저 멀리 가버렸으면 좋겠다고 생각한 거예요.

그리고 그날 밤. 남편은 메구로 구 신사 계단에서 떨어져 죽었습니다.

내 바람이 이루어진 거예요. 남편은 정말로 저 멀리, 제일 먼 세상으로 가버렸습니다. 내가 카디건을 벗긴 탓에 남편은 아무에게도 제지받지 않고 배회하다 메구로 구까지 가서…… 전부 내 잘못이에요. 내가, 내가, 아아, 아아아…….

쓰보이 하루미

고무라 씨는 그대로 엉엉 울음을 터뜨렸다. 나, 도모미, 아유카와 씨, 여자들은 모두 따라서 울었다.

데라시마 씨도 당장이라도 울 것처럼 눈이 빨갰다. 마음이 착한 사람이리라.

그때 가만히 고개를 숙이고 있던 네기시 씨가 갑자기 목소리를 높였다.

"고무라 씨, 부디 자책하지 마세요!"

네기시 씨는 눈물이 글썽한 눈을 크게 뜨고, 결의에 찬 표정으로 고개를 들었다. 분위기가 심상치 않아 모두가 주목했다.

"고무라 씨보다 제가 훨씬 죄 많은 인간입니다……."

네기시 씨는 고무라 씨 이상으로 충격적인 이야기를 꺼내놓았다.

네기시 요시노리

저는 최악의 인간입니다.

원래는 너무나도 중대한 이 비밀을 무덤까지 가지고 갈 작정이었어요. 그 때문에 쓰보이 선생님이 터무니없는 의심을 받는데도 입을 꾹 다물 생각이었습니다.

차례차례 드러나는 의혹에 저도 방금 전까지는 쓰보이 선생님을 의심했습니다. 아들 사토시도 쓰보이 선생님에게 죽을 뻔했다 싶었고, 임해학교에서 발생한 사건도 있고요. 완전히 냉정함을 잃었습니다.

하지만 임해학교에서 발생한 사건에서도, 고무라 씨 댁 사건에서도 쓰보이 선생님의 혐의는 풀렸습니다. 그러니 사토시 건도 다시 검토해봐야겠죠. 사토시가 오토바이를 타다 넘어진 현장에서 발견된, 현재 국내에서는 입수가 불가능하다는 조아니 등산용 로프 토막도 정말로 오토바이를 넘어뜨리는 데 사용되었는지는 불분명합니다. 근처에 사는 등산 애호가가 낡은 로프를 마침 쓰레기로 내놓았고, 그게 바람을 타고 날아왔을 뿐인지도 모르죠. ……아까 여러분에게는 미처 말씀을 못 드렸는데, 사실 현장 근처에는 쓰레기를 모아두는 곳도 있었습니다. 더구나 이 사건은 애당초 고무라 씨 댁 사건과의 유사성이 쓰보이 선생님을 의심하는 근거였으니까요.

그리고 그 외에도 쓰보이 선생님이 절대로 관여하지 않은 사건이 하나 더 있습니다.

바로 메모①에 적힌 미조구치 다쓰야의 자살입니다.

사이키…… 지금까지 숨겨서 미안하다. 미조구치는 정말로 자살한 거야.

덧붙여 난 미조구치의 시신을 제일 먼저 발견한 사람이자, 그의 자살과 관련해 괘씸한 은폐 공작을 벌인 범죄자야.

나는 그 무렵, 매일 아침 누구보다도 일찍 학교에 갔지. 사이키도 아는지 모르겠다만 운동장에서 매일 아침 운동을 했거든. 그래서 밤중에 학교 옥상에서 운동장으로 뛰어내린 미조구치의 시신을 다음 날 아침 제일 먼저 발견한 것도 당연히 나였어.

당시는 휴대전화가 없었으니까 허겁지겁 건물 자물쇠를 열고, 출입구 안쪽에 있는 공중전화로 경찰에 신고한 후 바로 운동장으로 돌아왔지. 어쩌면 아직 숨이 붙어 있을지도 모른다, 응급처치를 하면 구할 수 있을지도 모른다 싶었지만, 살펴보니 목이 부러졌고 대량의 피가 검게 응고된데다 사후경직까지 일어났더군. 완전히 틀렸다는 걸 알았어. 그게 전년도에 졸업한 미조구치라는 건 시신의 얼굴을 지척에서 확인하고 나서야 알아차렸지.

그때 미조구치의 호주머니에서 비어져 나온 종이가 눈에 띄었어. 냉정하게 생각하면 경찰이 오기 전에 그런 걸 건드리면 안 되겠지만, 나는 종이를 꺼내서 읽었어. 그건 미조구치가 육필로 쓴 유서였지. 아아, 유서는 발견되지 않았다고 나중에 경찰이 발표했는데, 실은 있었어.

그리고 유서에는 자살한 이유도 똑똑히 적혀 있었어.

미조구치는 우치다 선생에게 농락당한 끝에 자살한 거야.

사이키, 우치다 선생이 누군지 기억나? ……아아, 그래. 당시 시바사키 중학교의 마돈나 같은 존재였지. 유서에는 미조구치가 중학교 2학년 끝자락부터 우치다 선생과 사귀었다는 것과 즐거운 데이트의 추억, 그리고 졸업하고 나서도 방과 후에 몰래 시바사키 중학교에 와서 우치다 선생과 밀회했다는 내용이 적혀 있었어. 나아가 "우치다 선생님이 나를 남자로 만들어주었다"는 말도 적혀 있더군. ……그래. 뭐, 그런 의미겠지.

하지만 미조구치는 우치다 선생이 다른 남자와도 사귄다는 사실을 알아차렸어. 그것도 양다리 정도가 아니라 문어발 수준이었다는 걸. 놀랐겠지. 나도 유서의 그 부분을 읽으며 온몸이 떨릴 만큼 놀랐어.

우치다 선생에게 마음을 빼앗긴 미조구치는 그 사실에 너무나 충격을 받아 자살을 선택했대. 그런 녀석도 연애가 얽히면 망가지는가 봐. 분명 이런 문장으로 유서를 끝맺었어.

"당신은 최악의 여자입니다. 나랑 사귀면서 다른 남자와도 관계를 맺다니 더는 못 견디겠습니다. 당신은 아무 죄책감도 없이 남자에게 상처를 주는 악마입니다. 내 죽음에 조금이라도 죄책감을 느껴 올바른 인간이 되기를 빕니다."

나는 유서를 다 읽자마자 부리나케 교무실로 뛰어가 재떨이에다 유서를 불태웠지. 그 직후에 경찰차가 도착했으니 아슬아슬했어.

내가 유서를 불태운 이유는 그런 사실이 밝혀지면 매스컴이 대거 밀려와 학교가 어수선해져서 교사도 학생도 고생할 게 뻔했기 때문이야. 하지만 그 이상으로 큰 이유가…… 아아, 역시 사이키에게도 들켰나. 맞아, 내가 우치다 선생을 좋아했기 때문이지.

하지만 사이키도 알다시피 며칠 후에 치러진 미조구치의 장례식에서 우치다 선생은 눈물 한 방울 흘리지 않았어. 눈물이 다 뭐야, "저는 수업이 별로 없어서 미조구치에 관해 잘 모르지만, 역시 요절은 못할 짓이네요" 하고 다른 선생님과 웃음마저 띠며 잡담을 나누더군. 장례식 후에도 평소와 다름없이 학교에 출근했고, 충격을 받은 낌새는 전혀 없었지.

나는 더이상 참을 수 없어서 우치다 선생을 불러내 모조리 사실대로 말했어. 실은 우치다 선생의 바람기에 농락당한 미조구치가 원망하는 마음을 유서에 남겼다. 하지만 나는 우치다 선생을 좋아하니까 유서를 불태웠다. 당신이 지금도 잘리지 않은 건 내가 유서를 불태운 덕분이다, 그 대가로 사귀어달라고는 하지 않겠지만 하다못해 좀더 반성해라. 그렇게 말했지.

그러자 우치다는 적반하장으로 나오더군.

"그렇게 해달라고 내가 부탁한 거 아니잖아요. 미조구치가 자살한 게 내 탓인지도 모르겠다는 생각이 아예 없는 건 아니지만, 결국 걔가 멋대로 저지른 짓이에요. 그런데 왜 그쪽한테 고마워하라는 식으로 나오는 거죠? 그리고 당신이 날 좋아한다는 것도 이미 알고 있었지만, 솔직히 나는 전부터 당신이 더럽게 싫었어요!"

뻔뻔하게도 그딴 소리를 지껄였지. 그게 그 여자의 본성이었던 거야. 백년의 사랑도 단숨에 식는다는 게 무슨 소린지 실감했지.

그리고 며칠 지나지 않아 우치다는 느닷없이 교장선생님에게 사표를 내더니, 모두의 만류를 뿌리치고 종적을 감추었어. 당시 살고 있던 셋방까지 빼서 말이야. 그렇게 도망치는 건 제대로 된 사회인이 할 짓이 아니지만, 우치다도 자신의 방만한 연애가 초래한 커다란 비극에 겁을 먹었는지도 모르지.

……아아, 정말 죄송합니다. 도중부터 사이키에게만 이야기하는 꼴이 되고 말았는데, 아무튼 이게 사건①의 진상입니다.

자살한 미조구치도, 자살로 몰아넣은 우치다도, 그리고 자살의 진상을 멋대로 은폐한 저도, 너무나 미숙했습니다. 그 때문에 결과적으로는 아무 상관도 없는 쓰보이 선생님이 의혹을 받고 말았네요. 정말로 죄송할 따름입니다…….

데라시마 유

고무라 씨의 고백을 듣고 미어졌던 가슴이 철렁 내려앉을 만큼 네기시 씨의 고백은 충격적이었다. 설마 선생님이 학생의 유서를 불태울 줄이야.

네기시 씨의 이야기가 끝나고 한동안 다들 멍하니 있었다. 고무라 씨의 고백을 듣고 흘린 눈물도 쑥 들어간 것 같았다. 특히 사이키 씨는 타격을 제대로 받은 듯, 혼이 빠진 것처럼 멍한 표정이었다. 솔직히 우리는 학교의 마돈나라는 우치다 선생에 대해 모르니까 덜하겠지만, 아는 사람 입장에서는 충격이 한층 크겠지.

나는 좌탁의 메모에 손을 뻗어 침묵을 깼다.

"그럼 이로써 메모①의 투신자살로 위장한 살인은 없었던 걸로…… 그리고 ③의 네기시 사토시도 ⑥의 고무라 마사오 씨도 사고였다고 결론을 내려도 되겠죠?"

네기시 씨와 고무라 씨가 동시에 고개를 끄덕였다. 나는 즉시 메모①, ③, ⑥을 뒤집었다. 이번에는 사이키 씨도 끼어들지 않았다.

"이제 ②와 ④만 남았군요."

나는 일곱 장 중 백지가 된 다섯 장의 메모를 내려다보며 말했다.

"하루미의 제자 스가노가 공원에서 습격당한 사건②와 아유카와 씨가 스토킹 피해를 당한 사건④. 이 두 가지만 해결하면 쓰보이 선생님의 무고함을 완벽하게 증명할 수 있어."

네기시 씨가 말했다. 이제 쓰보이 씨를 의심하는 마음은 일절 없는 모양이다. 아까 중대한 비밀을 털어놓아서 그런지 어쩐지 홀가분한 표정이었다.

"일곱 가지나 됐던 의혹이 두 가지로 줄었으니, 여세를 몰아 나머지 두 가지도 무혐의로 판정하면 안 될까요?"

가볍게 개그를 칠 생각으로 말하자 바로 사이키 씨가 고함을 버럭 질렀다.

"당연히 안 되지!"

"……농담인데요."

예상보다 진지하게 화를 낸데다 아무도 안 웃었다. 아아, 말하지 말걸 그랬다.

"분명 다른 사건은 쓰보이 세이조의 범행이 아니었을지도 몰라. 남이 죽어주기를 바란다고 해서 굳이 그 인물을 죽이러 가지는 않겠지. 하지만 이 두 건은 달라. ②에서는 자기 딸을 괴롭힌 아이를 죽이려 했고 ④에서는 젊은 여자 친구를 포기하지 못하고 스토킹을 일삼았어. 자신과 딸을 상처 입힌 상대에게 원한을 품은 거지. 감정적이고 알기 쉬운 동기야. 이 두 건은 정말로 쓰보이 세이조의 범행이 아닐까 싶은데."

사이키 씨가 말했다. 그는 아직도 쓰보이 씨가 악인이라 믿는 모양이다.

다만…… 아무래도 뭔가 걸린단 말씀이야.

그렇다. 좀 전에 느낀 그 감각이 아직 남아 있다. 메모에 적힌 사건 중에 내 기억과 연결되는 뭔가가 있는 것 같다. 하지만 그게 구체적으로 뭔지는 모르겠다. 기시감과는 약간 다르다. 기분 탓인가도 싶었지만, 뭐라고 형용하기 힘든 찜찜함이 가시지 않는다.

하지만 처음에 그 감각을 느꼈던 때와 비교하면 지금은 사건이 두 가지로 줄었다. 즉 내가 찜찜함을 느끼는 원인은 이 둘 중 하나인가. 나는 다시금 메모를 찬찬히 살펴보았다. 다른 사람들도 두 장 남은 메모를 보며 생각에 잠긴 것 같았다.

그러고 보니 하루미 씨 제자가 공원에서 머리를 얻어맞았다는 사건②는 꼼꼼하게 설명을 듣지 못했다. 내가 화장실에 간 사이에 드러난 사건이라 시라코 해안 사건과 마찬가지로 사이키 씨에게 대강 설명을 들었을 뿐이다. 하루미 씨 본인에게 들은 게 아니므로 메모만 읽고 구체적인 이미지까지 파악하기는 힘들다.

② 5년 전(2008년) 8월, 하루미를 퇴직으로 몰아넣은 문제아 스가노 다쿠마(초5)가 밤에 공원에서 머리를 얻어맞아 한때 의식불명.

〔쓰〕

·하루미의 아버지이므로 동기는 충분.

·현장인 공원도 자택 근처.

읽다가 궁금한 점이 하나 생겼다. 나는 하루미 씨에게 물어보았다.

"죄송한데요. 메모②의 마지막 부분 '현장인 공원도 자택 근처'라는 말은 스가노가 폭행당한 현장이 쓰보이 씨 자택 근처 공원이라는 뜻이죠?"

"예, 맞아요."

하루미 씨는 고개를 끄덕였다.

"그럼 피해자인 스가노라는 아이는 쓰보이 씨 댁 근처까지 끌려와서 폭행당했다는 건가요?"

내가 거듭 묻자 이번에는 하루미 씨가 고개를 저었다.

"아니요…… 스가노네는 저희 집 근처예요. 저는 당시 모교에 근무했던 터라 집도 같은 학군에 있었고, 근처에 제자들 집도 많았어요. 그러니까 현장은 저희 집 근처이기도 하고 스가노네 근처이기도 해요."

"아아, 그렇군요. 그럼 이 공원은 제 방에서도 가깝겠네요."

"물론 그렇죠."

이해가 갔다. 그나저나 아까 사이키 씨한테 이런 정보는 못 들었는데. 설명을 하려면 좀 제대로 할 것이지. 사이키 씨를 힐끗 째려보았지만, 그는 시선을 내리깔아 메모만 가만히 들여다보았다.

그건 그렇고 내 방 근처 공원이 사건 현장이었다니. 오 년 전, 내가 모르는 사이에 그렇게 무서운 사건이 벌어졌단 말인가. 근처 공원에서 아이가 머리를 얻어맞아 한때 의식불명. 진짜 무섭네.

응? 근처 공원, 아이가 머리를…… 의식불명…….

혹시 이거…….

기억 속에서 어떤 장면이 서서히 되살아났다. 경야 때 간신히 분향을 마치고 자리로 돌아온 후 잠깐 생각이 났지만, 기억 속 영상을 선명하게 재생하는 건 오랜만이다.

암갈색으로 퇴색됐다기보다는 거의 검정색에 가까운 추억. 그래, 이 영상은 배경이 새카맣다. 그야 밤이었으니까. 그리고 분명 내가 도쿄로 상경한 해의 무더운 여름밤이었다. 그리 좋은 추억은 아니다 보니 완전히 기억 속 깊은 곳에 잠겨 있었다.

메모를 다시 읽었다. 오 년 전 8월…….

딱 들어맞는다!

나는 조급한 마음을 억누르고 메모②를 가리키며 하루미 씨에게 확인했다.

"하루미 씨. 이 공원, 하루미 씨 집에서 도로를 하나 건너면 나오는 그 커다란 공원인가요? 주인아저씨가 자주 청소를 했던……."

하루미 씨는 메모와 내 얼굴을 보고 나서 고개를 끄덕였다.

"아, 예, 맞아요. 후타바 공원이요."

"혹시…… 이 스가노라는 아이, 얼굴이 하얗고 통통하니, 초등학교 5학년치고는 비교적 덩치가 크고, 어린애 주제에 머리를 염색하지 않았나요? 그야말로 행실이 불량한 집 아이처럼요."

내가 흥분한 기색으로 묻자 하루미 씨는 놀란 표정으로 말했다.

"어떻게 아셨어요?"

"역시!"

나는 손뼉을 쳤다. 그 공원의 정식 명칭이 '후타바 공원'인 줄은 몰랐지만, 역시 내 예상이 딱 들어맞았다.

나는 모두를 둘러보며 선언했다.

"여러분, 사건②도 쓰보이 씨와는 무관합니다!"

"정말이야?"

네기시 씨가 흥분한 듯 말했다. 다른 사람들도 자세를 바로 하고 내게 주목했다.

"실은 제가 이 사건의 목격자예요. 그보다…… 그 녀석이 거짓말을 했네요."

나는 사건의 진상을 설명했다.

*

제가 상경하고 처음으로 맞이한 여름이었습니다.

당시 데뷔한 지 몇 달 되지 않은 터라 노래방에서 야간 아르바이트를 하면서 개그맨 일을 했어요. 그런데 라이브 공연은 길어질 때가 많거든요. 공연을 마치고 가면 지각할 때도 있어서 점장한테 자주 욕을 먹었죠. 하지만 그전에 잠깐 일했던 편의점보다 일이 편하고 시급도 좋아서 "다음에 또 지각하면 모가지야"라는 경고를 듣고는 잘리지 않도록 어떻게든 출근 시간을 엄수했죠.

그날 밤도 공연을 마친 후, 집에 콩트 의상과 소도구를 갖다 놓고 바로 아르바이트를 하러 갔습니다. 시간상 서두르면 안 늦을 것 같았어요. 그 공원을 가로지르는 게 노래방에 가는 지름길이라 평소처럼 자전거로 공원 길을 달렸죠. 뭐, 위험하니까 실은 자전거로 질주하면 안 되지만요.

잽싸게 달려가는데 앞쪽 가로등 불빛에 높은 철봉에서 혼자 노는 남자애가 비치더라고요.

그 아이는 철봉에서 글라이더를 하고 있었습니다. 아아, 여자분들은, 특히 고무라 씨는 글라이더가 뭔지 모르시겠군요. 어, 말로 설명하기는 어려운데, 일단 철봉에 올라가서 양손으로 철봉을 잡은 채 쪼그려 앉는 자세를 취합니다. 그리고 뒤로 넘어지며 회전력을 이용해 앞으로 뛰는 놀이예요. 잠깐 일어나서 시범을 보이자면, 이렇게…… 이런 느낌입니다.

아, 더 모르시겠다고요? 그렇군요. 철봉에서 하는 놀이를 철봉 없이 몸동작으로 설명하는 건 무리였네요. 죄송합니다, 잊어버리세요. 아무튼 그 아이는 글라이더라는 놀이를 하고 있었습니다. 저도 어릴 적에 해봤는데요, 그 놀이는 스릴이 있어서 재미있지만 상당히 위험합니다. 더구나 그 아이는 멀리서 보기에도 한눈에 알 만큼 실력이 형편없었어요. 주변에 어른도 없는데 큰일이다, 실패하면 머리부터 떨어져서 크게 다칠 수도 있겠다고 생각했죠.

제 자전거가 철봉에서 약 십 미터 거리에 접어들었을 때였습니다. 앞으로 붕 뛴 아이가 공중에서 균형을 잃고 정말로 머리부터 떨어지더라고요.

저 녀석, 아니나 다를까 사고를 쳤구나 생각하며 브레이크를 잡았습니다. 잠시 아이를 지켜봤는데, 쓰러진 채 옴짝달싹도 안 하더라고요. 야단났다 싶었지만 구급차를 부르면 지각 확정입니다. 다음에 또 지각하면 모가지라는 경고도 떠올랐고요.

그렇다고 내버려두고 갔다가 아이가 죽기라도 하면 큰일이잖아요. 어쩌면 경우에 따라서는 저도 처벌받을지도 모른다는 생각에 머뭇머뭇 다가가서 "야, 괜찮아? 정신 차려" 하며 돌보아주었습니다. 그런데 실신한 아이 귓구멍에서 피가 철철 정도는 아니지만 질질 흐르더라고요. 귀에서 피가 나면 매우 위험하다고 들었던지라 완전히 대혼란에 빠졌죠.

그런데 그때 고등학생으로 보이는 여자애 두 명이 지나갔습니다.

여자애들을 불러 "얘가 머리를 다쳐서 의식이 없어. 난 급하니까 미안하지만 구급차를 좀 불러줘" 하고 부탁했어요. 여자애들은 "으아, 큰일이다!" 하고 소리치더니 바로 한 명이 휴대전화를 꺼내 신고했습니다. 저는 그걸 확인한 후, 다른 한 명에게 고맙다고 인사하고 아르바이트를 하러 갔습니다…….

아유카와 마키

"그럼 걔가 스가노였다는 거예요?"

데라시마 씨의 설명을 다 듣고 나서 물었다.

"틀림없을 겁니다. 시기도, 장소도, 아이의 특징도 하루미 씨 증언과 일치하니까요."

"그런데 왜 나중에 걔가 얻어맞았다는 말이 나온 거람."

"분명 녀석이 거짓말을 한 거예요."

"거짓말?"

"글라이더에 실패해서 머리부터 떨어져 병원에 실려 가다니, 초등학교 5학년 남학생 입장에서는 너무나 창피한 일이죠. 반 아이들에게 들키면 졸업할 때까지 놀림받을 겁니다. 하물며 스가노는 반의 보스 같은 존재였잖아요? 그렇다면 더 감추고 싶겠죠. ……저도 십여 년 전에는 초등학교 5학년 남학생이었으니까 기분은 이해가 갑니다."

그때 하루미 씨가 말을 꺼냈다.

"제가 듣기로 스가노는 신고를 해준 사람에게 '모르는 남자가 갑자기 때렸다'고 말하고 나서 의식을 잃고 병원에 실려 갔다는군요."

그 말에 데라시마 씨는 "과연" 하고 만족스레 고개를 끄덕였다.

"여학생 두 명이 있는 동안 스가노는 일단 정신을 차렸군요. 초등학교 5학년쯤 되면 어느 정도 이성을 의식할 나이고, 더구나 스가노는 발랑 까진 녀석이었으니 누나들에게 철봉에서 떨어졌다고 밝히기는 부끄러웠겠죠. 그렇듯 감정적인 요인도 한몫하여 순간적으로 남자에게 맞았다고 거짓말을 한 겁니다."

이번에는 고무라 씨가 "앗, 그러고 보니" 하고 목소리를 높였다.

"몇 년인가 전부터 그 공원에서 수상한 사람을 봤다는 소식이 가끔 들렸어요. 이따금 회람판에 적혀 있었죠. 그래서 그 여자애들도 수상한 남자 짓이라고 믿었는지도 모르겠네요."

데라시마 씨는 다시 고개를 끄덕이고 말했다.

"그렇군요. 창피한 것에 더해 그러한 정보가 있었기 때문에 스가노는 모르는 남자에게 얻어맞았다는 거짓말을 떠올렸는지도 모르겠습니다. 스가노도 공원에서 수상한 사람이 목격됐다는 정보는 학교 홈룸 시간 등을 통해 들었을 테니까요."

그러자 하루미 씨가 "앗, 그러고 보니" 하고 다시 입을 열었다.

"사건 직후에 몸집이 작은 남자가 자전거를 타고 달려가는 것을 보았다는 목격 증언이 나왔대요. 그럼 혹시 그 사람은……."

데라시마 씨는 잠시 생각하다 웃음을 풋 터뜨리며 말했다.

"아마도 저겠죠."

"역시……."

하루미 씨도 살짝 웃었다.

그 모습에 데라시마 씨는 안도한 듯한 표정으로 말을 이었다.

"그렇군요, 신고한 여자애들이 저를 범인으로 착각했는지도 모르겠어요. 확실히 보기에 따라서는 수상한 남자가 스가노의 머리를 때린 후 사람이 나타나자 당황하여 '난 급하니까 구급차를 좀 불러줘'라는 거짓말로 위기를 모면하고 달아난 것처럼 보이기도 하겠죠. 그래서 경찰이 본격적으로 움직이자 스가노도 물러나려야 물러날 수 없게 된 건가. 가벼운 기분으로 거짓말을 했는데, 수상한 사람이 출몰한다는 정보와 목격 증언이 겹쳐서 일이 점점 커지고 말았으니까."

"하지만 철봉에서 떨어져놓고 맞았다고 허위 증언을 했잖아. 경찰에게 안 들킬까?"

사이키 씨가 의문을 제기했다.

그러자 데라시마 씨는 잠시 허공에 시선을 주다가 대답했다.

"제 기억으로는 그때 스가노가 너무 힘껏 글라이더를 하는 바람에 철봉에서 좀 거리가 있는 곳까지 날아가서 뒤통수를 찧었어요. 하지만 피가 그렇게 많이 나지는 않았고요. 만약 철봉 바로 밑에 떨어졌고 거기에 피가 잔뜩 묻어 있었다면 들통났을지도 모르지만, 그런 식으로 떨어졌으니 경찰도 철봉 근처에서 머리를 얻어맞았다는 말에 속아 넘어간 것 아닐까요?"

"그리고 철봉에서 떨어졌다고 하면 부모에게 혼나겠지만, 수상한 사람에게 맞았다고 하면 부모도 걱정해주겠지."

네기시 씨가 덧붙였다.

그 말에 반응하여 하루미 씨가 또 "앗, 그러고 보니" 하고 말을 꺼냈다.

"스가노 어머니는 아이를 내버려두고 한밤중까지 파친코를 하는 사람이었어요. 하지만 그 사건 이후로는 그런 적이 없다고 들었어요."

그러자 데라시마 씨가 씩 웃었다.

"과연, 스가노의 일생일대의 거짓말은 성공한 셈이로군요. 꾸지람을 면했을 뿐 아니라 글러먹은 어머니까지 갱생시켰으니까요. 그건 그렇고 여자애들한테 '얘가 철봉에서 떨어져서 머리를 다쳤다'고 분명히 말할걸 그랬네. 머리를 다쳤다고만 말하고 아르바이트를 하러 가서 범인으로 오해받은 거야."

"경찰에 체포되지 않아서 다행이었네."

고무라 씨가 진심이 담긴 목소리로 말했다.

"그러게요. 까딱 잘못했으면 경찰에게 누명을 썼을지도 모르니까요. 뭐, 하지만 저 때문에 결과적으로 쓰보이 씨가 경야 자리에서 누명을 쓰고 말았지만."

데라시마 씨 말에 한순간 방 전체가 잠잠해졌다. 하지만 그런 분위기를 지워버리듯이 데라시마 씨가 냉큼 밝은 목소리로 말했다.

"뭐, 어쨌든 사건②는 쓰보이 씨 범행이 아닙니다. 그렇다기보다 아예 사건도 아니었어요. 목격자로서 자신 있게 말씀드립니다."

데라시마 씨는 가슴을 펴고 말했다. 그리고 메모②를 힘차게 뒤집었다.

나는 그 모습을 보며 생각했다.

처음에는 음복 음식을 게걸스럽게 먹는 걸 보고 열 받았지만, 이 남자 실은 멋있는지도…….

"역시 쓰보이 씨는 나쁜 사람이 아니었구나."

고무라 씨가 말했다. 그 말에 네기시 씨가 고개를 두 번 크게 끄덕였다.

나도 따라서 무심코 고개를 끄덕였다.

그제야 깨달았다. 어머, 나도 이제는 선생님이 무고하길 바라고 있어…….

그때 사이키 씨가 목소리를 높였다.

"여러분 잠깐 기다리십시오. 진정하고 생각하시라고요!"

사이키 나오미쓰

"결론을 내리기는 일러! 아직 ④의 스토커 의혹이 남아 있다고요!"

나는 안간힘을 다해 주장했다. 다들 이렇게 변심하다니 도무지 믿기지 않았다. 스토커 의혹이 남아 있는데 쓰보이 세이조가 나쁜 사람이 아니라니, 잘도 그딴 소리가 나오는군.

"스토커입니다. 악인 중의 악인이잖아요."

나는 모두를 둘러보며 말했다. 하지만 다들 나와 눈이 마주치면 허둥지둥 시선을 돌리기에 바빴다. 나는 당장이라도 꺾일 것 같은 마음을 추스르며 유일한 내 편에게 말을 걸었다.

"이봐, 아유카와 씨. 당신이 스토킹을 당한 사건은 아직 해결이 안 됐어. 그런데 쓰보이 세이조가 결백하다니 어처구니가 없지?"

하지만 아유카와는 이렇게 대답했다.

"저도…… 역시 선생님이 아닌 것 같기도 해요."

"잠깐, 무슨 소리야!"

나는 절규했다.

아유카와 마키

솔직히 말해 이제 모르겠다.

일곱 가지나 됐던 의혹 중 여섯 가지가 뒤집어졌으니까 실은 나도 선생님은 나쁜 사람이 아니었다고 여기고 싶다. 하지만 그거랑 이거는 다른 것 같기도 하다.

그게, 다른 사건들은 결국 사고였거나 자살이라 선생님이 범인으로 의심받은 범죄 자체가 존재하지 않았던 거잖아. 하지만 내 경우는 다르다. 실제로 우편함에 협박장이 들어 있었고, 문에 스프레이로 낙서를 당했고, 인터넷에 비방 글이 올라왔고, 방에 도청기가 설치됐다. 이건 사고나 착각일 리 없다. 어딘가에 반드시 범인이 있다.

그리고 범인으로 추정되는 사람은 신고와 쓰보이 선생님 두 명뿐. 어느 쪽이 수상한가 하면, 마침맞게 컴퓨터를 배우고 도청기를 파는 가게에 드나든 선생님이 더 수상하다.

"아유카와 씨, 냉정하게 생각해보자. 살인자라는 의혹은 풀렸을지라도 스토커 의혹이 진짜라면 충분히 저질이잖아. 그러니까 쓰보이 세이조는 나쁜 사람이 아니라는 선입관에 사로잡히면 안 돼."

사이키 씨가 나를 설득하려 들었다. 선생님은 무고하다는 쪽으로 모두의 의견이 기울었으니 사이키 씨에게 같은 편은 나뿐이리라. 하지만 솔직히 말해 꼭 사이키 씨와 편을 먹고 고집스럽게 선생님을 의심하고 싶은 건 아니다. 그렇다고 무조건 선생님에 대한 의심을 풀고 싶은 것도 아니고. 으음, 어떻게 하면 납득이 갈지 나도 잘 모르겠다.

"솔직히 저도 선생님을 믿고 싶어요. 하지만 한편으로 저는 스토킹 피해자이기도 해요. 선생님 짓이 아니라는 분명한 증거가 나오면 저도 납득하겠지만…… 아직 뭐라고도 말씀을 못 드리겠네요."

나는 솔직하게 말했다. 사이키 씨는 팔짱을 끼며 끙, 하고 앓는 소리를 냈다.

"다만 '악마의 증명'이라고 하던가요? 안 했음을 증명하는 건 했음을 증명하는 것보다 훨씬 어려운데요……."

데라시마 씨가 조심스레 말했다. 확실히 그렇다. 지금까지 사건을 검토하면서 선생님 짓이 아니라고 여길 만한 근거가 나온 게 기적이나 다름없다.

"아버지 말고 다른 사람이 아유카와 씨 방에 수작을 부리는 순간을 누군가 목격했다면 좋을 텐데요. 스가노가 사고를 당하는 순간을 데라시마 씨가 목격한 것처럼……."

하루미 씨가 말했다.

하지만 범인도 목격당하지 않도록 신중을 기했을 테니 그런 행운을 기대하기는 힘들겠지……. 그러다 번뜩 생각이 나서 외쳤다.

"맞다, 고무라 씨!"

내가 갑자기 불러서 놀랐는지 고무라 씨는 몸을 움찔하고 이쪽을 보았다.

"제 방 현관과 고무라 씨 집 뒷문이 마주 보잖아요. 혹시 범인을 본 사람이 있다면 고무라 씨밖에 없을 것 같아요. 삼 년 전 여름철,

제 방 앞에서 수상한 사람 못 보셨어요?"

나는 고무라 씨에게 물었다. 하지만 고무라 씨는 고개를 갸웃하며 대답했다.

"으음, 삼 년이나 예전 일이 기억이 나려나. 애당초 뒷문으로 나갔을 때 아유카와 씨랑 마주치기는 해도, 다른 사람이 있었던 적은 얼마 없는걸."

"그럼 수상한 사람이 있으면 더 인상에 남겠죠. 잘 생각해보세요. 수상한 사람이 제 방 우편함에 협박장을 넣거나, 제 방에서 수상한 사람이 나오는 거 못 보셨어요?"

나는 끈질기게 물고 늘어졌다. 고무라 씨는 "으음" 하며 생각에 잠겼다.

하지만 얼마 안 가 포기한 듯이 말했다.

"우편함에 뭔가 넣은 사람은 가스랑 수도 검침원과 전단지를 돌리는 사람 정도밖에 생각이 안 나네. ……그리고 방에서 아유카와 씨 말고 다른 사람이 나온 것도 지상디지털 방송이랬나, 텔레비전이 그걸로 바뀌었을 때 공사하러 온 전기업체 사람 정도? 그러니까 역시 수상한 사람은 못 본 것 같아."

"그렇군요……."

뭐, 그렇게 운 좋게 범인을 목격할 리는 없나. 나는 어깨를 축 늘어뜨렸다. 맞아, 그렇게 쉽지는 않겠지.

……이렇듯 그냥 흘려들을 뻔했지만 오 초쯤 후에 흠칫했다.

응? 지상디지털 방송으로 바뀌었을 때 공사를 하러 온 전기업체 사람?

혹시, 나는 고무라 씨에게 머뭇머뭇 물어보았다.

"저기, 제 방에서 나왔다는 전기업체 사람 있잖아요……. 머리가 홀딱 벗어진 아저씨였죠?"

하지만 고무라 씨 대답은 달랐다.

"응? 아니야. 머리가 긴 젊은이였어."

그 말을 듣자마자 온몸에 소름이 쫙 돋았다. 나는 바로 외쳤다.

"그거, 전기업체 사람 아니에요. 가짜예요!"

"가짜?"

대번에 방 안이 술렁거렸다.

"똑똑히 기억해요. 이사한 후로 제 방에 들어온 업자는 이사업자, 지상디지털 방송으로 전환됐을 때 공사를 하러 온 전기업자, 도청기 탐지업자, 세 명 연속으로 대머리 아저씨였다고요! 그래서 인상이 강하게 남았어요. 세 명 연속이라니 엄청나다면서……."

"과연…… 그렇다면 고무라 씨가 본 그 사람은 확실히 수상하군요!"

데라시마 씨가 기운차게 말하고 고무라 씨에게 물었다.

"고무라 씨, 왜 그 사람을 전기업체 사람이라고 생각하셨어요?"

"어, 그러니까…… 분명 내가 '전기업체 사람? 지상디지털 방송 공사 때문에 왔어요?' 하고 물었더니 그 사람이 '예, 그렇습니다' 하고 대답했거든."

고무라 씨는 눈을 감고 열심히 당시 기억을 더듬었다.

"아아, 맞아. ……그때 작업복을 입은 남자가 아유카와 씨 방에서 나오다가 나랑 딱 마주쳤어. 우리 집도 지상디지털 방송 때문에 공사를 한 지 얼마 안 되어서 아무 의심도 없이 '전기업체 사람? 지상디지털 방송 공사 때문에 왔어요?' 하고 물었더랬지."

"그 남자, 쓰보이 세이조가 변장했을 가능성은 없습니까?"

사이키 씨가 방석에서 몸을 내밀고 물었다. 하지만 고무라 씨는 바로 고개를 저었다.

"쓰보이 씨는 아니었어요. 작업복을 입은 청년이었는걸. 아, 하지만……."

고무라 씨는 한순간 말을 멈췄다가 다시 입을 열었다. "그래, 역시 남자였어."

"저어, 지금 왜 잠깐 망설이셨나요?"

데라시마 씨가 바로 물었다. 확실히 좀 이상하긴 했다.

그러자 고무라 씨가 대답했다.

"그 사람, 현관문을 열고 나왔을 때 고개를 숙이고 있었거든요. 남자치고는 긴 갈색머리에 몸도 야리야리해서 처음에는 여자인 줄 알았어요. 하지만 자세히 보니 턱수염이 있었으니까 역시 남자야."

"신고랑 생김새가 똑같아요! 걔도 긴 갈색머리에 턱수염을 길렀어요. 그리고 몸도 여자처럼 가녀렸고요!"

나는 소리쳤다. 내 말을 듣고 데라시마 씨가 흥분한 기색으로 물었다.

"고무라 씨, 그 사람은 그 밖에 어떤 특징이 있었나요?"

"어디 보자……. 아아, 그래. 내가 '전기업체 사람? 지상디지털 방송 공사 때문에 왔어요?' 하고 물었더니 그 사람이 '예, 그렇습니다' 하고 대답했는데, 목소리가 꽤나 새되더라고."

"신고는 거짓말을 하면 목소리가 뒤집어져요!"

나는 다시 소리쳤다. 데라시마 씨가 재차 물었다.

"언제였나요? 삼 년 전 여름 아니었습니까?"

"그게…… 그것까지는 생각이 안 나네요. 우연히 한 번 마주친 사람을 언제 만났는지까지 기억하는 건 아무래도 힘들지."

고무라 씨는 난감한 표정으로 이마에 손을 댔다.

그런데 그때 네기시 씨가 거들어주었다.

"고무라 씨 댁에서 지상디지털 방송으로 전환하는 공사를 한 직후에 그 남자를 보셨다면서요. 그럼 고무라 씨 댁에서 언제 공사를 했는지 생각해보시면 되겠네요."

"아, 그런가."

고무라 씨는 턱에 손을 대고 눈을 감은 채 미간에 주름을 잡으며 대답했다.

"어, 그때 분명 남편이 전기업체 사람한테 고함을 질러서 수습하느라 애먹었는데……. 아, 그래. 지상디지털 방송으로 전환해야 하는 기한이 일 년 남짓 남았을 때였어. 전기업체 사람이 그랬거든. '이제 곧 지상디지털 방송 전환 기한이 일 년밖에 안 남아서 바빠졌다'고."

"지상디지털 방송 전환 기한은 언제지?"

네기시 씨가 주변을 둘러보며 물었다.

"알아볼게요!"

나는 가방에서 휴대전화를 꺼내 '지상디지털 방송 전환 기한'으로 검색했다. 답은 바로 나왔다.

"2011년 7월 24일이요."

"거기서 일 년 전이니까 그 남자가 나타난 건 2010년 7월……."

데라시마 씨가 그렇게 말하며 눈을 부릅뜨고 메모④를 가리켰다.

④ 3년 전(2010년) 7월경부터 아유카와 씨가 스토킹을 당함.

"일치하는군!"

"완벽하네요. 범인의 특징도, 시기도 딱 들어맞아요."

네기시 씨와 데라시마 씨가 서로 고개를 끄덕여주었다.

"물론 그때 신고라는 사람이 방에 도청기를 설치했다는 명확한 증거는 없습니다. 하지만 당시 아유카와 씨 몰래 무단으로 방에 들어갈 이유가 그 외에 또 있을까요?"

데라시마 씨가 모두에게 말했다.

나도 홧김에 뒤이어 말했다.

"애당초 내 허락도 없이 방에 들어온 시점에서 이미 엄연한 스토커야. ……그나저나 결국 신고였잖아, 그 망할 새끼!"

그제야 모두가 나를 바라보고 있다는 것을 알아차렸다.

"……아, 그게, 아무것도 아니에요."

사람들이 얼굴을 숙이며 웃었다.

그건 그렇고 진상은 뜻밖에도 싱겁게 밝혀졌다.

의외이기는 했지만 신고가 내 방에 도청기를 설치했다고 볼 수밖에 없다. 신고는 작업복을 입는 일은 안 했다. 분명 방에서 나오다가 남에게 들키면 무슨 업자라고 변명하기 위해 입었겠지. 실제로 고무라 씨에게 들켰지만 그렇게 빠져나갔다.

"이로써 의혹이 전부 풀렸군요."

데라시마 씨가 마지막 메모④를 뒤집었다. 선생님이 받았던 의혹은 말 그대로 백지화되었다.

그걸 보고 나는 감격했다. 내가 데라시마 씨에게 뭔가 말을 걸려고 했을 때.

"고맙습니다. 덕분에 아버지의 결백이 증명됐어요."

하루미 씨가 눈물을 글썽거리며 데라시마 씨 앞으로 다가가서 머리를 숙였다.

"어, 별말씀을."

쑥스러운 표정의 데라시마 씨.

"아버지의 명예를 지키기 위해 혼자 나서주시다니, 정말 감동했어요."

하루미 씨는 감격한 나머지 양손으로 데라시마 씨의 손을 잡았다. 데라시마 씨의 귀가 대번에 빨개졌다.

그때였다.

"자, 잠깐만!"

사이키 씨가 두 사람 사이에 끼어들었다.

하루미 씨는 놀라서 데라시마 씨의 손을 놓았다.

"하루미, 따지고 보면 데라시마랑 아유카와 씨가 쓰보이 선생님을 제일 먼저 의심했잖아. 거기에 우리가 끼어드는 바람에 사태가 복잡해졌지만, 애초에 데라시마만 없었다면 쓰보이 선생님은 아무 의심도 안 받았을 거야."

사이키 씨가 하루미 씨를 설득했다. 하지만 당연히 데라시마 씨도 반격에 나섰다.

"와, 추잡해라! 마지막까지 쓰보이 씨를 의심한 게 누군데 그래요!"

"난…… 그렇게 보였는지도 모르지만, 마음속 깊은 곳으로는 내내 쓰보이 선생님이 그런 나쁜 짓을 할 리 없다고 믿었어."

사이키 씨는 놀랄 만큼 빤히 들여다보이는 거짓말을 했다.

"거짓말!"

당연히 데라시마 씨가 따끔하게 쏘아붙였다.

"거짓말 아니야. 다만 쓰보이 선생님이 스토킹을 했다는 말에 일시적으로 마음이 흔들렸을 뿐이지."

"그런 것치고는 앞장서서 쓰보이 씨를 의심하던걸요. 이런 메모까지 꼼꼼하게 써가면서요. 그리고 도중부터 경칭을 떼고 '쓰보이 세이조'라고 부른 건 그쪽뿐이에요."

"너야말로 꾀병을 부려서 달아나려고 했잖아! 그딴 놈이 잘난 척은!"

"꾀병 아닙니다! 저는 긴장하면 배탈이 나는 체질이에요! 정말로 감주같이 묽은 변이 좍좍 쏟아졌다고요!"

네기시 씨와 고무라 씨가 비생산적인 말다툼을 말리러 나섰다.

"자자."

"이제 그만해요."

그런 모습을 나는 뭐라고도 형용하기 힘든 기분으로 바라보았다.

결국 뭐였을까, 이 모임은.

선생님의 모든 혐의가 풀렸을 때 나도 모르게 감격했지만, 잘 생각해보면 사이키 씨 말대로다. 애초에 선생님의 혐의는 전부 우리가 만들어냈다. 그러지 않았다면 경야는 아무 문제도 없이 끝났을 터. 원래부터 정말 착한 사람이었던 쓰보이 선생님을 아주 몹쓸 살인범 아니냐고 공연히 의심했다가 역시 착한 사람이었다는 결론을 내린 게 전부다. 마이너스가 영으로 돌아왔을 뿐이다. 병 주고 약 준다는 속담의 본보기 같은 짓이다. 아무 것도 얻은 게 없다.

"그러고 보면 애초에 아유카와 씨, 당신이 우리를 부추겼잖아!"

데라시마 씨와 말다툼에 열을 올리던 사이키 씨가 몸을 빙글 돌려 나를 가리켰다.

"어, 저요?"

뭐야. 콕 집어 지적했다.

하지만 맞는 말이다. 처음에 일을 크게 만든 건 분명 나였다. 큰일이네, 뭐라고 변명하지…….

바로 그때였다.

"여러분, 감사합니다! 덕분에 아버지도 기뻐하실 거예요."

뜻밖의 말이 위에서 들려왔다. 모두 일제히 고개를 쳐들었다.

쓰보이 하루미

내가 감격에 겨워 데라시마 씨의 손을 잡고 고마워한 것이 화근이었다. 사이키가 화를 내더니만 어쩐지 큰 소동으로 발전해 이를 어쩌나 싶었던 바로 그때.

"여러분, 감사합니다! 덕분에 아버지도 기뻐하실 거예요."

방석을 밟고 서서 목소리를 높인 건, 긴 침묵을 지켰던 도모미였다.

"사람은 두 번 죽는다. 첫 번째는 육체가 죽었을 때, 두 번째는 사람들의 마음속에서 사라졌을 때. 아버지가 좋아하셨던 말이에요. 아버지는 결국 연쇄살인범도 스토커도 아니라 착한 사람이었어요. 하지만 만약 우리가 모이는 일 없이 예정대로 장례식이 치러져 아버지가 그저 착한 사람으로 남았다면, 과연 여러분이 아버지를 죽을 때까지 기억해주셨을까요?"

무대에서 단련해 잘 울리는 목소리로 도모미는 또랑또랑 말했다.

"옛날에 세 들어 살았던 연립주택 주인이 착한 사람이었다고 해서 평생 기억할까요? 중학교 은사를 과연 만년에도 추억할 기회가 있을까요?"

도모미는 데라시마 씨와 사이키를 차례대로 보고 말했다. 둘은 눈을 내리깐 채 생각에 잠긴 것 같았다.

"앞으로 인생을 살아가면서 여러분 주변에서는 온갖 일이 다 일어나겠죠. 새로운 기억이 차곡차곡 쌓이는 가운데, 그저 착한 사람이었던 아버지를 평생 잊지 않을 수 있을까요?"

도모미의 물음에 데라시마 씨가 작게 대답했다.

"평생 잊지 않겠느냐고 하면…… 그건 어려울지도 모르겠네요."

도모미는 그 말에 고개를 살짝 끄덕이고 감개 어린 목소리로 말했다.

"하지만 오늘 일은 분명 평생 못 잊으시겠죠. 이런 경야를 경험하는 건 이번이 처음이자 마지막일 거예요."

"확실히 그래."

"나도 지금까지 경야와 장례식에 많이 참석했지만 이런 경험은 처음이었어."

네기시 씨와 고무라 씨가 말했다.

"그러니까 잘된 거예요. 여러분이 이렇게 기묘한 토론을 벌여주신 덕분에 아버지의 두 번째 수명이 몇십 년은 늘어났겠죠. 딸로서 감사할 따름입니다. 정말 고맙습니다."

도모미는 그렇게 말하고 한 번 더 고개를 숙인 후 자리에 앉았다. 무심결에 박수를 치고 싶어질 만한 연설이었다.

사이키 나오미쓰

"하루미, 아버님을 의심해서 정말 미안해."

나는 머리를 숙였다. 하루미는 "아니야, 괜찮아" 하고 말해주었지만 나는 눈도 제대로 맞추지 못하고 달아나듯 신발을 신고 대기실을 나섰다.

그건 그렇고 한심하다. 엄청난 추태를 부리고 말았다. '도청'과 '등정'을 착각하는 바람에 터무니없는 이야기에 끼어들었고, 끝내는 내가 제일 나쁜 인간이 되고 말았다. 쓰보이 선생님이 아유카와와 사귀다가 차이자 분풀이로 스토킹을 했다는 이야기를 진심으로 믿은 것이 원인이다. 그걸 계기로 냉정함을 잃었다.

처음에는 쓰보이 선생님이 남자로서 밑바닥까지 떨어졌음을 알고 그저 충격을 받았다. 하지만 그 밖에도 믿기지 않을 만큼 중죄를 거듭 저질렀다는 이야기를 듣는 동안 나는 서서히 묘한 감각에 휩싸였다.

쓰보이 선생님이 이렇게 악랄한 인간이었다니……. 그 충격적인 사실에 나는 속으로 은근히 반색했다. 입으로는 쓰보이 선생님을 비난하면서도, 어느덧 쓰보이 선생님의 극악한 인물상이 마음의 버팀목이 되었다. 나는 이렇게까지 몹쓸 인간은 아니다. 그렇게 생각함으로써 왜곡된 안심감을 얻었다.

하지만 데라시마가 다시 등장한 것을 계기로 쓰보이 선생님의 결백이 하나하나 증명됐다. 나는 기껏 얻은 마음의 버팀목을 잃을까 봐 안절부절못했다. 하지만 끝나고 보니 쓰보이 선생님은 아무 잘못도 없었으며, 지금까지 알고 있던 대로 착한 사람이었음을 재차 확인했을 뿐이었다.

결국 뭐였을까, 이 모임은. 제 손으로 자기 얼굴에 먹칠을 하기 위한 모임이었나.

아니, 어쩌면 마지막의 마지막에 쓰보이 선생님이 내게 가르쳐주었는지도 모르겠다.

스토킹이 남자로서 최악의 행위임을 자각했다면 이제 그만두라고—.

나는 딸 미우를 데리고 다른 남자와 재혼하려는 전처 요코를 도저히 용서할 수 없었다. 그래서 끈덕지게 전화를 걸고, 편지와 메일을 수십 통도 넘게 보내고, 둘이 사는 요코의 친정집 부근을 어슬렁거렸다.

하지만 이제 그만둘 때가 왔다. 몇 달 전에 경찰에게 주의까지 받았으니 이미 알고는 있었다. 그런데도 어떻게든 요코의 마음을 돌릴 수 있지 않겠느냐는 희망을 버리지 못했다. 편지에도 "만나주지 않으면 자살하겠다"거나 "너희의 행복을 박살내버리겠다"는 등 요코를 협박하는 표현이 늘었다. 정서가 완전히 비뚤어졌다. 조금만 더 비뚤어졌다면 정말로 요코와 미우에게 위해를 가했을지도 모른다.

하지만 오늘 정신을 차렸다.

포기하자. 요코와 미우는 새로운 행복을 쌓아 올리려 한다. 나도 나 나름대로 새로운 인생을 걸어야 한다.

"사이키!"

출구 자동문 앞까지 왔을 때 뒤에서 부르는 목소리가 들렸다. 돌아보자 네기시였다. 아무래도 나를 쫓아온 모양이다.

"오랜만에 이야기 나누어서 기뻤다."

이 아저씨가 갑자기 무슨 소리야. 그렇게 생각하면서 나는 "아아, 예"라고만 답했다.

"건강해라."

"예, 선생님도 잘 지내세요."

나는 마지못해 머리를 살짝 숙이고 발걸음을 돌려 아까보다 바쁘게 자동문을 나섰다.

차가운 밤바람을 맞으며 마지막의 마지막에 네기시를 '선생님'이라고 불렀음을 깨닫고 홀로 쓴웃음을 지었다.

네기시 요시노리

"미안하다, 정말 큰 실례를 범했어."

"아니요, 저야말로……."

나는 하루미와 인사랄까 사죄를 나누고 나서 대기실을 나섰다.

복도 저편에 도망치듯 밖으로 향하는 사이키가 보였다. 쓰보이 선생님을 마지막까지 의심했던 만큼 가시방석에 앉은 기분이었으리라. 대기실을 나설 때도 우리와 눈도 마주치지 않았다. 그리고 바로 돌아가려 한다. 어쩌면 이제 두 번 다시 못 볼지도 모른다…….

이대로 사이키와 헤어지면 안 된다는 생각이 들었다.

나는 종종걸음으로 겨우 따라잡아 뒤에서 말을 걸었다.

"사이키! 오랜만에 이야기 나누어서 기뻤다."

진심이기는 했지만 이렇게까지 낯간지러운 짓을 하다니 스스로에게 놀랐다.

몸을 돌린 사이키는 거북함과 성가심이 복잡하게 뒤섞인 표정을 지었다. 그래도 마지막에 "선생님도 잘 지내세요" 하고 드디어 나를 선생님이라고 불러주었다. 그후에 겸연쩍었는지 사이키는 재빨리 밖으로 나가서 가버렸다.

그 뒷모습을 바라보며 나는 새삼 느꼈다.

참 기묘한 경야였다.

경야 후 음복을 하는 자리에서 지금까지 아무 관계도 아니었던 사람들이 모여, 쓰보이 선생님에게 온갖 의혹을 품다가, 마지막에 모두 함께 의혹을 해소했다. 그게 다다. 완전히 무의미한 시간이었다고 해도 할 말이 없다.

그뿐이랴, 보고 싶지 않았던 쓰보이 선생님의 민낯까지 보고 말았다. 부인과 사별한 후라고는 하나 한때 제자였던 손녀뻘과 관계를 가졌다. 그리고 집에서 내 험담을 했다. 쓰보이 선생님이 내가 싫은 나머지 살인을 저질렀다는 의혹은 해소되었으니 그나마 다행이지만, 그래도 쓰보이 선생님이 집에서 내 험담을 했다는, 원래 같으면 모르고 넘어갔을 사실을 알았으므로 나는 상처를 입었다.

하지만…… 한편으로 이런 생각도 든다. 경야에서 이렇게 희한한 일을 겪지 않았다면 나는 평생 쓰보이 선생님의 민낯을 모르고 살았으리라.

나는 지금까지 쓰보이 선생님을 신이나 성인군자 같은 사람으로 여겨왔다. 하지만 실은 남의 험담도 하고 성욕도 있는 보통 사람이었다. 아니, 육십 대에 아유카와와 관계를 가졌으니 오히려 밝히는 사람이다.

내게 신이었던 그는 사실 인간이었다. 하지만 그걸 알았다고 실망스럽지는 않았다. 오히려 마음이 놓이는 것 같기도 했다. 나를 싫어했다는 말이 처음에는 충격이었지만, 지금은 신기하게도 슬프지 않다. 오히려 쓰보이 선생님이 나를 싫어했음에도 마지막까지 겉으로는 우호적으로 대해주었음에 감사하는 마음마저 솟았다.

“사이키 씨와 화해했어요?”

가만히 서서 회상에 잠겨 있자니 뒤에서 따라온 고무라 씨가 말을 걸었다.

“화해요?”

나는 되물었다.

“예, 두 사람 원래 사이가 별로 안 좋았잖아요. 아까 만나자마자 싸울 것처럼 툭툭거리는 거 다 봤어요.”

“아아…….”

참으로 부끄러워서 아무 대꾸도 못 했다.

“어른이 되고 나서 화해하기는 힘들죠. 경야에서 이렇게 별난 일이 없었다면 화해 못 했을지도 몰라요.”

고무라 씨 말이 가슴에 와닿았다.

확실히 그렇다. 나는 경야 도중에 사이키가 있다는 걸 알아차렸다. 하지만 만약 오늘 경야가 평범하게 끝났다면 말을 걸지 않았으리라. 원래 같았으면 그만큼 많은 이야기를 나누고 헤어질 때 다시 ‘선생님’이라고 불릴 일은 절대로 없었을 것이다.

“나도 이 모임을 가지길 결과적으로는 잘했다고 생각해요. 평생 가슴속에 꽁꽁 담아두기로 했던 비밀을 사람들 앞에서 털어놓자 마음이 약간은 편해졌으니까."

고무라 씨 말에 나는 고개를 힘껏 끄덕였다.

"아아, 동감입니다. 오히려 비밀의 성질을 따지자면 제 쪽이 훨씬 악질적이었죠……."

미조구치의 유서를 불태웠다는 사실을 남에게 밝힐 날이 올 줄은 몰랐다. 하지만 나도 지금은 확실히 기분이 가벼워졌다.

"뭐, 미조구치라는 아이의 부모님도 아들이 교사에게 농락당한 끝에 자살했다는 걸 알면 더 충격을 받았을지도 모르죠. 결코 네기시 씨가 잘못했다고만은 볼 수 없어요."

고무라 씨가 두둔해주었다.

"감사합니다."

또 마음이 조금 편해졌다.

고무라 히로코

뭐, 말은 그렇게 했지만 솔직히 네기시 씨의 고백을 듣고 기분이 꺼림했다. 유서를 불태우다니 아무리 그래도 그건 아니잖아. 범죄인걸.

하지만 네기시 씨 덕분에 마음이 편해진 것도 사실이었다. 나보다 더 중대한 비밀을 감추고 살아온 사람이 있다는 사실을 아는 것만으로 이렇게 마음이 편해질 줄은 몰랐다.

"그럼 안녕히 가십시오."

"예. 부인과 사토시를 아껴주세요."

장례식장을 나서서 네기시 씨와 헤어졌다. 아마 두 번 다시 만날 일은 없겠지.

하지만 이번 경야 덕분에 원래 인연을 맺을 일이 없었던 사람들과 만나, 숨겨왔던 비밀을 털어놓았고, 그로 인해 마음의 평안을 얻었다.

세상을 떠난 후에도 경야 참석자를 도와준다. 그것이야말로 쓰보이 씨의 대단한 점인지도 모르겠다.

그렇게 보면 역시 쓰보이 씨는 신 같은 사람이었구나 싶다.

데라시마 유

"정말 죄송합니다."

"따지고 보면 우리 둘의 대화에서 이런 사태로까지 발전한 거니까……."

나와 아유카와 씨는 머리를 꾸벅꾸벅 숙였다.

하지만 하루미 씨는 웃으며 용서해주었다.

"아니요, 괜찮아요, 정말로."

우리는 안도하면서도 마지막으로 한 번 더 머리를 숙이고 대기실을 뒤로했다. 아유카와 씨가 먼저 신발을 신고 밖으로 나갔고, 이어서 내가 신발을 신으려는데 뒤에서 목소리가 들렸다.

"저어……."

돌아보자 금방이라도 닿을 거리까지 하루미 씨가 바싹 다가와 있었다. 그리고 마음만 먹으면 입이라도 맞출 수 있을 만큼 얼굴을 가까이 대고 내게 속삭였다.

"정말 고마워요. 데라시마 씨가 힘써준 덕분에 아버지 명예가 회복됐어요. ……다음에 둘이서만 보면 좋겠는데요."

"예?"

나도 모르게 숨을 삼켰다.

"이거……."

하루미 씨가 휘갈겨 쓴 메모지를 내밀었다. 거기에는 090으로 시작되는 휴대전화 전화번호가 적혀 있었다.

그때 문 밖에서 아유카와 씨의 목소리가 들렸다.

"어? 데라시마 씨?"

아무래도 내가 나오지 않고 꾸물대는 걸 눈치챈 모양이다.

"전화 기다릴게요."

하루미 씨가 속삭인 순간에 문이 찰칵 열리는 소리가 났다. 나는 바로 일어서서 앞으로 몸을 돌리며 메모지를 호주머니에 넣었고, 하루미 씨도 재빨리 뒤로 물러났다. 문이 열리고 아유카와 씨가 얼굴을 들이밀었을 때, 우리는 멀찍이 떨어져 있었다.

"그럼 실례하겠습니다."

나는 한 번 더 방 안을 향해 머리를 숙였다. 그리고 문을 열고 이쪽을 보는 아유카와 씨에게 아무 일도 없었다는 듯한 표정으로 눈짓하며 복도로 나갔다.

"무슨 일이에요?"

아유카와 씨가 물었지만 나는 "아니요, 아무것도 아니에요" 하고 얼버무리고 장례식장 출구를 향해 걸어갔다.

하지만 마음속에서는 축복의 불꽃이 몇십 방이나 뻥뻥 터졌다.

해냈다! 이건 나한테 반했다는 뜻으로 봐도 되지 않을까!

역시 뭐든 해보고 볼 일이다. 하루미 씨의 슬픔을 조금이라도 덜어주고 싶어서 중과부적인 상황에서도 주인아저씨의 무고함을 증명할 실마리를 찾아내 대역전을 이루어냈다. 그런 내 모습에 반한 거겠지. 그래. 그렇게 받아들여도 될 거야. 휴대전화 번호를 주면서 다음에는 둘이서만 보고 싶다고 했으니까. 그나저나 아까 코앞에서 본 하루미 씨, 진짜 예쁘고 섹시했지. 뭐랄까, 마치 인간을 초월한 여신님 같은 느낌…….

"뭘 그렇게 히죽거려요?"

옆에서 걷던 아유카와 씨가 의아하다는 듯 내 얼굴을 들여다보았다.

"어, 아니요……."

안 되지, 안 돼. 나는 확 풀어진 표정을 허둥지둥 다잡고 둘러댔다.

"와, 그, 여러모로 힘들었지만 원만하게 마무리돼서 다행이다 싶어서요."

"정말 그래요. 선생님의 무고함이 증명된 건 다 데라시마 씨 덕분이에요."

아유카와 씨가 나를 칭찬해주었다.

"멋졌어요, 데라시마 씨."

"아아, 감사합니다."

나는 고개를 꾸벅 숙였다.

"진짜 멋있었어요."

아유카와 씨가 멈춰 서서 나를 똑바로 쳐다보며 말했다.

쑥스러운 나머지 어떻게 반응해야 할지 몰라서 잠시 침묵이 흘렀다. 그러자 아유카와 씨가 수줍어하며 물었다.

"저기, 데라시마 씨. LINE 같은 메신저도 해요?"

"아, 실은 아직 피처폰이라서……."

“그럼 전화번호랑 메일 주소 교환할래요?”

“아아, 예.”

묘하게 간질간질한 분위기 속에서 우리는 휴대전화 번호와 메일 주소를 교환했다.

……잠깐만. 이거 아유카와 씨하고도 가능성이 있는 건가? 의미심장한 시선을 던지며 “멋있었어요”라고 두 번 연속으로 말했잖아.

아유카와 씨 얼굴을 다시 잘 보자 의외로 제법 내 취향이다. 혹시 하루미 씨도 포함해 같은 연립주택 부지에서 삼각관계가 꽃핀다든가? 완전히 성인 비디오 같은 상황이잖아!

물론 어느 쪽이 좀더 취향이냐고 묻는다면 내 여신님인 하루미 씨의 완승이지만. 아유카와 씨도 나쁘지는 않지만 주인아저씨와 사이좋게 찍은 사진을 봤으니까 말이야. 금방 해줄 것 같다는 점에서는 아유카와 씨에게도 승산은 있지만. ……도대체 무슨 생각을 하는 거야! 때와 장소를 좀 가려라, 경야잖아! 나는 속마음을 들키지 않도록 히죽거리는 웃음을 꽉꽉 씹어 삼켰다.

인기 절정기는 언제 어떤 상황에서 찾아올지 모르는 법이다. 처음 참석해봤지만 경야는 괜찮은 행사로구나…….

쓰보이 하루미

"언니, 엄청 적극적이더라. 데라시마 씨한테 반했어?"

도모미의 말을 나는 바로 부정했다.

"에이, 그런 거 아니야."

"하지만 사귄다면 사이키 씨보다 데라시마 씨가 훨씬 낫지 않나?"

나는 심술궂게 말하는 도모미에게 항변했다.

"그러니까 그런 거 아니래도. ……알면서."

"뭐, 사람들이 복도에서 나누던 이야기를 들었을 때는 정말 놀랐지만, 무사히 끝나서 다행이야."

"진짜 한시름 놨어. 이것도 전부 데라시마 씨 덕분이야."

그렇게 말하고 나는 유리창에 비친 도모미와 눈을 맞추며 웃었다.

"자, 정리할까."

우리는 벽장을 열고 아까 사용했던 방석 여섯 장을 넣었다.

아유카와 마키

데라시마 씨와 휴대전화 번호와 메일 주소를 교환했다.

솔직히 나는 그에게 호감을 품고 있다. 내 소중한 쓰보이 선생님의 명예를 지켜주었으니까. ……하기야 처음에 턱없는 오해를 해서 선생님의 명예에 흠집을 내려 한 주동자는 나였지만.

어쨌든 혼자서 다수에 맞서 선생님이 악인이라는 분위기를 뒤집은 데라시마 씨는 정말 멋있었다. 나는 그렇듯 남을 위해 혼자만이라도 나서서 애쓰는 사람에 약한지도 모르겠다. 쓰보이 선생님도 생전에 그랬다. 주변에서 탐탁지 않아 하든 반대하든, 나 같은 낙오자를 구하기 위해 힘을 쏟았다. ……아, 날 위해 화를 내며 성희롱한 점장을 때린 신고는 아주 몹쓸 놈이었지만.

하지만 나는 안다. 데라시마 씨는 분명 하루미 씨를 좋아한다.

어쩔 수 없지. 하루미 씨는 정말 미인인데다 특히 오늘은 상복 차림이라 그런지 농익은 색기가 한층 두드러져서 여자인 나도 혹할 정도였다. 도저히 내가 맞겨룰 수 있는 상대가 아니다.

역시 나는 자중해야 하려나……가 아니라 선생님 경야에서 다음으로 사귈 남자나 생각하고 있다니, 예의는 어디 팔아먹었니. 미안해요, 선생님.

"그럼 갈까요?"

생각에 잠겨 있자니 데라시마 씨가 휴대전화를 집어넣고 걸음을 옮겼다.

"아, 죄송해요."

나도 뒤따라갔다.

그때 우리 오른쪽 복도에 면한 문이 열렸다.

거기는 경야 후 음복을 했던 중형 홀이었다. 안이 살짝 보였는데, 참석자들은 이제 대부분 돌아간 것 같았다.

문을 열고 나온 사람의 얼굴이 낯익었다.

하루미 씨와 많이 닮았지만 하루미 씨보다 눈초리가 조금 치켜 올라간 느낌의 여자. 우리가 복도에서 나누던 이야기를 듣고 하루미 씨에게 알리러 갔다는 사람이다.

그녀가 우리를 보고 말을 걸었다.

"아, 하루미 언니하고는 말씀 잘 나누셨어요? 사실 복도에서는 말소리가 똑똑히 들리지 않았거든요. 그래서 여러분이 무슨 이야기를 나누셨는지 정확하게는 몰라서……."

"아아, 음, 한마디로 설명하기는 힘든데요……."

이야기하면 상당히 길어질 텐데, 어디서부터 설명하면 좋을까 망설이고 있던 그때.

"뭐, 어찌어찌해서 전부 원만하게 마무리됐으니까 걱정 마세요."

데라시마 씨가 두루뭉술하게 정리해버렸다.

그러자 그녀는 안심한 듯이 웃었다.

"그런가요. 다행이네요. ……그런데 언니는 아직 대기실에 있나요?"

"예, 계실 겁니다."

"그럼 자세한 이야기는 언니한테 들으면 되겠네요. 이만 실례할게요."

그녀는 우리에게 눈인사를 하고 대기실 쪽으로 향했다.

데라시마 씨가 그 뒷모습에다 대고 "아, 잠깐만요" 하고 말했다. 그녀가 돌아보았다.

"저어…… 하루미 씨와 많이 닮으셨는데, 여동생이시죠?"

그러자 그녀는 웃으면서 고개를 저었다.

"자주 오해를 받는데 저는 사촌동생이에요. 유카리라고 합니다."

데라시마 씨는 그 말에 놀란 것 같았다.

"그래요? 저는 영락없이 배우로 일한다는 여동생 도모미 씨인 줄 알았네요."

그러자 유카리 씨는 "여동생 도모미 씨?" 하고 되뇌더니 어리둥절한 표정을 지었다.

"그런 사람은 없어요. ……하루미 언니는 외동딸이거든요."

쓰보이 도모미

"그건 그렇고 데라시마 씨를 데려온 게 신의 한 수였어."

내 말에 언니는 수줍어하며 대답했다.

"뭐, 날 좋아한다는 건 알고 있었으니까, 사면초가의 상황에서 어쩌면 내 편이 되어주지 않을까 싶어서 데려왔지. 그런데 설마 그 정도까지 대활약을 해줄지는 몰랐네."

"그래서 상으로 사귀어주려고?"

내가 농담조로 말하자 언니는 약간 화가 난 것 같았다.

"그런 거 아니라고 했잖아. 봤다시피 데라시마 씨는 머리가 잘 돌아가는 사람이니까 앞으로도 가까이에 두고 관찰하지 않으면 위험해."

"아하, 관찰이라."

"다 네 뒤치다꺼리를 하느라 그러는 거잖아."

"……응, 미안해."

아무래도 언니가 정말로 기분이 상한 것 같았으므로 순순히 사과했다.

그때 누가 문을 두드렸다.

"하루미 언니, 있어?"

유카리 목소리였다.

지금까지 창문에 비친 서로의 얼굴을 보며 이야기를 나누던 우리 자매는 일단 대화를 중단하고 문 쪽으로 돌아섰다. 그리고 "들어와" 하고 밝게 대답했다.

물론 문 밖의 유카리에게 이야기가 들렸을 걱정은 없다. 우리는 목소리를 내지 않고도 이야기를 나눌 수 있으니까.

데라시마 유

나와 아유카와 씨는 메종 몽블랑까지 나란히 걸었다. 걸어서 십 분 남짓 거리다. 바깥은 제법 쌀쌀했지만 내 머릿속은 추위나 방금 전까지 빠져 있던 엉큼한 망상보다 더 중대한 관심사로 가득했다.

설마 하루미 씨가 외동딸이었을 줄이야…….

"으음, 분명히 하루미 씨가 여동생이 있다고 했는데 말이죠."

"아직도 그 소리예요? 데라시마 씨가 착각한 거겠죠."

"아니요, 틀림없이 하루미 씨 본인에게 들었습니다."

"그럼 하루미 씨가 거짓말한 거 아닐까요?"

"그건 아니겠죠. 그런 거짓말을 한들 아무 의미도 없는걸요."

나는 쓴웃음을 지으며 아유카와 씨의 말을 부정했다.

하지만 아유카와 씨는 잠깐 입을 다물었다가 진지한 목소리로 말했다.

“하지만…… 하루미 씨라면 그럴 수도 있을 것 같은데. 하루미 씨는 좀 별나잖아요.”

“별나다고요?”

“하루미 씨, 말투랄까 캐릭터가 갑자기 바뀔 때 없었나요?”

“캐릭터가 바뀐다…….”

기억을 되짚어보자 짚이는 장면이 있었다.

“아아, 그러고 보니…… 하루미 씨가 마지막에 일어서서 ‘이렇게 기묘한 토론을 벌여주신 덕분에 아버지는 여러분의 마음속에서 오래 살아 있을 겁니다’ 같은 취지의 이야기를 했을 때, 무대에 선 배우처럼 말투가 아주 또랑또랑했죠. 갑자기 캐릭터가 바뀐 것 같은 느낌이었어요.”

“그렇죠? 그리고 아직 데라시마 씨가 대기실에 오기 전의 일인데, 하루미 씨가 갑자기 웃더니 네기시 씨한테 ‘아버지는 당신을 싫어했어요’ 하며 독설을 퍼붓기도 했어요. ……그때까지만 해도 네기시 씨는 아들과 제자가 쓰보이 선생님에게 당했다고 여겼던 터라 충격이 너무 컸는지 대기실을 뛰쳐나갔어요. 그러자 하루미 씨, 자기가 네기시 씨에게 심한 말을 해놓고 이번에는 갑자기 싹싹 빌면서 네기시 씨를 쫓아가더라고요.”

“허, 그런 일이 있었나요?”

“그리고 네기시 씨와 하루미 씨가 대기실로 돌아왔을 때 데라시마 씨도 같이 왔어요.”

“아아, 바로 그전에 있었던 일이었습니까. 제가 봤을 때는 딱히 이상한 낌새가 없었는데요.”

내가 하루미 씨와 네기시 씨를 만나기 직전에 두 사람 사이에 그런 일이 있었다니, 말해주지 않았다면 절대로 몰랐을 것이다.

“그리고 다른 사람들도 좀 이상하게 여겼을 것 같은데, 하루미 씨는 한창 심각하게 이야기하는 중에도 창문을 몹시 힐끔거렸어요. 갑자기 고개를 들어 창문을 보기도 했고, 기분 탓인지는 모르겠지만 창문을 보면서 살짝 웃는 것 같기도 했고요. 처음에는 밖이 신경 쓰이나 싶었는데, 어쩐지 창문에 비친 자기 얼굴을 보는 것 같아서…….”

나는 아유카와 씨의 이야기를 들으며 생각했다.

아유카와 씨가 들려준 일련의 이야기가 사실이라면 혹시 하루미 씨는 엄청난 사차원 소녀일지도 모른다. 아니, 연령상 ‘소녀’는 아니니까 사차원 숙녀인가.

하지만 난…… 그런 유형도 싫지는 않은데.

아니, 잠깐만. 어쩌면 아유카와 씨는 하루미 씨가 내게 관심을 가진 걸 눈치채고 하루미 씨의 이미지를 망가뜨리려고 일부러 내게 거짓말을 하는 건지도 몰라! 이야, 그럼 곤란한데. 인기 있는 남자는 이래서 괴롭다니까.

"저기요, 듣고 있어요?"

"앗, 듣고 있습니다."

"지금 또 히죽거리지 않았어요?"

"아니요, 안 그랬어요……."

묘한 생각을 한 걸 들킬까 봐, 나는 다시 허둥지둥 표정을 다잡았다.

뭐, 다소 사차원 숙녀거나 정서가 불안정하더라도 역시 내 마음속 일 순위는 하루미 씨야. 아유카와 씨에게는 미안하지만.

아아, 빨리 단둘이서만 만나고 싶다. 내 여신님, 하루미 씨와…….

쓰보이 하루미

유카리가 문을 열고 물었다.

"이야기, 다 끝났다면서?"

"응, 무사히 끝났어."

"괜찮아? 안 피곤해? 내일도 일정이 있으니까 무리하지 말고."

"응, 고마워."

유카리는 변함없이 상냥하게 나를 염려해주었다.

"그런데 무슨 이야기를 했어?"

"나중에 말해줄게. ……아직 정리할 게 좀 남았으니까 유카리는 먼저 가. 나도 금방 그쪽 홀로 갈 테니까."

좌탁에 아직 메모지가 남아 있다. 전부 뒤집어놓기는 했지만 유카리를 방에 들였다가 자칫 메모를 보기라도 하면 큰일이다.

"알았어, 그럼……."

유카리는 돌아서다가 다시 이쪽으로 몸을 돌렸다.

"맞다. 아까 젊은 까까머리 남자가 나한테 '배우로 일한다는, 하루미 씨 여동생 도모미 씨 아니냐'고 묻더라. 하루미 언니 친동생으로 오해받는 거야 흔한 일이지만, 이름까지 지정해서 그러는 건 처음이었어. ……그리고 도모미는 하루미 언니의 예명이잖아? 그 사람 이상한 착각을 하고 있는 것 같았어."

유카리가 웃으면서 이야기했다.

"어머, 제대로 설명한다고 했는데, 제대로 못 알아들었나?"

나도 웃으며 대답했다. 둘이서 함께 웃은 후 유카리는 문을 닫고 돌아갔다.

유카리가 가고 나서 나는 창문에 비친 얼굴을 보며 도모미를 야단쳤다.

"도모미, 내 이름을 사칭해서 데라시마 씨에게 그렇게 설명했어?

남에게 우리 '설정'을 이야기하면 어떻게 해."

그러자 창문에 비친 화난 내 얼굴이 바로 웃는 얼굴로 바뀌고, 마음속에 도모미의 목소리가 울려 퍼졌다.

"미안, 미안. 하지만 걱정 마. 다음번에 데라시마 씨와 만났을 때 그건 농담이었다고 적당히 얼버무리면 되잖아."

그 말을 듣고 나는 다시 화난 표정을 지었다.

"말이야 쉽지, 도모미의 장난을 뒤처리하는 건 늘 나잖아."

다시 웃는 얼굴로 바뀌고 도모미의 목소리가 마음속에 울려 퍼졌다.

"미안하대도. 기분 풀어, 언니."

누가 보면 내가 혼자서 유리창을 보며 표정을 바꾸는 연습이라도 하는 줄 알겠지.

하지만 이게 우리 자매의 '대화'다. 서로 얼굴을 봐야 상대의 표정을 파악해 이야기하기 편하므로 거울이나 창문에 얼굴을 비추며 대화할 때가 많다. 뭐, 딱히 꼭 그래야 대화가 가능한 건 아니지만, 어릴 적부터 쭉 그래왔다. 대화하지 않고 따로 다른 생각을 할 수도 있지만, 몸과 두뇌를 공유하다 보니 어느 정도는 서로의 생각이 파악된다.

그나저나 도모미는 내 마음속에 나타난 지 삼십 년도 넘게 계속 이런 성격이라 참 난감하다.

도모미는 내가 다섯 살 때 갑자기 마음속에 나타났다. 그러므로 나보다 다섯 살 어리다는 설정이다. 다만 정신연령은 변함없으므로 그건 진짜 자매에 비해 이상하다면 이상하지만.

오 년 전에 내가 우울증에 걸려 정신과에 다녔을 때.

"해리성정체감장애, 흔히 말하는 다중인격입니다."

몇몇 의사가 그런 진단을 내렸다. 하지만 의사가 멋대로 정한 구분선은 내 알 바 아니다. 우리 자매는 남이 정한 범주에 들어가기 위해 태어난 게 아니며, 정신과 의학서 내용대로 존재하지도 않는다.

다중인격은 일반적으로 아주 비정상적인 환경에서 자라지 않는 한 발현하지 않는다고 여기는 경향이 있는데, 꼭 그렇지도 않다. 얼핏 보기에 아주 평화롭고 이상적인 가정에서 자라도 밖에서는 잘 보이지 않는 정신적인 억압을 받아 발현할 수도 있다. 우리가 그 중 거다.

아버지 쓰보이 세이조는 분명 멋진 인격자였다. 교육의 신이라 불리기도 했다. 그런 아버지가 있는 쓰보이네를 주변 사람들은 분명 따뜻하고 이상적인 가정이라 여겼으리라.

하지만 영양분도 과하면 독이 되듯이, 산소는 몸에 꼭 필요하지만 농도 백 퍼센트 속에서는 인간이 살 수 없는 것처럼, 그렇듯 선의로 똘똘 뭉친 사람과 함께 살면 보통 사람은 해를 입는다.

어머니가 그랬다.

어머니는 아버지와 결혼한 것밖에 내세울 점이 없고, 선량함과 정의감도 고만고만한 평범한 사람이었다. 평범하기 때문에 카리스마적인 아버지에게 심취했다.

하지만 아버지는 남의 집 아이의 교육에만 헌신했다. 늦게까지 야근하고, 휴일에도 동아리와 교과 외 활동을 하느라 바빴다. 사랑하는 사람은 집을 비우고, 돌아와도 서재에 틀어박혀 일만 하니 언제나 외동딸과 둘만 남겨진다. 어머니는 그런 상황에서도 '가정을 좀더 소중히 해' 하고 아버지에게 자기주장을 한 적이 단 한 번도 없었다. 그런 짓을 했다가 이상적인 학교 교육을 위해 몸이 가루가 되도록 일하는 남편을 방해하면 자기가 나쁜 사람이 되고 만다…….

어머니는 그런 두려움을 품고 있었는지도 모르겠다.

그 결과 어머니는 늘 내게 화풀이를 했다.

내가 어릴 적에 어머니는 식탁에 아버지가 없을 때마다 젓가락질을 못한다거나 지저분하게 먹는다는 사소한 이유로 항상 나를 야단치고 신경질적으로 때렸다. 하지만 내 몸에 결코 맞은 흔적이 남지 않도록 주의했다. 아버지같이 빈틈없는 선인은 때때로 평범한 주변 사람의 마음을 심하게 뒤틀어버린다는 것을 나는 어려서부터 깨달았다.

가끔 어머니는 이렇게 중얼거렸다.

“여자애라서 엄하게 교육하는 거야.”

“남자애였으면 이렇게 엄하게는 안 할 텐데…….”

“네가 남자애라면 좋을 텐데…….”

그건 아버지도 동감이었을지도 모르겠다.

가끔 휴일에 산행에 데리고 가거나 바깥에서 몸을 쓰며 노는 등 아버지가 나와 하고 싶어 한 놀이는 남자애들이 좋아할 법한 것들뿐이었다. 나는 어린 마음에도 모처럼 놀아주는 아버지를 배려해 즐거운 듯 행동했지만, 실은 체력적으로도 정신적으로도 힘들었다.

집 안에 내가 달아날 곳은 없었다. 혼자 모든 것을 감당해야 했다. 하다못해 내 편이 하나라도 있었으면 했다. 동생을 가지고 싶었다. 하지만 남동생이 생기면 부모님의 애정을 전부 빼앗길지도 모른다. 그래서 여동생을 가지고 싶었다. 하지만 부모님은 더이상 아이를 가지지 않았다.

그 결과 다섯 살 때 내 마음속에 도모미가 태어난 것이리라.

다중인격자는 대부분 다른 인격끼리 자유로이 의사소통을 하거나 사이좋게 대화를 나누지 못하는 모양이다. 하지만 우리는 다르다. 우리는 예를 들면, 함께 차를 타고 드라이브하는 느낌이다. 자유로이 운전을 교대할 수 있고, 한 사람이 운전하는 동안 다른 사람과 대화도 가능하다. 그리고 운전하지 않는 쪽도 조수석에 앉아 운전자와 똑같은 풍경을 볼 수 있다.

하지만 운전 스타일은 완전히 다르다. 나는 느릿느릿 신중하게 운전하지만, 도모미는 일반 도로에서도 백 킬로미터 넘게 밟아서 질주하는 느낌으로, 교통규범도 아무렇지도 않게 무시한다. 그야말로 양극단이다.

아아, 하지만 엄밀하게 말하면 드라이브하고는 다른가. 운전은 운전자의 동의 없이 강제로 교대할 수 없으니까.

도모미는 주인격인 내가 인생의 다양한 상황에서 '인내의 한계'를 넘으면 억지로 몸을 가로채 제 좋을 대로 행동한다. 그리고 난감하게도 어째서인지 나는 도모미가 운전하는 몸을 빼앗을 수 없다. 따라서 도모미의 폭주를 막을 수 없으며, 도모미가 마구 사고를 일으킨 후에야 운전대를 돌려받기도 한다.

요컨대 스트레스를 꾹꾹 담아놓는 게 나고, 발산하는 게 도모미. 그리고 도모미가 발산한 스트레스의 뒤처리를 내가 떠맡을 때가 많다.

도모미는 초등학생 무렵부터 아버지와 등산을 가면 재미없다고 투정을 부리다 달아나서 길을 잃거나, 사소한 일로 어머니와 말싸움을 벌여 머리가 나쁜 어머니를 논리적으로 설파하곤 했다. 하지만 지금 생각하면 그 무렵은 그나마 귀여웠다. 나중에는 살인까지 저지르게 됐으니 정말 못된 애라니까…….

"못된 애? 난 언니의 분신이야. 내가 못된 애면 언니도 못된 애라고."

도모미가 내 생각을 알아챈 듯 화를 냈다.

"그래, 그래, 미안해."

나는 도모미를 달래며 좌탁 옆에 앉았다. 그리고 뒤집어진 메모를 다시 뒤집어 한 장 한 장 살펴보았다.

① 22년 전(1991년) 10월 모일 밤, 미조구치 다쓰야(고1)가 조후 시립 시바사키 중학교 옥상에서 떨어져서 사망.

미조구치 다쓰야. 그리운 이름이다. 첫사랑, 첫 키스, 첫 경험, 그리고 첫 살인의 상대인 기념비적인 인물이다.

고등학교에 올라간 지 얼마 되지 않았을 무렵, 역 앞에서 불량한 남자들이 내게 집적거릴 때 다쓰야가 구해준 것을 계기로 교제를 시작했다. 마치 만화의 한 장면 같은 만남이었다. 우리 사이는 점점 발전했고, 여름에 다쓰야가 육체관계를 요구하기에 나도 응했다. 다소 막무가내이기는 했지만, 그것도 나를 사랑하는 증거라고 믿었으므로 결코 나쁜 기분은 아니었다.

다만 그후로는 만화같이 진행되지 않았다.

그해 가을, 다쓰야가 양다리를 걸쳤음을 알아차렸다. 게다가 상대는 다쓰야가 졸업한 중학교의 우치다라는 여교사로, 중2 끝자락부터 사귀어온 사이였다. 내가 다그쳐 묻자 다쓰야는 뻔뻔하게 말했다.

"우치다 선생님도 나 말고 다른 남자들과 교제해. 자유연애 및 프리섹스주의자지. 나도 처음 알았을 때는 충격이었지만 선생님의 가치관을 따르기로 했어. 그러고 나서 너랑 사귄 거지. 말해두겠는데 내가 정말로 좋아하는 사람은 우치다 선생님이야. 혹시 다른 여자와는 사귀지 말라는 잠꼬대를 꺼내면 그 즉시 너랑은 끝인 줄 알아."

나는 그날 울었다. 밤새 울었다.

그리고 도모미가 주인격을 교대해 이렇게 선언했다.

"언니, 내가 그놈을 죽일게."

처음에는 농담인 줄 알았지만 도모미는 진심이었다. 단박에 살인 계획을 세우고, 다쓰야의 글씨체를 흉내 내어 유서를 쓰고, 다쓰야의 모교이자 우치다의 직장인 조후 시립 시바사키 중학교를 사전 조사했다. 그제야 거기가 아버지의 직장임도 알았지만, 도모미는 계획을 중단하지 않았다.

당일 밤. 도모미는 일찍 잠든 척해서 부모님의 눈을 속이고 몰래 창문으로 집을 빠져나왔다. 그리고 시바사키 중학교 근처, 주변에 인기척이 없는 공중전화로 다쓰야 집에 전화를 걸었다. 다행히도 다쓰야 본인이 전화를 받았다.

"너랑 우치다한테 복수하기 위해 시바사키 중학교 옥상에서 뛰어내려 죽을 거야. 내일 아침에 내 시체가 시바사키 중학교 운동장에서 발견되겠지. 물론 유서에는 자살하는 이유도 자세하게 적어놨어. 그럼 안녕."

도모미가 마음이 망가진 비련의 여주인공을 박진감 넘치게 연기하자 다쓰야는 허둥지둥 전화를 끊었다. 나도 중학교 시절부터 연극을 하기는 했지만, 이 무렵부터 이미 도모미의 연기력이 훨씬 출중했다.

도모미는 비상계단과 사다리를 이용해 옥상에 올라갔다. 이 경로로 옥상까지 간단히 올라갈 수 있다는 건 예전에 다쓰야와 잡담하다 들었고, 사전 조사를 하면서 실제로 확인도 했다. 도모미는 가슴께까지 오는 옥상 펜스 앞에서 대기했다.

이십 분쯤 지나 다쓰야가 숨을 헐떡이며 나타났다. 기척을 느끼자 도모미는 몸을 돌려 펜스를 양손으로 잡고 덜덜 떨면서 당장이라도 뛰어내릴 같은 모습을 연출했다. 다쓰야가 숨을 삼키며 뒤에서 끌어안았다. 예상과 일치하는 행동이었다.

다쓰야의 품에서 우는 척하는 도모미. 바보 같은 짓 하지 말라면서 안도하는 다쓰야.

다쓰야가 방심한 틈을 노려 도모미는 말 그대로 필살기를 사용했다.

어깨로 메치기라는 유도 기술이다.

몸이 마른데다 설마하니 여자가 둘러멜 줄은 몰랐던지 다쓰야는 아무 저항도 못 하고 펜스 너머로 떨어졌다.

실은 다쓰야를 죽이게 될 줄 아직 몰랐던 그해 여름에 아버지에게 어깨로 메치기를 배웠다.

내가 소속된 연극부는 여름방학에 개최되는 고교 연극 대회에서 활극물을 공연할 예정으로 여름방학 전부터 연습에 들어갔다. 나는 격투를 벌이는 장면을 배정받았는데, 이왕 하는 김에 눈요깃거리가 될 만큼 화려한 액션을 선보이고 싶었으므로 "상대를 들어 올려 내던지는 기술 중에 여자도 할 수 있을 만한 것 없을까?" 하고 아버지에게 상의했다. 그러자 얼마 지나지 않아 여름방학이 시작됐을 즈음에 아버지가 어깨로 메치기를 가르쳐주었다.

그리고 도모미는 애써 습득한 어깨로 메치기를 활용해 다쓰야를 죽일 계획을 세웠다.

다쓰야를 떨어뜨린 후 옥상에서 내려와 준비해둔 유서를 다쓰야의 바지 호주머니에 찔러 넣고 집으로 돌아왔다. 육체의 조수석에서 보고 있기만 해도 무서운 일을 도모미는 아무렇지도 않게 해냈다. 과연 대단하다.

"아냐, 아냐, 지금 생각해보면 그 계획은 엉망진창이었어. 당시도 그 정도로는 속일 수 없을 만큼 필적 감정의 정확도가 높았을 테고,

유서에 다쓰야의 지문을 묻히는 것도 깜빡했잖아. 혹시 그 유서가 발견됐다면 자살이 아니라는 게 발각됐을지도 몰라."

도모미가 내 회상에 논평을 했다.

"하지만 설마 네기시 씨가 그걸 불태웠을 줄은 몰랐네. 감사할 일이야. 이십 년도 넘게 묵은 수수께끼가 오늘 풀려서 깜짝 놀랐어."

그렇다. 다쓰야를 죽인 후 텔레비전과 신문 보도, 그리고 아버지를 통해 자살로 위장한 타살에 성공했음은 알았다. 하지만 유서가 발견되지 않았다는 정보에 당혹스러움을 금치 못했다.

"네기시 씨는 유서를 불태웠을 뿐만 아니라 아버지에게 어깨로 메치기도 가르쳐줬어. 다쓰야를 죽이는 계획의 숨은 공로자였던 셈이지."

도모미가 웃으며 하는 말을 들으며 나는 메모①을 잘게 찢어 옆에 있는 쓰레기통에 버렸다. 다음으로 메모②를 집었다.

② 5년 전(2008년) 8월, 하루미를 퇴직으로 몰아넣은 문제아 스가노 다쿠마(초5)가 밤에 공원에서 머리를 얻어맞아 한때 의식불명.

다쓰야를 죽인 후로 도모미는 한동안 얌전하게 지냈다. 특히 고등학교 3학년 때까지는 불러도 반응이 없었기에 살인의 반작용으로 도모미가 사라진 줄만 알았다.

하지만 도모미는 긴 잠에 빠졌을 뿐이었다. 뭐, 거친 운전으로 녹초가 된 후 운전을 교대하고 한동안 조수석에서 잠에 빠지는 것과 같은 이치리라.

잠에서 깨어난 뒤로도 도모미가 살인까지 저지를 기회는 좀처럼 없었다. 기껏해야 대학생 때 성희롱 상습범이었던 교수를 미행해 여고생과 원조교제를 한다는 사실을 알아내고, 증거 사진을 익명으로 학교에 퍼뜨려 징계면직을 먹인 것과 연극의 길로 나아가는 걸 허락해주지 않았던 어머니에게 소소한 복수를 시작한 것 정도가 전부다. 뭐, 그런 만큼 내가 십 대 후반부터 삼십 대 초반까지는 그럭저럭 순조로운 삶을 살았다는 뜻이다.

그런데 오 년 전에 도모미가 오랜만에 난동을 부렸다. 스가노 다쿠마와 그의 어머니가 내게 너무 스트레스를 준 탓에 잠든 맹수가 깨어나고 만 것이다.

가정방문 때, 스가노 어머니의 방약무인한 언동에 분노가 폭발한 도모미가 몸을 가로채어 스가노 어머니와 드잡이까지 하며 큰 싸움을 벌였다. 도모미는 스가노 어머니와 치고받은 끝에 날아오는 물건을 피하며 스가노네를 뒤로했다.

그 소문이 퍼져서 결과적으로 나는 더욱 궁지에 빠졌고, 우울증에 걸려 여름방학이 되기 전에 휴직했다. 그러자 도모미는 스가노 다쿠마를 죽여서 앙갚음하기로 결심했다.

"하지만 오랜만이라 그런지 실패했지."

도모미가 내 생각을 읽으며 당시를 돌아보았다.

"여편네가 파친코를 하러 가는 밤에 그 망할 애새끼가 자주 집 근처 공원에 놀러 나간다는 걸 알아내고, 연극부에서 익힌 남장 차림으로 잠복해 있다가 특수 경봉으로 힘껏 내리쳤어. 두세 번 더 때려서 끝장을 내려는데 하필 사람이 지나가는 바람에. 하지만 손에도 느낌이 올 만큼 세게 때렸으니까 죽었을 줄 알고 자전거로 달아났는데 결국 살아남았지 뭐야. 그 소식을 전화로 듣고 놀라서 수화기를 떨어뜨렸던가. 그건 그렇고 이 사건을 사람들 앞에서 밝힌 건 도박이었는데, 언니가 참 잘했어."

도모미가 웃는 얼굴로 말하자 나는 발끈하여 대꾸했다.

"도모미가 말하라고 재촉해서 그런 거잖아. 나도 가슴이 조마조마했다고."

사람들을 대기실에 모아서 알아낸 의혹은 우리 범행이었으므로, 실은 그 의혹에서 조금이라도 멀어지고 싶었다. 당초는 아버지의 범행이라는 설을 부정할 생각도 했다.

하지만 아버지를 의심하는 분위기가 사람들 사이에서 너무 높아졌으므로, 일단 거스르지 않고 추이를 지켜보기로 했다. 아버지를 옹호하려고 사람들과 논쟁을 벌였다가는 실수로 범인이 아니면 모를 일까지 입 밖에 낼 가능성도 있다. 안전을 제일로 두고 사람들과 대립을 피하는 작전이었다. 그리고 작전은 효과를 거두었다.

“그나저나 데라시마 씨가 착각하고 엉뚱한 소리를 해준 덕분에 스가노 사건은 잘 넘어갔어.”

내 말에 도모미도 웃으며 고개를 끄덕였다.

“그러게. 데라시마 씨가 너무 의기양양하게 말해서 웃음을 참느라 혼났다니까.”

이십 분쯤 전, 이 방에서 나누었던 대화를 떠올려보았다.

“하루미 씨. 이 공원, 하루미 씨 집에서 도로를 하나 건너면 나오는 그 커다란 공원인가요? 주인아저씨가 자주 청소를 했던…….”

“아, 예, 맞아요. 후타바 공원이요.”

사실 그 사건이 발생한 공원은 우리 집 근처 후타바 공원이 아니다. 우리 집에서 좀더 멀면서 스가노네에 가깝고 후타바 공원보다 좀더 작은, 완전히 다른 공원이다.

데라시마 씨가 그런 말을 꺼냈을 때까지만 해도 그가 무슨 생각인지, 뭐가 떠올랐는지 짐작도 가지 않았다. 다만 내게 유리한 말을 해주려 한다는 건 분위기로 눈치를 챘으므로 바로 동의했다.

“혹시…… 이 스가노라는 아이, 얼굴이 하얗고 통통하니, 초등학교 5학년치고는 비교적 덩치가 크고, 어린애 주제에 머리를 염색하지 않았나요? 그야말로 행실이 불량한 집 아이처럼요.”

“어떻게 아셨어요?”

진짜 스가노 다쿠마는 살빛이 검고 체격은 보통이며 까까머리다. 데라시마 씨가 말한 특징과는 딴판이다.

요컨대 데라시마 씨는 스가노 다쿠마 살해 미수 사건과는 아무 상관도 없는 사고를, 사건이 일어난 것과 같은 시기에 우연히 후타바 공원에서 목격했을 뿐이다. 하지만 억지로 사고와 결부시켜 사람들 앞에서 말해준 덕분에 아버지에 대한 의혹이 풀렸다.

잘못된 추리를 해준 데라시마 씨에게 고마워하며 나는 메모②를 잘게 찢어서 버리고 메모③을 집었다.

③ 4년 전(2009년) 연말, 네기시 씨의 아들 사토시(16)가 오토바이를 타고 가다가 도로에 쳐진 로프에 걸려 넘어짐. 혼수상태에 빠졌다가 의식은 되찾았지만 큰 후유증이 남음.

이 무렵 우리 집에는 수난이 이어졌다.

나는 우울증이 회복되지 않아 교사를 그만뒀고, 그로부터 얼마 지나지 않아 어머니가 돌아가셨다. 그동안 아내와 딸과 셋이서 평화롭게 살다가, 딸이 마음의 병을 앓고 아내가 세상을 떠났으니 아버지 입장에서는 단숨에 불행의 밑바닥으로 떨어진 기분이었으리라.

그런 상황에서 아직 마음도 제대로 추스르지 못했을 아버지에게 십 년 넘게 소원했던 전 동료 네기시 씨가 가정 문제를 상담했다. 네기시 씨는 옛날에 아버지가 집에서 '네기 군'이라고 부르며 폭력적이라는 둥 그런 건 교육이 아니라는 둥 험담을 했던 사람이다.

하지만 내가 "그런 사람의 부탁은 거절하면 될 텐데" 하고 말해도 아버지는 "서로 가치관이 다르더라도 정말로 힘들 때는 도와줘야지" 하며 평소처럼 소름 끼칠 만큼 정의감을 발휘해 친절하게 상담에 응했다. 그러나 그 상담은 점점 심각해졌다. 상담 내용을 전부 전해 듣지는 못했지만, 네기시 씨 아들이 손도 못 댈 만큼 불량하고 폭주족에 들어가서 골치 아프다는 이야기는 들었다.

아버지는 어떻게 하면 문제를 해결할 수 있을지 네기시 씨만큼, 아니, 어쩌면 그 이상으로 속을 끓이며 고민했다. 한편으로 내게도 신경을 써야 했고, 정년 후에 시작한 NPO 활동도 바빠졌다. 아버지는 사람이 너무 좋은 탓에 남의 걱정만 하다가 당장이라도 쓰러지는 것이 아닐까 싶을 만큼 심력을 소모했다.

아무래도 아버지의 걱정거리를 하나라도 덜어줘야겠다 싶었다. 도모미도 같은 생각이었던 듯 그 범행을 저질렀다.

"뭐, 그때도 사토시를 죽이지는 못했지만 사고로 위장해서 전신불수로 만들었겠다, 쏜살같이 달리던 오토바이가 걸려서 토막 난 로프도 전부 회수했겠다, 아버지 어깨의 짐도 내렸겠다, 만만세였지. ……그런데 설마 로프 토막이 현장에 남아 있었을뿐더러, 그게 그렇게 희귀한 물건인 줄은 오늘에야 알았어. 로프를 새로 사면 꼬리를 잡힐지도 모른다는 생각에 광에 있던 로프를 쓴 건데, 오히려 역효과였네."

도모미가 당시를 돌이켜보았다.

"어렵지 않게 완전범죄에 성공했다고 여긴 사건도 실은 제법 위험한 다리를 건넜던 거야."

"앞으로는 조심해야겠다."

우리는 그렇게 말하고 메모③을 찢어서 버렸다.

그후 아버지는 어머니의 죽음을 극복하고 NPO 활동에 더욱 힘을 쏟았다.

한편 나는 우울증이 회복될 기미가 전혀 없어, 밝은 미래가 보이지 않았다.

그때였다. 도모미가 획기적인 제안을 한 것은.

"맞아, 그랬어, 언니."

도모미도 그때를 떠올린 것 같았다.

쓰보이 도모미

나는 침울해하는 언니에게 말했다.

"오히려 지금이 기회잖아"라고.

일단 어머니가 죽었다. 배우가 되고 싶다는 딸의 꿈을 단념시켜 억지로 교사로 만들고, 우울증에 걸렸을 때도 노력이 부족하다는 둥 자기도 몸이 안 좋지만 최선을 다하고 있으니까 너도 최선을 다하라는 둥 매정한 말을 늘어놓던 어머니가 죽었다.

그리고 교사도 그만뒀다. 언니는 아버지 같은 교사가 되지 못해 속상해하며 스스로를 한심하게 여기는 것 같았지만, 그건 원래 두 번째로 희망한 직업이었다. 좌절했다고 마음에 둘 일은 아니라고 생각했다.

오히려 지금이야말로 처음으로 품었던 꿈을 이루어야 한다. 당장 자취를 시작해서 극단에 오디션을 보러 다니자. 나는 언니에게 그렇게 제안했다.

하지만 언니는 내키지 않는 것 같았다. 그럴 만도 하다. 마음이 지쳤는데 새로운 일을 자꾸 시작하라며 에너지가 많이 필요한 일을 요구하는 것도 가혹한 짓이다.

그래서 나는 말했다.

"그럼 앞으로 당분간 내가 몸을 맡을게. 그럼 되잖아."

장기간 주인격을 넘겨주려니 언니는 아무래도 반감이 드는 모양이었다. 하지만 언니가 그대로 주인격을 차지하고 있었다면 이제 젊지도 않은데 아무것도 안 하고 귀중한 시간을 낭비했으리라. 내가 잠시 설득하자 언니는 양보해주었다. 대신에 너무 엉뚱한 짓은 하지 말라는 조건으로.

그후로 이 몸은 거의 내가 운전했다.

즉, 호적상 '쓰보이 하루미'인 이 몸은 태어나서부터 교사를 그만둔 지 일 년쯤 지날 때까지는 언니가, 그후로는 내가 주로 움직여왔다. 물론 도중에 잠깐씩 교대하기도 했지만.

그러다가 아버지가 죽자 오랜만에 언니가 운전대를 잡았다. 우울증이 다 낫지도 않았는데 상주를 맡으면 힘들 것 같아서 말렸지만 언니는 뜻을 굽히지 않았다.

"하지만 세상물정에 어두운 도모미가 잘 모르는 일도 많을 테고, 도모미에게만 운전을 맡기면 친척과 싸울 수도 있잖아."

언니가 내 생각을 읽고 반박했다.

"뭐, 그도 그런가."

확실히 친척 영감 할망구에게 이야기를 맞추어주며 시간을 보내는 건 딱 질색이다. 그리고 실제로 친척을 만나보자 교사를 그만두고 배우가 된 걸 비판하는 인간들이 한둘이 아니었다. 가끔 내 인격이 툭 튀어나와 친척들에게 반박하면 바로 눈총이 날아왔고, 그때마다 언니가 나서서 수습하는 상황이었다. 만약 나 혼자 운전했다면 한참 전에 덤벼들었을지도 모른다. 역시 언니에게 주인격을 부탁하길 잘했다.

아무튼 네기시 사토시를 병신으로 만든 후, 내가 운전을 맡아 단숨에 일을 진행했다. "다른 일을 하며 기분을 전환하고 싶다"는 핑계로 자취를 시작했고 극단 오디션에도 합격했다. 덧붙여 그때부터 '쓰보이 도모미'라는 예명을 사용했다. 뭐, 내게는 그냥 본명이지만.

어차피 반대할 것 같았으므로 자취를 시작하는 단계에서는 아버지에게 배우가 되겠다는 결심을 알리지 않았다. 그래서 일이 진행되자 아버지는 놀랐다. 마음에 병이 생겨 교사를 그만둔 딸이 서른 살이 넘어서 배우에 도전하자 내심 걱정이 앞섰겠지. 하지만 그런 걱정에는 아랑곳없이 나는 순조롭게 새로운 생활을 시작했다.

아유카와 마키의 존재를 안 것은 그 무렵이었다.

나는 메모④를 집어 들었다.

④ 3년 전(2010년) 7월경부터 아유카와 씨가 스토킹을 당함. 문에 스프레이로 낙서/우편함에 협박장/인터넷에 비방글/방에 도청기 설치.

메구로 구에서 자취를 시작했지만 집에는 가끔 돌아갔다. 언니도 아버지를 보고 싶어 했으므로 돌아가면 기뻐했고, 아버지 앞에서는 언니가 주인격을 맡을 때가 많았다.

그러던 어느 날, 연락도 없이 들른 나도 잘못이지만, 내가 대문으로 뜰에 들어서자 연립주택으로 걸어가는 아버지의 뒷모습이 보였다. 아버지는 내가 온 줄도 모르고 아주 들뜬 모습이었다. 마음에 걸려서 따라가자 아버지는 102호실로 들어갔다. 들어가더니만 좀체 나올 낌새가 없었다. 잠시 후에 안에서 여자가 신음하는 듯한 소리가 희미하게 들렸다. 설마 싶어 문에 귀를 대고 들어보니 틀림없이 아버지와 젊은 여자가 몸을 섞는 소리였다.

102호실에 아버지의 제자였던 아유카와라는 여자가 이사 왔다는 이야기는 들었다. 하지만 설마 아버지가 예전 제자에게 손을 대다니, 너무나 충격이었다. 게다가 더 조사해보자 아버지는 아유카와의 방세를 면제해주고 있었다.

오늘 이야기하면서 아유카와는 아버지와 '교제했다'라고만 표현했지만, 실태는 원조교제나 다름없었다. 그 사실을 알고 나는 당연히 큰 충격을 받았다. 어떻게든 그만두게 해야 한다고 생각했다.

그래서 102호실 현관 앞에 몰래카메라를 설치해 감시를 시작했다. 그 결과 아유카와와 아버지의 관계가 이윽고 해소되었음을 알았지만, 아유카와는 바로 다른 남자를 만나기 시작했다. 긴 갈색머리에 턱수염을 기른 멍청해 보이는 남자, 이름은 신고다. 둘이 잘 어울리는 한 쌍이다 싶었지만 얼마 지나지 않아 사이가 나빠진 것 같았다.

이러다가는 그 갈보가 신고와 헤어지고 다시 아버지를 유혹할지도 모른다. 나는 경계심을 품고 한때는 아유카와를 죽여야겠다고 마음먹기도 했지만, 그러면 아버지가 너무 슬퍼할 것 같았다. 그래서 당장이라도 헤어질 것 같은 신고의 짓으로 위장해 아유카와에게 장난질을 쳐서 방을 빼게끔 하기로 했다.

현관 앞 카메라만으로는 정보가 부족하므로 마스터키로 102호실에 침입해 도청기를 설치했다. 오늘 아유카와가 이야기하면서 업자를 불러 도청기를 탐지했을 때 다른 전파 반응도 나왔다고 했는데, 현관 앞에 설치한 카메라의 영향이었는지도 모르겠다.

덧붙여 도청기를 설치할 때 나는 스가노 다쿠마를 폭행했을 때처럼 남장을 했다. 작업복 차림에 신고와 비슷해 보이도록 분장하고 아유카와가 일하러 나간 후 102호실에 침입했다. 혹시 이웃 사람에게 들키더라도 신고나 무슨 업자로 착각하도록 변장한 것이다. 실제로 도청기를 설치하고 나왔을 때 옆집에 사는 고무라 씨네 아줌마와 딱 마주쳤지만 전기업체 사람이라 착각하고 넘어갔다.

그후 나는 도청 및 도촬로 얻은 정보와 몰래 아유카와와 신고를 미행하여 얻은 개인 정보를 참고해가며 우편함에 협박장을 넣고, 아유카와 이름으로 데라시마 씨 방에 항의 쪽지를 보내고, 인터넷상에서 비방하고, 집에 있던 스프레이로 문에 낙서를 하는 등 신고의 범행으로 위장해 온갖 장난질을 쳤다. 하지만 아유카와는 생각했던 것보다 훨씬 배짱이 세서 방을 빼기는커녕 도청기를 스스로 발견하고 업자를 불러 제거했다.

더군다나 설마 오늘 아유카와가 일련의 장난질을 아버지 범행으로 착각할 줄은 몰랐다. 아버지가 같은 시기에 컴퓨터를 배우고 도청기를 취급하는 전자 제품 판매점에 드나든 게 원인인 듯했다.

확실히 아버지가 어느 틈엔가 컴퓨터 다루는 법을 터득했을 때는 나도 놀랐지만, 아버지는 유튜브로 데라시마 씨 콤비를 비롯한 젊은 개그맨들의 라이브 공연 동영상을 보거나, 블로그와 게시판에 진지한 댓글을 남기거나, 인터넷 쇼핑몰에서 물건을 사는 등 그저 순수하게 컴퓨터를 잘 다루고 싶어서 데라시마 씨에게 배운 모양이다.

한편 아버지가 무슨 사정으로 도청기를 파는 가게에 드나들었는지는 모른다. 뭐, 그 가게도 겉보기에는 평범한 전자 제품 판매점인 척했을 테니, 그렇듯 수상한 물건도 취급하는 가게에서 우연히 보통 전자 제품을 샀을 뿐이겠지만.

결국 일련의 장난질은 아유카와를 쫓아낸다는 목표를 달성하지 못했을 뿐 아니라 오늘의 소동으로 이어지기까지 했으니, 내가 쌓아온 범죄 경력 중에서 제일 큰 실패였다고 할 수 있으리라. 다만 변장한 모습을 고무라 씨에게 들킨 것이 오히려 마지막에 전화위복으로 작용했다.

방금 전 모임에서 스토커 의혹만 남았을 때가 떠올랐다. 나는 슬쩍 한마디를 꺼내 주변 사람들을 유도했다.

"아버지 말고 다른 사람이 아유카와 씨 방에 수작을 부리는 순간을 누군가 목격했다면 좋을 텐데요. 스가노가 사고를 당하는 순간을 데라시마 씨가 목격한 것처럼……."

그건 고무라 씨가 남장한 나를 본 당시 상황을 기억해내도록 던진 말이었다. 고무라 씨 스스로는 기억해내지 못했지만, 내 작전에 제대로 걸려든 아유카와가 고무라 씨에게 질문을 던져 결과적으로 고무라 씨의 증언을 이끌어내는 데 성공했다.

아무튼 아유카와 그년 때문에 고생이 이만저만 아니었다. 아버지도 죽었으니 더이상 주저할 이유가 없다. 냉큼 없애버릴까…….

"안 돼, 도모미. 쓸데없이 살생을 저지른다고 밥이 나오니, 떡이 나오니?"

내가 무슨 생각을 하는지 알아차리고 언니가 나무랐다. 나는 쓴웃음을 지으며 대답했다.

"농담이야. 굳이 죽여야 할 상대도 아닌걸. ……앞으로 우리에게 방해가 될 만한 짓만 하지 않는다면 말이야."

대신에 뭔가 알아차리고 우리 앞길을 방해하려 든다면 그때는 나도 모른다. 물론 데라시마 씨도 예외는 아니다. 무엇보다 그 두 사람이 오늘 소동을 일으킨 장본인인 듯하며, 젊고 희한하게 감이 좋은 것 같으니까 언니 말대로 단단히 관찰 및 감시를 해야겠지.

나는 메모④를 찢어서 버리고 메모⑤를 집었다.

⑤ 작년 바다의 날(2012년 7월 16일), 네기시 씨가 총책임을 맡은 시라코 해안의 임해학교에서 하야시(초6)가 익사.

“저기, 이거 말인데. ……도모미가 그런 거 아니지?”

언니가 머뭇머뭇 물었다.

“물론 아니지. 이건 그냥 사고야.”

나는 웃으며 대답했다.

“아아, 다행이다. 내가 모르는 새에 저질렀나 싶었어.”

언니는 안도한 모양이었다.

실은 재작년쯤부터 내가 몸을 운전하는 사이에 언니는 조수석에서 깊은 잠에 빠지는 일이 늘어났다. 또한 깨어 있어도 멍할 때가 많다.

역시 병이 심각한 듯 아직도 자신의 껍데기 속에 틀어박혀 있는 상태다. 뭐, 태어나서 삼십 년도 넘게 주인격으로서 몸을 운전해왔으니 푹 쉬었으면 한다.

그건 그렇고 임해학교에서 네기시 씨의 제자가 죽은 사건. 이것만은 정말로 단순한 사고다. 마침 아버지가 같은 날에 이름이 같은 해안에 있어서 의심받았을 뿐이다. 하지만 네기시 씨네 학교도 임해학교를 아주 허술하게 운영했다. 수영을 잘하는 아이일수록 이안

류*를 타고 먼 바다로 떠내려갈 우려가 높다는 건 상식이다. 폐쇄적인 교육을 계속해온 사립학교의 폐해가 현저하게 나타난 사고였다.

나는 메모⑤를 찢어서 버리고 메모⑥을 집어 들었다.

⑥ 작년(2012년) 10월 12일, 고무라 마사오 씨(75)가 치매로 인해 배회하던 중 메구로 구 신사 계단에서 굴러 떨어져 사망.

"도모미, 이건……."

다시 난처하다는 듯이 말을 꺼낸 언니에게 나는 쓴웃음을 지으며 고백했다.

"아아, 미안. 이건 내가 그랬어."

"그랬구나……."

언니는 대번에 침울한 표정을 지었다.

"나도 모르는 사이에 사람을 죽이고 다니면 내가 어떻게 안심하고 쉬겠니."

"미안, 미안. ……하지만 나도 깨달았어. 역시 아무 계획도 없이 사람을 죽이는 건 위험해."

나는 작년에 경험했던 씁쓸한 일을 떠올렸다.

---

* 離岸流. 해안에서 바다 쪽으로 급속히 빠져나가는 해류.

그날 밤 나는 저녁을 먹고 자취하는 메구로 구 연립주택에서 산책을 나갔다. 아버지에게 물려받은 네리마 구립 히카와다이 중학교 운동복 차림이었다. 움직이기 편하고 감촉도 좋아서 남의 눈을 신경 안 써도 되는 밤에는 자주 그걸 입고 산책을 했다.

그런데 산책을 하다가 우연히 고무라 씨네 아저씨와 마주쳤다.

남편이 배회를 해서 고무라 씨가 아주 고생한다는 이야기는 들었지만, 설마 스기나미 구에서 메구로 구까지 걸어서 오다니 놀랐다. 묵묵히 걸어가는 아저씨에게 "고무라 씨, 저예요. 옆집에 사는 쓰보이네……" 하고 말을 걸어보았지만 아저씨는 나를 전혀 못 알아보는 것 같았다. "시끄러워!" 하고 작은 소리로 화를 내더니 나를 뿌리치고 또 묵묵히 걸어갔다. 온화하고 다정했던 아저씨의 옛 모습은 하나도 남아 있지 않았다.

나는 바로 생각했다.

보아하니 아주머니 고생이 상당하겠구나, 이제 그만 편하게 해주자.

서른 개쯤 되는 신사 계단을 오르기 시작한 아저씨를 앞질러 올라가서 신사에 사람이 없는지 확인했다. 그리고 계단을 다 올라온 아저씨를 양손으로 떠밀었다.

간단히 떨어질 줄 알았건만, 아저씨는 두 팔을 휘저으며 아슬아슬하게 균형을 잡더니 내 운동복 가슴께를 움켜잡았다.

나까지 떨어질 것 같아서 허둥지둥 아저씨 손을 뿌리치고 겨우 떨어뜨린 덕분에 살았지만, 교표가 떨어져 나간 건 집에 돌아와서야 알았다.

"아아, 그랬구나."

언니는 납득한 듯하면서도 서글픈 기색이 섞인 복잡한 표정으로 고개를 끄덕였다.

"그런데 그 교표가 패션 아이템으로 유행했을 줄이야. 결과적으로 덕분에 위기를 모면했어."

"뭐, 아유카와에게 도움을 받은 건 비위에 거슬리지만."

나는 못마땅한 기분으로 메모⑥을 박박 찢어서 버렸다.

"역시 충동적으로 사람을 죽이면 안 돼. 천천히 시간을 들여 자연사로 착각하게끔 죽이는 게 제일 안전하지. ……엄마랑 아빠처럼."

나는 그렇게 말하며 메모⑦을 집었다.

⑦ 근처에 독이 든 채소를 나누어줌.

"엄마는 몰라도 아빠까지 죽일 건 없었는데……."

언니가 또 서글픈 표정으로 한숨을 쉬었다. 뭐, 무리도 아니다.

어머니를 처리할 때는 언니와 합의를 봤지만, 아버지는 언니가 긴 잠에 빠진 사이에 내가 독단으로 처리했으므로 언니는 아직껏 불만이 남은 모양이다.

"하지만 배우의 꿈을 포기하고 결혼하라고 했단 말이야. 그러니 죽이는 수밖에."

나는 언니에게 반론했다. 나도 가능하면 아버지를 죽이고 싶지 않았다.

뭐, 어머니를 죽인 건 일절 후회하지 않지만.

대학 시절, 뭔가에 써먹을 수 있지 않을까 싶어 이학부 약품 선반에서 비소화합물이 든 병을 훔쳤다. 소동이 벌어지지 않은 걸 보면, 관리가 허술해서 도둑맞은 줄도 몰랐든지 아니면 대학 측이 적당히 잘 무마한 거겠지. 아무튼 나는 수백 명을 죽일 수 있을 만한 양의 비소를 입수해 오랜 세월 보관해왔다.

훗날 연극의 길로 나아가는 걸 몹시 반대한 어머니에게 본격적으로 살의를 품고, 어머니가 즐겨 마시던 미용 드링크와 좋아하는 과자, 화장수 등에 비소 가루를 아주 조금씩 섞었다. 몇 년이나 계속하자 계획대로 어머니는 서서히 약해졌다. 오 년 전에 언니가 우울증에 걸렸을 때 어머니가 최선을 다하라는 둥 노력이 부족하다는 둥 우울병 환자에게 절대로 하면 안 되는 말을 연발한 뒤로는 양을 더 늘렸다.

결국 어머니는 사 년 전에 죽었다. 급성 비소중독이라면 들통날

우려도 있겠지만, 만성은 집단으로 중독되지 않는 이상 비소일 가능성을 거의 염두에 두지 않는다는 것도 예습을 끝냈다.

하지만 그후에 아버지도 배우로 대성하겠다는 내 꿈을 꺾으려 하거나, 맞선을 권했다. 좀더 딸의 희망을 존중하는 진보적인 사람인 줄 알았던 만큼 실망이 컸다.

이제는 아버지도 꿈의 실현을 방해하는 존재에 지나지 않는다. 나는 그렇게 판단하고 어머니와 똑같이 죽이기로 했다. 집의 냉장고에 든 음식과 음료수, 아버지가 열심히 가꾸던 텃밭에 비소를 조금씩 섞었다.

다만 어머니 때와 달리 난감한 점이 있었다. 아버지가 밭에서 수확한 채소를 이웃과 연립주택 세입자에게도 나누어준 것이다. 조금 먹는 정도로는 그리 큰 영향이 없을 거라 생각했는데, 떫은맛을 느끼고 몸에 탈이 난 사람이 그렇게 많을 줄은 몰랐다.

비소는 원래 무미무취지만 아마도 비소를 탄 물을 텃밭에 뿌린 탓에 식물의 생육 자체에 문제가 생겨 떫은맛이 난 게 아닐까 싶다. 실제로 아버지가 보내준 토마토를 시험 삼아 한입 깨물자 역시 떫은맛이 났다. 그래서 바로 뱉어내고 전부 버렸다.

"그나저나 독이 든 채소를 나누어주었다고 모두가 아버지를 규탄한 뒤에 도모미가 손을 들었을 때는 정말로 깜짝 놀랐어."

언니가 아주 걱정스러웠다는 투로 말했다.

"뭐, 실제로 떫은 채소를 먹었으니 아빠가 나까지 죽이려 들었다고 해야 우리가 의심받을 위험성이 좀더 줄어들 것 같아서……. 데라시마 씨가 활약하기 전까지만 해도 유산이 사람들의 배상금으로 사라질 걸 각오하고 아빠를 버릴 작정이었어. 다만 그러면 내 배우 인생도 큰 타격을 입을 테니 될 대로 되라 싶어 뜬금없는 짓을 몇 번 하기는 했지만."

내가 씁쓸하게 웃으며 당시 심리 상태를 돌이켜보자 언니는 화난 듯이 말했다.

"정말 몇 번이나 놀랐는지 몰라. 특히 네기시 씨에게 실례되는 소리를 했을 때는 다들 분명히 이상하게 여겼을 거야."

"설마 그후에 데라시마 씨가 그 정도까지 판을 뒤집어엎을 줄은 몰랐단 말이야. 그럴 줄 알았으면 그때도 좀더 생각하고 신중하게 행동했겠지."

"충동적인 행동은 그만둬. 앞뒤 생각도 없이 아빠까지 죽이고 말았잖아."

언니의 그 말에 이번에는 내가 울컥했다.

"잠깐. 아빠는 계획적으로 죽인 거니까 그렇게 싸잡아 말하지 마. 아빠는 내 꿈에 방해만 될 뿐이었으니까 죽일 수밖에 없었어. 그리고 덕분에 당분간 경제적으로는 안정될 거야."

연극은 의상이며 티켓 할당이며 여러모로 돈이 든다. 게다가 우리가 지금 극단 연습장에 가깝다는 이유로 거주중인 메구로 구는 방세도 물가도 비싸다. 그러므로 목돈이 필요했던 것도 아버지를 죽인 이유 중 하나이기는 하다.

메종 몽블랑은 매각할 생각이다. 아버지의 죽음에 대비해 이미 어느 정도는 준비를 해두었다. 아버지는 정년 후 알고 지내는 부동산중개사의 권유로 주택임대업을 시작했고 사람이 너무 좋다 보니 어처구니없이 싼 값에 방을 빌려주었지만, 그딴 연립주택은 상속해봤자 세금과 유지비만 나갈 뿐이다. 매각하는 편이 훨씬 현명하다. 그후에 철거가 되든 말든 내 알 바 아니다. 매각하여 번 돈에 아버지의 생명보험금과 유산을 합치면 비참하게 아르바이트를 하지 않더라도 당분간 먹고살 걱정은 없다.

다만 대립한 상태로 아버지를 떠나보낸 건 오산이었다. 나도 키워준 은혜는 안다. 마지막에는 아버지와 화해하고 내가 죽인 줄 모르도록 열심히 간병해준다는 시나리오였다.

하지만 끙끙 앓으면서도 꽤 오래 살았던 어머니와 달리 아버지가 예상외로 덜컥 죽는 바람에 타이밍을 잘못 짚었다. 아아, 임종만이라도 지켰다면 걸리는 것 없이 개운할 텐데…….

그때 이런 생각이 들었다.

아버지는 내가 죽이려 한다는 걸 정말로 눈치채지 못했을까.

문득 마지막으로 통화했을 때 아버지와 나눈 이야기가 생각났다.

그러자 등에 식은땀이 흘렀다.

마지막 통화. 괴로운 듯 숨을 헐떡이며 "집에, 한번, 안 올래?"라고 말한 후 아버지는 이렇게 덧붙였다.

"한번, 터놓고…… 의논하고 싶구나. 장래나, 뭐, 이것저것……."

하지만 나는 그 제안을 딱 잘라 거절했다.

"의논은 무슨. 어차피 맞선을 보라고 할 거잖아? 아빠는 날 전혀 이해 못 해!"

"아니야. ……아빠는 너에 대해…… 뭐든지 다 안단다."

그리고 아버지는 콜록콜록 기침을 하더니 아주 서글프게 말했다.

"얘야, 이대로…… 독……거하다 죽으면 어쩔래?"

그 말을 마음속으로 몇 번이고 곱씹어보았다.

그건 '독거하다'가 아니었던 것 아닐까.

'독을 가하다' 아니었을까.

아버지는 내가 독을 먹였다는 사실을 눈치챈 것 아닐까. 그래서 통화한 후에 텃밭의 채소를 잔뜩 보낸 것 아닐까. 언제나 박스에 반드시 들어 있던 편지도 없었다. 아버지는 내가 텃밭에 비소를 탄 물을 뿌리고 냉장고의 음식물에도 비소를 섞었음을 죽을 때가 되어 알아차렸다고 무언의 메시지를 보낸 것 아니었을까…….

"아, 도모미, 너무하잖아! 마지막의 마지막에 아빠 가슴에다 대못을 박다니 너무해!"

언니가 내 생각을 읽고 마침내 울음을 터뜨렸다. 하지만 나는 바로 대꾸했다.

"시끄러워. 아빠가 정말로 알아차렸는지 어떻게 알아?"

그래, 내 생각이 지나쳤을지도 모른다. 이제 아버지가 생전에 무슨 마음을 품고 있었는지 알 길이 없다. 모르는 이상 언제까지 붙들고 이러니저러니 생각해봤자 아무 소용도 없다. 나는 언니에게 톡 쏘아붙였다.

"다 끝난 일을 그렇게 질질 끄니까 우울증이 안 낫는 거야."

"그런…… 말이 너무 심하잖아."

"배우 쓰보이 도모미는 앞으로도 자신만을 위해 살아갈 거야. 지금은 내가 주연이고 언니가 조연이니까 시키는 대로 따라와. 자, 유카리가 걱정할 테니 이제 음복을 하러 돌아가야겠다. 탈이 없도록 짜증나는 친척들의 비위를 맞추며 이야기하는 건 언니 역할이잖아. 잘 부탁해."

나는 언니에게 일방적으로 말한 후, 마지막 메모를 찢어서 버리고 일어서서 문으로 향했다. 그러자 언니는 울면서 중얼거렸다.

"처음에는 사랑스러웠지만 이제는 무서워. 내 안에 있는 도모미가……."

그 말에 나는 무심코 쓴웃음을 지었다.

"잠깐만, 언니. 오해하는 거 아니야? 언니 생각은 틀렸어."

나는 마지막으로 대기실을 돌아보았다. 그리고 유리창을 보며 히죽 웃음을 지었다.

"이제는 언니가 내 안에 숨겨진 얼굴이니까."

옮긴이 김은모

경북대학교 행정학과를 졸업했다. 일본어를 공부하던 도중에 일본 미스터리의 깊은 바다에 빠져 들어 헤어나지 못하고 있다. 아직 국내에 소개되지 않은 다양한 작가의 작품을 소개하고자 노력하고 있다.
옮긴 작품으로 후지사키 쇼의 『살의의 대담』, 이마무라 마사히로의 『시인장의 살인』, 『마안갑의 살인』, 아오사키 유고의 『노킹 온 록트 도어』, 이치카와 유토의 『젤리피시는 얼어붙지 않는다』, 오타 아이의 『범죄자』, 누쿠이 도쿠로의 『나를 닮은 사람』, 『프리즘』, 『미소 짓는 사람』, 기타야마 다케쿠니의 『인어공주』, 마리 유키코의 『여자 친구』를 비롯하여 우타노 쇼고의 '밀실살인게임' 시리즈, 미쓰다 신조의 '작가' 시리즈 등이 있다.

신의 숨겨진 얼굴

초판 발행 2023년 6월 15일

지은이 후지사키 쇼
옮긴이 김은모

책임편집 지혜림 | **편집** 임지호
디자인 이현정 유현아
저작권 박지영 형소진 최은진 오서영
마케팅 정민호 김도윤 한민아 이민경 안남영 김수현 왕지경 황승현 김혜원
브랜딩 함유지 함근아 박민재 김희숙 고보미 정승민
제작 강신은 김동욱 임현식 | **제작처** 천광인쇄사

펴낸곳 (주)문학동네 | **펴낸이** 김소영
출판등록 1993년 10월 22일 제2003-000045호

주소 10881 경기도 파주시 회동길 210
문의 031-955-1901(편집) 031-955-2696(마케팅) 031-955-8855(팩스)
전자우편 editor@elmys.co.kr | **홈페이지** www.elmys.co.kr

ISBN 978-89-546-9156-7 03830

엘릭시르는 출판그룹 문학동네의 장르문학 브랜드입니다.

잘못된 책은 구입하신 서점에서 교환해드립니다.
기타 교환 문의 031) 955-2661, 3580